Vente du Lundi 26 au Jeudi 29 Juin 1922

HOTEL DROUOT — SALLE N° 10

COMMISSAIRES-PRISEURS : Mes André **DESVOUGES** et Maurice **GODEAU**

CATALOGUE

DE LA

BIBLIOTHÈQUE

de feu M. Paul LACOMBE

Bibliothécaire honoraire de la Bibliothèque Nationale
Membre de la Société des Amis des Livres
des Bibliophiles Contemporains, des Cent Bibliophiles, etc.

1re PARTIE

PARIS

H. LECLERC
LIBRAIRE-EXPERT
219, rue St-Honoré
(1er Arrond.)

CH. BOSSE
LIBRAIRE-EXPERT
16-18 rue de l'Ancienne-Comédie
(6e Arrond.)

1922

Grande Imprimerie du Centre
F. Herbin et H. Bouche, Montluçon

CATALOGUE

DE

LIVRES ANCIENS ET MODERNES

Composant la Bibliothèque

de feu M. Paul LACOMBE

(1re Partie)

LA VENTE AURA LIEU

du Lundi 26 au Jeudi 29 Juin 1922

à deux heures précises de l'après-midi

HOTEL des COMMISSAIRES-PRISEURS, 9, Rue Drouot

Salle N° 10

Par le Ministère de

Me André DESVOUGES	**Me Maurice GODEAU**
COMMISSAIRE-PRISEUR	COMMISSAIRE-PRISEUR
26, rue de la Grange Batelière	5, rue Richepance

Assistés de MM.

H. LECLERC	**CH. BOSSE**
LIBRAIRE-EXPERT	LIBRAIRE-EXPERT
219, rue St-Honoré, 219	16-18, rue de l'Ancienne-Comédie

EXPOSITION

Les Livres pourront être examinés

à la Librairie Ch. BOSSE, *18, Rue de l'Ancienne-Comédie*

jusqu'au 20 Juin exclusivement

de neuf à onze heures et de deux à quatre heures.

☛ Voir l'ordre des Vacations au verso du titre

CONDITIONS DE LA VENTE

La vente se fera au comptant.

Les acquéreurs paieront 12,50 pour 100 en sus des enchères pour les livres qui pourront être classés comme n'étant pas de luxe, et 17,50 pour 100 pour les livres dits de luxe ou pouvant être assimilés à cette catégorie.

Les livres devront être collationnés dans les vingt-quatre heures de l'adjudication. Passé ce délai, ils ne seront repris pour aucune cause.

MM. H. LECLERC et Ch. BOSSE, chargés de la vente, rempliront aux conditions d'usage, les commissions des Personnes qui ne pourraient y assister

MM. H. LECLERC et Ch. BOSSE se réservent la faculté, dans l'intérêt de la vente, de réunir ou de diviser les numéros du Catalogue.

CATALOGUE

DE LA

BIBLIOTHÈQUE

de feu M. Paul LAÇOMBE

1re PARTIE

LIVRES ILLUSTRÉS. — EDITIONS DE LUXE
Publications des Sociétés de Bibliophiles
BIBLIOGRAPHIE. — PALÉOGRAPHIE. — LINGUISTIQUE
HISTOIRE DE L'IMPRIMERIE
BIBLIOGRAPHIE DES INCUNABLES
Ouvrages sur la Bibliothèque Nationale et les grandes Bibliothèques publiques de France
HISTOIRE et MÉMOIRES, — LIVRES sur les BEAUX-ARTS

PARIS

H. LECLERC	CH. BOSSE
LIBRAIRE-EXPERT	LIBRAIRE-EXPERT
219, rue St-Honoré	16-18, rue de l'Ancienne Comédie
(1er Arrond.)	(6e Arrond.)

1922

ORDRE DES VACATIONS

PREMIÈRE VACATION. — Lundi 26 Juin.

Numéros .... 1 à 191

DEUXIÈME VACATION. — Mardi 27 Juin.

Numéros.............................. 192 à 385

TROISIÈME VACATION. — Mercredi 28 Juin.

Numéros................................ 386 à 584

QUATRIÈME VACATION. — Jeudi 29 Juin.

Numéros................................ 585 à 800

BIBLIOTHÈQUE

de feu M. Paul LACOMBE

(1re Partie)

1. **ADAM** (Paul). **Le Serpent Noir**. *Paris* [*imprimé chez Philippe Renouard*], *pour les Cent Bibliophiles*, 1913 ; in-4, broché, couv. ill.

Beau livre orné d'un grand nombre d'eaux-fortes et pointes sèches originales de Malo Renault, imprimées en couleurs, dont 1 frontispice et 75 sujets à mi-page.
Tiré à 130 exemplaires num. pour les membres de la Société, sur papier des manufactures d'Arches et non mis dans le commerce.
Exemplaire au nom de M. Paul Lacombe.

2. **Age du Romantisme** (l'). I et II. Célestin Nanteuil, graveur et peintre, par Ph. Burty. — III. Gérard de Nerval, prosateur et poète, par Maurice Tourneux. — IV. Camille Rogier, vignettiste, par Ph. Burty. — V. Prosper Mérimée. Comédienne espagnole et Chanteur illyrien, par Maurice Tourneux. *Paris, Ed. Monnier*, 1887 ; 5 plaq. in-4, pl. hors texte et fig. dans le texte, en ff., couv. ill.

Collection complète.

3. **Album d'autographes** de savants et érudits français et étrangers des XVIe, XVIIe, XVIIIe siècles, publié par M. Henri Stein. *Paris*, 1907 ; gr. in-4, en ff., dans un carton.

Première série de cette publication de la *Société française de Bibliographie*. Elle renferme 31 planches de fac-similés d'autographes, en phototypie.

4. **Album paléographique** ou recueil de documents importants

relatifs à l'histoire et à la littérature nationales, reproduits en héliogravure d'après les originaux des bibliothèques et des archives de France, avec des notices explicatives par la Société de l'Ecole des Chartes. *Paris, Maison Quantin*, 1887 ; in-fol., monté sur onglets, cart bradel demi-perc. verte, non rog. (*Petitot*).

Important ouvrage, tiré à 350 exemplaires num., renfermant 46 grandes héliogravures, dont 4 formant double page, accompagnées chacune d'une notice par L. Delisle, J. Havet, R. de Lasteyrie A. Molinier, H. Omont, etc.

5. **Alexandre** (Arsène). Les Reines de l'Aiguille. — Modistes et Couturières. (Etude parisienne). *Paris, Théophile Belin*, 1902 ; gr. in-8, broché, couv. ill., étui.

Intéressant ouvrage illustré de 40 jolies vignettes dessinées et gravées à l'eau-forte par François Courboin, dont 5 hors texte.
Tiré à 300 exemplaires num. — Un des 200 sur papier vélin d'Arches.

6. **Allemagne** (Henri-René d'). Les Cartes à jouer du XIVe au XXe siècle. *Paris, Hachette*, 1906 ; 2 forts vol. gr. in-4, brochés, couv. ill., dans des étuis.

Ouvrage illustré de 3200 reproductions de cartes, dont 956 en couleurs, 12 planches hors texte coloriées à l'aquarelle, 25 phototypies, 116 enveloppes illustrées pour jeux de cartes et 340 vignettes et vues diverses. — 3 lettres autographes de l'auteur ajoutées.

7. **Allut** (P.). Etude biographique et bibliographique sur Symphorien Champier, suivie de divers opuscules françois de Symphorien Champier, l'Ordre de Chevalerie, le Dialogue de noblesse, les Antiquités de Lyon et de Vienne. *Lyon, N. Scheuring*, 1859 ; in-8, pap. vergé teinté, portr. gr., cart. de l'éditeur, non rog.

8. **Almanach du Bibliophile** pour l'année 1898 (et 1899). *Paris, Pelletan*, 1898-1899 ; 2 vol. pet. in-8 carré, pap. vélin, fig., le 1er broché, couv. imp., le dernier en demi-rel. mar. bleu, enc. de fil. à froid, tête dor., non rog., couv. cons. (*Petitot*).

9. **Almanach** des honnêtes gens, contenant des prophéties pour chaque mois de l'année 1793, des anecdotes peu connues sur les journées des 10 août, 2 et 3 septembre 1792 ; et la liste des personnes égorgées dans les différentes prisons. Septième édition, augmentée de la liste des prisonniers d'Orléans égorgés à

Versailles. *Paris*, 1793 ; 1 vol. — Almanach des honnêtes gens de 97, contenant un tableau de l'anarchie, suivi de plusieurs histoires qui ne sont pas des contes, et de plusieurs contes qui sont des histoires ; de diverses prophéties anciennes et modernes, du thermomètre du jour, de nouvelles de l'autre monde, etc. Par P. Salles *Paris*, 1797 ; 1 vol. — Almanach des honnêtes gens pour l'année 1800, ou Calendrier de la bienheureuse République. *S. l.*, 1799 ; 1 vol. — Almanach des honnêtes gens (par Sylvain Maréchal). L'an du premier règne de la raison, pour la présente année. *S. l. n. d.* ; 1 plaq. — Ens. 4 vol. in-18 dont 2 en demi-rel. veau fauve, 1 cart. et 1 broché.

Réunion d'almanachs contre-révolutionnaires, rares, ornés de 3 frontispices gravés. — Le dernier, le seul qui ne soit pas anti-révolutionnaire, est une réédition du curieux Almanach publié en 1788 par Sylvain Maréchal et qui fut condamné au feu. — Dans ce calendrier, première inspiration du calendrier républicain, les mois sont divisés par décades ; les noms des saints sont remplacés par ceux des personnages illustres : Jésus-Christ est porté au 25 décembre, et l'amiral Coligny au 24 août, jour de la Saint-Barthélemy.

On a imprimé à la suite l'arrêt du 7 janvier 1788, qui condamne l'Almanach « *à être lacéré et brûlé par l'exécuteur de la Haute-Justice, dans la cour du Palais, au pied du grand escalier d'icelui* ».

10. **Almanach** des patriotes français, ou Précis des Révolutions de 1789. *Paris, Lagrange*, 1790 ; 1 vol. — Almanach des 83 départements ou almanach national géographique, par M. Champin, pour l'année 1791. *S. l. n. d.* ; 1 vol. — Almanach ou abrégé chronologique de l'histoire de la Révolution de France, contenant les causes et les principaux détails de ce grand événement, pour l'an IV de la République française, par le citoyen Richer. *Paris, Rochette*, (1796) ; 1 vol. — Recueil des actions héroïques et civiques des républicains français, présenté à la Convention Nationale, au nom de son Comité d'instruction publique, par Léonard Bourdon, député par le Département du Loiret. Imprimé par ordre de la Convention Nationale. A l'usage des écoles primaires. *Paris, Onfroy, s. d.* ; 1 vol. — Ens. 4 vol. in-18, dont l'un en veau plein, les trois autres demi-rel. basane ou perc.

Réunion de trois almanachs révolutionnaires, peu communs, et d'un curieux petit Plutarque des hauts faits des républicains. — Bons exemplaires.

11. **Amis des Livres** (Les). — Portraits gravés par MM. Abot, Paul Avril, Gaston Manchon et Rodolphe Piguet. — Préface de M. Victor Mercier. *Paris, imprimé pour les Amis des Livres,*

1899 ; gr. in-8, demi-rel. mar. bleu clair, dos sans nerfs orné en long, non rog.

Tiré à petit nombre, sur papier vélin du Marais, pour les membres de la Société.

12. **Analectabiblion**, ou extraits critiques de divers livres rares, oubliés ou peu connus, tirés du Cabinet du Marquis D. R***. [Du Roure]. *Paris, Téchener*, 1836-1837 ; 2 vol. in-8, demi-rel. veau fauve, non rog. (*Rel. de l'époque*).

13. **Anciens Textes** (Société des). Le Mistère du Viel Testament, publié, avec introduction, notes et glossaire par le baron James de Rothschild, 6 vol. — Œuvres poétiques de Guillaume Alexis, prieur de Bucy, publiées par A. Piaget et E. Picot, 3 vol. — Recueil général des Sotties, publié par Emile Picot, 3 vol. — Maistre Pierre Pathelin hystorié. Reproduction en fac-similé de l'édition imprimée vers 1500, par Marion de Malaunoy, veuve de Pierre Le Caron, 1 vol. — *Paris, Firmin Didot*, 1878-1912 ; ens. 13 vol. in-8, pap. vergé, cart. bradel perc., fers spéciaux, non rog. (*Cart. de l'éditeur*).

14. **Annales dramatiques**, ou Dictionnaire général des théâtres... par une Société de gens de lettres. *Paris*, 1808-1812 ; 9 vol. in-8, demi-rel. bas. brune, tr. jaunes. (*Rel. de l'époque, usagée*).

On y joint : Esquisses dramatiques du gouvernement révolutionnaire de France aux années 1793, 1794 et 1795, par M. P.-C. Ducancel. *Ibid., Bricon*, 1830 ; in-8, cart. bradel pap. rouge, tête jasp., non rog., couv. cons.

15. **Annales** littéraires et administratives de l'Académie des Beaux-Livres. Publication collective des Bibliophiles Contemporains. *Paris, imprimé pour les sociétaires de l'Académie des Beaux Livres*, 1890-1894 ; 4 vol. et 2 plaq. in-8, brochés, couv. imp., dans 3 étuis.

Exemplaire renfermant, dans le 1er volume des Annales Littéraires, le texte intégral des *Sonnets hermétiques* de Jean Richepin, qui furent remplacés par un « carton ».

16. **Annuaire** des Artistes et des Amateurs, publié par Paul Lacroix, avec la collaboration de MM. Burger, Halévy, A. Houssaye, P. Mantz, Henri Martin, Paul de Saint-Victor, Villot, etc.

Paris, Vve Jules Renouard, 1860-1862 ; 3 vol. gr. in-8, cart. bradel demi-perc. grise, tête jasp., non rog., couv. cons. (*Petitot*).

Collection des 3 premières années de cette publication ornée de portraits et figures dans le texte ou à pleine page.

17. **Annuaire** de la Gravure française. 1911 (et 1912). *Paris, s. d.* ; 2 vol. pet. in-4 carré, brochés, couv. imp.

Publiés par la *Société pour l'Etude de la Gravure française*. Exemplaires num. sur papier du Japon.

18. **Appert** (Benjamin). Dix ans à la cour du roi Louis-Philippe et souvenirs du tems de l'Empire et de la Restauration. *Paris, Renouard*, 1846 ; 3 vol. in-8, cart. bradel pap. bleu, non rog., couv. cons.

Intéressants mémoires de ce philanthrope, qui a tant contribué à améliorer l'état des prisons et à adoucir le sort des condamnés. — Bel exemplaire.

19. **Archithrenius** summa diligentia recognitus. (In fine) : Finis Archithrenii ficto ab effectu vocabulo Joannis nomine et Neustrii seu Normanni natione summa diligentia ab Ascensio recogniti, plusculis ad hoc collatis exemplaribus. *In ædibus Ascensianis (Parisiis) ad XV cal. septemb.* 1517 ; pet. in-4 de 5 ff. n. ch. et LXXXIX ff. ch., mar. brun jans., dent. int., tr. dor., étui. (*Petitot*).

Première édition de ce *poème allégorique et moral en neuf livres, dont l'auteur, qui vivait à la fin du XIIe siècle, est nommé dans l'Histoire* littéraire de la France, *Jean de Hauticille ; dans les* Mémoires de l'Acad. des inscript. et belles-lettres, *d'Hauteville ; et dans la* Biog. univers., *de Hauville. Archithrenius est le nom que l'auteur a donné au principal acteur de son poème. L'ouvrage est curieux. Les exemplaires en sont rares.* (Brunet, I, 386). — Bel exemplaire sauf un trou de ver dans la marge ext. de qq. feuillets.

20. **Archives Nationales**. Inventaire sommaire et tableau méthodique des fonds conservés aux Archives Nationales. — Ire partie. Régime antérieur à 1789, 1 vol. — Table alphabétique, 1 vol. *Paris, imp. Nationale*, 1871-1875 ; 2 part. en 1 vol. in-4, demi-rel. chag. bleu, tête dor., non rog. — Etat sommaire par séries des documents conservés aux Archives Nationales. *Ibid., Delagrave*, 1891 ; in-4, demi-rel. chag. grenat, dos orné, tête dor., non rog., couv. cons. — Inventaire des arrêts du Conseil d'Etat (règne de Henri IV), par Noël Valois. (Tome I). *Ibid., imp. Nationale*, 1886 ; in-4, broché, couv. imp. — Ens. 3 vol.

21. **Archives** historiques, artistiques et littéraires. Recueil mensuel de documents curieux et inédits. Chronique des archives et bibliothèques (1889-1891). *Paris, Bourloton, s. d.* ; 2 vol. in-8, demi-rel. chag. brun, enc. de fil. à froid, tête jasp., non rog., couv. cons. (*Petitot*).

22. **Archives** de la Commission des monuments historiques. — Catalogue des relevés, dessins et aquarelles, dressé par A. Perrault-Dabot, archiviste de la Commission. *Paris, Imprimerie Nationale*, 1899 ; gr. in-8, broché, couv. imp.

23. **Art** (l') de vérifier les dates des faits historiques, des chartes, des chroniques et autres anciens monumens depuis la naissance de Notre Seigneur, par le moyen d'une table chronologique ; avec un calendrier perpétuel, l'histoire abrégée des conciles, des papes, des empereurs romains, grecs, français, allemands et turcs ; des rois de France, d'Espagne, d'Angleterre..... Par des Religieux Bénédictins de la Congrégation de S. Maur. *Paris, Guillaume Desprez*, 1750 ; 2 part. en 1 vol. in-4 de LXVIII-714 pp., veau fauve, dos orné, tr. jasp. (*Rel. de l'époque*).

Première édition de ce célèbre ouvrage historique commencé par dom Dantine et dom Clémencet et continué et publié par dom Clément.

24. **Art français** (l'). Publication officielle de la Commission des Beaux-Arts, sous la direction d'Antonin Proust. *Paris, Baschet*, (1889) ; in-4, pap. vélin, perc. olive, fers spéciaux, non rog. (*Cart. de l'édit.*).

Intéressantes études critiques par Paul Mantz, A. Proust, Gustave Geffroy, Henri Fouquier, Roger Marx, Louis Gonse, A. Dayot, etc., illustrées d'un grand nombre de gravures sur bois dans le texte et d'environ 70 grandes planches hors texte dont 15 gravées à l'eau-forte par Bracquemond, Boulard, Courtry, Gaujean, etc., les autres reproduites en photogravure sur cuivre, imprimées en taille-douce.

25. **Art et l'Idée** (l'). Le Dilettantisme littéraire et la Curiosité. — L'Art et l'Idée, revue contemporaine illustrée, publiée par Octave Uzanne. *Paris*, 1892 ; 12 fasc. gr. in-8, brochés, couv. ill., dans un étui.

Collection complète de cette artistique revue, tirée à petit nombre. — Elle renferme des articles d'Octave Uzanne, B.-H. Gausseron, Jules Brivois, Maurice Tourneux, Rémy de Gourmont, etc., et est illustrée d'eaux-fortes, de gravures sur bois et à l'aquatinte, et de compositions originales reproduites en noir et en couleurs, formant un ensemble de 50 grands sujets hors texte, dessinés et gravés par Félicien

Rops, Carloz Schwabe, Paul Avril, E. Courboin, Louis Morin, J. Chéret, Robida, E. Grasset, A. Lepère, Félix Vallotton, etc., et d'un grand nombre de figures dans le texte.

Exemplaire sur papier vergé d'Arches. — Couverture générale ajoutée.

26. **Asse** (Eugène). Les Bourbons bibliophiles. — Rois et princes, Reines et Princesses. — Avant-propos par Georges Vicaire. *Paris, Daragon*, 1901 ; in-12, broché, couv. imp.

De la *Collection du Bibliophile Parisien*.

Exemplaire hors tirage, imprimé sur papier alfa vergé, auquel on a joint le *manuscrit autographe* signé de l'Avant-propos de M. Georges Vicaire.

27. **Asse** (Eugène). Les Petits Romantiques. — Antoine Fontaney. Jean Polonius. L'Indépendance de la Grèce et les poètes de la Restauration. Jules de Rességuier. Edouard d'Anglemont. *Paris, Leclerc*, 1900 ; in-8, pap. vergé, broché, couv. imp.

28. **Asselineau** (Charles). L'Enfer du Bibliophile. — Six pointes-sèches par Léon Lebègue. *Paris, L. Carteret*, 1905 ; pet. in-8, broché, couv. imp.

Edition illustrée de 6 pointes-sèches originales de Léon Lebègue, dont 1 frontispice, 1 en-tête, 3 compositions hors texte et 1 cul-de-lampe, aquarellés au pinceau.

Exemplaire de présent, hors tirage, imprimé sur papier vélin du Marais, contenant une double suite des illustrations : avant la lettre, en noir, et avec la lettre, en couleurs.

29. **Aubertin** (Charles). Histoire de la langue et de la littérature françaises au Moyen Age, d'après les travaux les plus récents. *Paris, Eug. Belin*, 1876-1878 ; 2 vol. in-8, brochés, couv. imp.

Un des quelques exemplaires tirés sur papier vergé.

30. **Aumale** (Henri d'Orléans, duc d'). Chantilly. Le Cabinet des livres : MANUSCRITS. Théologie. Jurisprudence. Sciences et Arts, 1 vol. — Belles-Lettres, 1 vol. — Histoire, 1 vol. — IMPRIMÉS antérieurs au milieu du XVIe siècle, 1 vol. — Errata pour les deux premiers volumes, 1 plaq. *Paris, Plon, Nourrit et Cie*, 1900-1911 ; 4 vol. et 1 plaq. in-4, demi-rel. mar. vert, enc. de fil. au dos, tête dor., non rog., couv. cons. (*Petitot*).

Catalogue de la célèbre bibliothèque du duc d'Aumale, dont les deux premiers volumes, relatifs aux manuscrits, ont été rédigés par lui-même, le 3e par M. G. Macon, et celui des imprimés par M. Léopold Delisle. Il est illustré de reproductions en héliogravure sur cuivre, imprimées en taille-douce, sur Chine monté, hors texte.

Exemplaire sur papier vélin. Les 2 premiers volumes sont imprimés au nom de Victorien Sardou ; le 3e des manuscrits porte un envoi de

G. Macon à M. Paul Lacombe, sur la couverture (on y a joint 7 lettres autographes signées de G. Macon adressées au même) ; le 4e un envoi de Léopold Delisle également à M. Paul Lacombe.

31. [**Aumale** (Henri d'Orléans, duc d')]. Les Zouaves et les Chasseurs à pied. Extrait de la *Revue des Deux-Mondes*, livraisons du 15 mars et du 1er avril. *Paris*, 1855 ; in-8 de 48 pp., broché, couv. imp.

Édition originale. Rare. — Bel exemplaire.

32. **Aumale** (Henri d'Orléans, duc d'). Les Zouaves et les Chasseurs à pied, esquisses historiques. *Paris, Michel Lévy frères*, 1855 ; in-12, broché, couv. imp.

Première édition en librairie.
Un des quelques exemplaires imprimés sur papier de Hollande.

33. **Babelon** (Ernest). Histoire de la gravure sur gemmes en France, depuis les origines jusqu'à l'époque contemporaine. — Ouvrage illustré de gravures dans le texte et accompagné de XXII planches en phototypie. *Paris, Société de propagation des Livres d'Art*, 1902 ; gr. in-8, broché, couv. imp.

34. **Babelon** (Ernest). Les Médailles historiques du règne de Napoléon le Grand, empereur et roi, publiées sous les auspices de la Société de Numismatique de New-York, par Ernest Babelon. *Paris, Leroux*, 1912 ; pet. in-fol., broché, couv. imp.

Bel ouvrage tiré à petit nombre, illustré de 1 vignette de titre, 1 grand portrait-frontispice gravé par A. Boucher-Desnoyers, d'après Gérard, tiré sur Chine monté, de vignettes et de plus de 200 figures de médailles intercalées dans le texte.

35. **Bachaumont**. Mémoires secrets pour servir à l'histoire de la République des Lettres en France, depuis 1762 jusqu'à nos jours. *Londres*, 1784-1789 ; 36 vol. in-12, demi-rel. veau vert, tr. jasp. (*Rel. romantique*).

Exemplaire auquel on a joint : 1° Table alphabétique des auteurs et personnages cités dans les Mémoires secrets... *Bruxelles et Paris, Gay*, 1866 ; in-16, pap. vergé, demi-rel. veau fauve, tête dor., non rog., couv. cons. — 2° Petite Chronique de Paris... faisant suite aux Mémoires de Bachaumont, par MM. *** (E.-T.-M. Ourry et J.-B.-B. Sauvan). *Paris*, 1818-1819 ; 2 vol. in-12, fig. au 2e vol., brochés, couv. imp. — Ens. 39 vol.

36. **Badauderies Parisiennes**. — Les Rassemblements. — Physiologies de la rue, observées et notées par Paul Adam, Victor Barrucand, Tristan Bernard, Félix Fénéon, Ernest Lajeunesse,

Lucien Muhlfeld, Pierre Veber, etc. Prologue par Octave Uzanne. *A Paris, imprimé pour les Bibliophiles Indépendants, chez H. Floury*, 1896 ; in-8 carré, broché, couv. ill., étui.

Humoristique ouvrage orné de 124 compositions dans le texte par F. Courboin, et de 34 compositions de F. Vallotton, comprenant 1 couverture, 3 sujets dans le texte et 30 grands sujets tirés hors texte sur papier du Japon.
Tiré à 200 exemplaires num., tous sur papier vélin.

37. **Badin** (Jules). La Manufacture de tapisseries de Beauvais, depuis son origine jusqu'à nos jours. — Nombreux documents et trente reproductions de tapisseries. — Avertissement de M. Jules Guiffrey. *Paris, Société de propagation des Livres d'Art*, 1909 ; in-4 carré, broché, couv. imp.

Tiré à 600 exemplaires num.

38. **Balades dans Paris**. Au moulin de la Galette. — A l'Hôtel Drouot. — Sur les quais. — Au Luxembourg. Notes inédites par MM. E. R*** (Eugène Rodrigues), Paul Eudel, B.-H. Gausseron et Adolphe Retté. *Paris, imprimé pour les Bibliophiles contemporains*, 1894 ; pet. in-4, broché, couv. ill., étui.

Edition tirée à 180 exemplaires num. sur papier vélin et non mis dans le commerce. — Ornée de 4 eaux-fortes hors texte par A. Bertrand, avec marges symphoniques, tirées en 2 états : en noir, avec marges en noir, et en couleurs, avec marges en gris bleuté. Vignettes dans le texte ; chaque page est entourée d'encadrements en lithographie polychrome par A. Lunois.
Exemplaire auquel on a joint une cinquième eau-forte, également en 2 états, qui n'était pas terminée au moment de la publication de l'ouvrage.

39. **Balzac** (H. de). La Grenadière. — Six compositions dessinées et gravées à l'eau-forte par Ad. Lalauze. — Avant-propos de Georges Vicaire. *Paris, Leclerc*, 1901 ; pet. in-8, broché, couv. imp.

Tiré à 300 exemplaires. Un des 200 sur papier Whatman, auquel on a ajouté le *manuscrit autographe* de l'avant-propos de Georges Vicaire, une copie autographe, écrite par lui-même, pour l'imprimerie, et 2 épreuves avec corrections.

40. **Balzac** (H. de). La Maison du Chat-qui-pelote. — Préface de Francisque Sarcey. — Quarante compositions de Louis Dunki, gravées sur bois par Maurice Baud. *Paris, L. Carteret*, 1899 ; in-8, broché, couv. ill., étui.

Joli livre tiré à 200 exemplaires num., tous sur papier vélin du Marais.

41. **Balzac** (H. de). Œuvres complètes. *Paris, Michel Lévy frères,* 1869-1876 ; 24 vol. in-8, portr. sur Chine monté, cart. bradel demi-perc. rouge, tête jasp., non rog., couv. cons. (*Petitot*).

On y joint : Histoire des œuvres de H. de Balzac par le Vte de Spoelberch de Lovenjoul. Deuxième édition, revue, corrigée et augmentée d'un appendice. *Ibid., Calmann Lévy,* 1886 ; in-8, même cart. — Répertoire de la Comédie humaine de H. de Balzac, par A. Cerfbeer et J. Christophe. *Ibid., id.,* 1887 ; in-8, même cart. (Qq. rousseurs aux 5 premiers ff. de ce dernier vol.).

42. **Balzac** (H. de). Une rue de Paris et son habitant. — Avant-propos de M. le Vicomte de Spoelberch de Lovenjoul. — Illustrations de François Courboin. *Paris, A. Rouquette,* 1899 ; gr. in-8, cart. bradel mar. citron, enc. de fil. dor. sur les plats et à l'int., tr. dor. sur fausses marges, couv. cons. (*Petitot*).

Jolie édition tirée à 125 exemplaires num. sur papier vélin du Marais avec le tirage à part, en noir, de toutes les illustrations.

43. **Banville** (Théodore de). Camées parisiens. — Frontispice avec portraits à l'eau-forte de Ulm. *Paris, Pincebourde,* 1866-1873 ; 3 vol. in-16, pap. vergé, cart. bradel demi-mar. rouge à long grain, non rog., couv. cons.

Édition originale.

44. [**Barbey d'Aurevilly**]. Memorandum. Pour l'A... B... [l'Ange Blanc (Mme la baronne de Bouglon)]. 1864. *S. l. n. d.* ; plaq. in-8, brochée, couv. non imp.

Édition publiée à très petit nombre, par les soins de Mme la baronne de Bouglon, non mise dans le commerce, et dont il n'aurait été distribué que quelques exemplaires. Elle est suivie des fac-similés de 6 lettres de Barbey d'Aurevilly adressées à Mme de Bouglon, entre 1856 et 1888. Très rare.

45. **Barbier** (A.-A.). Dictionnaire des ouvrages anonymes et pseudonymes composés, traduits ou publiés en français, avec les noms des auteurs, traducteurs et éditeurs, accompagné de notes historiques et critiques. *Paris, Imprimerie Bibliographique,* 1806 ; 2 vol. — Le même ouvrage. Seconde édition, revue, corrigée et considérablement augmentée. *Ibid., Barrois l'aîné,* 1822-1827 ; 4 vol. — Nouveau recueil d'ouvrages anonymes et pseudonymes, par M. de Manne. *Ibid., Gide,* 1834 ; 1 vol. — Ens. 3 ouv. en 7 forts vol. in-8, les deux premiers veau marb., les autres brochés.

46. **Barbier** (A.-A.). Dictionnaire des ouvrages anonymes. — Troisième édition, revue et augmentée par MM. Olivier Barbier, René et Paul Billard. Avec une table générale des noms réels des écrivains anonymes et pseudonymes, 4 vol. — Les Supercheries dévoilées, par J.-M. Quérard. Seconde édition.... publiée par MM. Gustave Brunet et Pierre Jannet, 3 vol. — *Paris, P. Daffis*, 1862-1879 ; ens. 7 vol. gr. in-8, demi-rel. chag. vert, tête dor., non rog.

On a joint le *Supplément* par G. Brunet. *Id., Féchoz*, 1889 ; gr. in-8 demi-rel. chag. rouge, tête dor., non rog., couv. cons. — Ens. 8 vol

47. **Barbier** (Edmond-Jean-François). Chronique de la Régence et du règne de Louis XV (1718-1763), ou Journal de Barbier. Nouvelle édition complète conforme au manuscrit autographe de l'auteur. *Paris, Charpentier*, 1885 ; 8 vol. in-12, demi-rel. veau fauve, tête dor., non rog.

48. **Barrès** (Maurice). Huit jours chez M. Renan. *Paris, Dupret*, 1888 ; plaq. in-18, brochée, couv. imp.

Edition originale.
On a joint : Une heure chez M. Barrès par un faux Renan (Henri Beauclair). *Ibid., Tresse et Stock*, 1890 ; plaq. in-18, brochée, couv. imp. (*Edition originale*).

49. **Barrès** (Maurice). Toute licence sauf contre l'Amour. *Paris, Perrin et Cie*, 1893 ; in-18, broché, couv. imp.

Edition originale.

50. **Barthélemy** (Ch.). Erreurs et mensonges historiques. *Paris, Blériot*, 1878-1883 ; 16 vol. in-12, brochés, couv. imp.

On y joint : Questions controversées de l'histoire et de la science (par F. Vigouroux, A. de Lapparent, Tamisey de Larroque, Angot des Rotours, etc.). *Ibid.*, 1880-1887 ; 4 vol. in-12 brochés, couv. imp. — Ens. 20 vol.

51. **Bauchal** (Ch.). Nouveau dictionnaire biographique et critique des architectes français. *Paris, André, Daly fils et Cie*, 1887 ; gr. in-8, demi-rel. chag. bleu, fil. à froid, tête dor., non rog., couv. cons. (*Knecht*).

52. **Baudrier** (le Président). Bibliographie lyonnaise. — Recherches sur les imprimeurs, libraires, relieurs et fondeurs de lettres de Lyon au XVIe siècle, par le Président Baudrier, publiées et

continuées par J. Baudrier. *Lyon, Brun* (*et Paris, A. Picard et fils*), 1895-1914 ; 11 vol. gr. in-8, fig., brochés, couv. imp.

Tomes I à XI inclus.

53. **Beaumarchais**. Œuvres complètes de Beaumarchais, précédées d'une notice sur sa vie et ses ouvrages [par La Harpe]. *Paris, Bibliothèque choisie*, 1829 ; 6 vol. in-8, demi-rel. veau bleu, dos sans nerfs orné or et à froid, tr. marb. (*Rel. de l'époque*).

54. **Beaux-Arts** (Opuscules sur les). Projet de décret sur les récompenses pour les artistes présenté à l'Assemblée Nationale..., 9 pp. — Rapport (par Grégoire), sur les encouragemens à accorder aux savans, 22 pp. — Essai sur les moyens d'encourager la peinture..., par J.-B.-P. Le Brun, 36 pp. (2 ex.). — Rapport sur les récompenses à distribuer aux savans..., par Daunou, 6 pp. — Lettres sur le préjudice qu'occasionneraient, aux Arts le déplacement des monumens de l'art de l'Italie..., par A. Q., 74 pp. — Etc. — Ens. 14 brochures pet. in-8, publiées de 1791 à 1796.

55. **Bellier de la Chavignerie** (Emile) et Louis **Auvray**. Dictionnaire général des artistes de l'école française, depuis l'origine des arts du dessin jusqu'à nos jours. — Architectes, peintres, sculpteurs, graveurs et lithographes. *Paris, Loones*, 1882-1885 ; 2 vol. — Supplément et table topographique. *Ibid., Laurens*, 1887 ; 1 vol. — Ens. 3 tom. en 2 forts vol. gr. in-8, demi-rel. mar. vert clair, enc. de fil. à froid sur le dos, tête dor., non rog., couv. cons.

Bel exemplaire bien complet du *Supplément*, de cet important ouvrage, très recherché.

56. **Bengesco** (Georges). Voltaire. — Bibliographie de ses Œuvres par Georges Bengesco. *Paris, Rouveyre et Blond ; Perrin*, 1882-1890 ; 4 vol. in-8, portr. et fac-sim., demi-rel. chag. bleu, fil. à froid, tête dor., non rog., couv. cons.

57. **Beraldi** (Henri). 1865-1885. — Bibliothèque d'un Bibliophile. *Lille, Imprimerie L. Danel*, 1885 ; pet. in-8, demi-rel. mar. citron avec coins ,dos orné, tête dor., non rog., couv. et dos cons. (*Bretault*).

Intéressant catalogue tiré à petit nombre sur papier de Hollande, donnant la description des livres les plus précieux de la bibliothèque de M. Eugène Paillet.

Exemplaire d'Octave Uzanne portant un envoi d'auteur sur le faux-titre, et auquel on a ajouté 2 lettres autographes de M. Béraldi, et une de M. Eugène Paillet, adressées au même, ainsi que le portrait de MM. Béraldi et Paillet, gravés à l'eau-forte.

58. **Beraldi** (Henri). 1872-1884. Mes Estampes. *Lille, Danel*, 1887 ; pet. in-8, cart. bradel demi-perc. rouge avec coins, non rog., couv. cons.

Tiré à 100 exemplaires num. seulement, sur papier teinté.

Exemplaire d'Octave Uzanne, avec son ex-libris, portant un envoi d'auteur sur le faux-titre et auquel on a ajouté les portraits gravés de MM. Béraldi père et fils.

59. **Beraldi** (Henri). Estampes et Livres (1872-1892). *Paris, Conquet*, 1892 ; gr. in-8, demi-rel. mar. bleu avec coins, enc. de fil. à froid au dos, tête dor., non rog., couv. imp.

Ouvrage illustré de 42 reproductions, dont 12 chromotypies, tirées sur papier du Japon et 1 frontispice, 28 planches hors texte et 1 cul-de-lampe, en héliogravure.

Tiré à 300 exemplaires num. sur papier vélin du Marais.

60. **Beraldi** (Henri). Les Graveurs du XIXe siècle. — Guide de l'Amateur d'estampes modernes. *Paris, L. Conquet*, 1885-1892 ; 12 vol. in-8, cart. bradel demi-perc. rouge, non rog., couv. cons.

Bel exemplaire complet des 38 frontispices gravés, lithographiés ou sur bois, exécutés par différents artistes contemporains.

61. **Beraldi** (Henri). Le Passé du Pyrénéisme, notes d'un bibliophile. *Paris*, 1911-1917 ; 3 vol. in-8, brochés, couv. imp.

I. *Les Pyrénées avant Ramond.* — II. *Ramond avant les Pyrénées.* — III. *Le sentiment de la montagne en 1780.*

Tiré à petit nombre. — Envoi d'auteur.

62. **Beraldi** (Henri). Propos de bibliophile. Gravure et lithographie. Reliure. — Vignettes de Darbour, gravées sur bois par Paillard. *Paris*, 1901 ; pet. in-8, demi-rel. mar. vert, enc. de fil. à froid au dos, tête dor., non rog., couv. cons. (*Petiot*).

Tiré à 60 exemplaires num. et non mis dans le commerce. (Le nom du premier destinataire a été gratté et remplacé par celui de M. Paul Lacombe).

63. **Bérard** (A.). Dictionnaire biographique des artistes français du XIIe au XVIIe siècle, suivi d'une table chronologique et alphabétique, comprenant en vingt classes les arts mentionnés dans l'ouvrage. *Paris, Dumoulin*, 1872 ; in-8 à 2 col., demi-rel. chag. tête de nègre, fil. au dos, tr. jasp. (*Rel. de l'époque*).

64. **Bernard** (Auguste). Geofroy Tory, peintre et graveur, premier imprimeur royal, réformateur de l'orthographe et de la typographie sous François Ier. *Paris, Tross*, 1857 ; in-8, demi-rel. mar. La Vallière, dos orné or et à froid, tr. peigne. (*Ottmann-Duplanil*).

Edition originale, ornée de figures sur bois dans le texte.
Exemplaire provenant de la bibliothèque d'Auguste Barbier, qui y a inséré de nombreuses notes autographes, à la plume et au crayon, et auquel on a ajouté 3 lettres autographes signées d'Auguste Bernard.

65. **Bernard** (Auguste). Geofroy Tory, peintre et graveur, premier imprimeur royal, réformateur de l'orthographe et de la typographie sous François Ier. — Deuxième édition, entièrement refondue. *Paris, Tross*, 1865 ; in-8, demi-rel. veau rac., enc. de fil. à froid au dos, tête rouge, non rog., couv. cons. (*Petitot*).

66. **BIBLIA LATINA. 10 feuillets de la Bible imprimée à Paris en** 1475 par Udalricus Gering et ses associés, Martin Krantz et Michel Friburger ; in-fol. à 2 col. de 48 lignes, car. gothiq., initiales peintes en bleu et rouge, cart. bradel demi-vélin blanc. (*Petitot*).

Fragment de la première Bible imprimée en France ; il contient la fin du *Livre d'Ezéchiel* et le commencement du *Livre de Daniel* (Hain, n° 3058). — Exemplaire réglé (Petites taches dans les marges).

67. **Bible moralisée** (La) conservée à Oxford, Paris et Londres. Reproduction intégrale du manuscrit du XIIIe siècle, accompagnée d'une notice par le Cte A. de Laborde. *Paris*, 1911-1913 ; 3 vol. pet. in-fol., en ff., dans des emb. en demi-vélin blanc.

Tomes I à III de cet important ouvrage, publié par la *Société de Reproductions de manuscrits à peintures*. Ces 3 volumes renferment 566 belles phototypies reproduisant chacune 8 médaillons, placés en regard du texte correspondant des Livres saints, plus une planche double en couleurs pour le tome II.
Tiré à 325 exemplaires pour les membres de la Société.
Le tome IV, paru, et le tome V, à paraître, pourront être fournis à l'acheteur de l'exemplaire.

68. **Bibliographe moderne** (Le), courrier international des archives et des bibliothèques, publié sous la direction de M. Henri Stein. *Paris*, de l'origine, 1897, à 1919 ; 18 vol. gr. in-8, demi-rel. chag. bleu, tête jasp., non rog., couv. cons.

Collection complète des 19 premières années.

69. **Bibliographie des Bénédictins** de la congrégation de France, par des Pères de la même congrégation. Nouvelle édition entièrement refondue, accompagnée des portraits en héliogravure de Dom Guéranger et Dom Pitra. *Paris, H. Champion,* 1906 ; gr. in-8, broché, couv. imp.

70. **Bibliographie.** Les auteurs déguisés de la littérature française au XIXe siècle, par J.-M. Quérard. *Paris,* 1845 ; gr. in-8, cart. — Bibliographie clérico-galante, par l'Apôtre bibliographe (Laporte). *Ibid., Laporte,* 1879 ; in-8, cart. — Catalogue des écrits, gravures et dessins, condamnés depuis 1814 jusqu'au 1er janvier 1850 ; suivi de la liste des individus condamnés pour délits de presse. *Ibid., Pillet,* 1850 ; in-12, cart. — L'Index, son histoire, ses lois, sa force obligatoire, par l'abbé L. Petit. *Ibid., Lethielleux,* 1888 ; pet. in-8, broché. — Le Livre, par Jules Janin. *Ibid., H. Plon,* 1870 ; in-8, cart., etc. — Ens. 7 vol. ou plaq.

71. **Bibliographie.** Avis aux gens de lettres (contre les libraires, leurs prétentions, etc., par Fenouillot de Falbaire). *A Liège,* 1770 ; in-8 de 45 pp., br. — Lettre à Monsieur de *** (sur la propriété littéraire). *S. l.,* 19 décembre 1778 ; in-8 de 59 pp., dérel. — Décret de la Convention Nationale du 19 juillet 1793 (sur la propriété artistique et littéraire). Placard de 2 ff. — Lettre aux représentans de la commune de Paris (sur la censure des estampes). *S. l. n. d.* (vers 1798) ; in 8 de 7 pp. — Catalogue chronologique des imprimeurs et libraires du Roy, par le P. Adry, publié par Le Roux de Lincy. *Paris, imp. de Guiraudet et Jouaust,* 1849 ; in-8 de 29 pp., pap. vergé, etc. — Ens. 6 brochures.

72. **Bibliographie.** Congrès bibliographique international tenu à Paris du 3 au 7 avril 1888. — Compte rendu. *Paris,* 1888 ; gr. in-8, demi-rel. veau vert, dos orné, tête dor., non rog. — Bibliothèques, livres et librairies. Conférences faites à l'Ecole des Hautes-Etudes sociales (en 1910-1911). *Ibid., Rivière,* 1912 ; in-8, br. — Congrès international des bibliothécaires tenu à Paris du 20 au 23 août 1900. Procès-verbaux et mémoires publiés par Henry Martin. *Ibid.,* 1901 ; in-8, br. — Les travaux bibliographiques de 1878 à 1888, par M. H. Stein. *Ibid.,* 1889 ; in-8, br., etc. — Ens. 6 vol. in-8 et gr. in-8, brochés, rel. et cart.

73. **Bibliographie**. Connaissances nécessaires à un bibliophile (par Ed. Rouveyre). Seconde édition. *Paris, Rouveyre*, 1878 in-18, br. — De la matière des livres, par un bibliophile. *Ibid., id.*, 1880 ; pet. in-8, br. — L'Amour du livre, par L.-F. de Labessade. *Ibid., Imp. Nationale*, 1904 ; pet. in-8, pap. vergé, br. — Gazette bibliographique, année 1868-1869. *Ibid., Lemerre, s. d.* ; in-12, cart. — Variétés bibliographiques, par Ed. Tricotel. *Ibid., J. Gay*, 1863 ; in-12 (rousseurs). — L'Art de former une bibliothèque, par J. Richard. *Ibid., Rouveyre et Blond*, 1883 ; pet. in-8, pap. vergé, cart. — Ens. 6 vol.

74. **Bibliographie**. Idée d'une nouvelle manière de dresser le catalogue d'une bibliothèque (par Nicolas Clément). *S. l. n. d.* (1697) ; placard in-fol. de 4 ff. — Essai sur la bibliographie et sur les talens du bibliothécaire (par Adry). *Paris*, (1801) ; plaq. in-12, br. — Mémoire pour la conservation des bibliothèques des communautés séculières et régulières de Paris (par Mercier de Saint-Léger). *Ibid., Bailly*, 1790 ; in-8 de 20 pp., br. — Instruction pour procéder à la confection du catalogue de chacune des bibliothèques sur lesquelles les Directoires ont dû ou doivent incessamment apposer les scellés. *Ibid., Imp. Nationale*, 1791 ; in-8 de 15 pp., br., etc. — Ens. 16 vol. ou brochures.

75. **Bibliographie**. Philobiblion. Excellent traité sur l'amour des livres, par Richard de Bury. Traduit... par H. Cocheris. *Paris, Aubry*, 1856 ; in-12, demi-rel. mar. — Le luxe des livres, par L. Derome. *Ibid., Rouveyre*, 1879 ; in-12, pap. vergé, cart. — Essai satirique sur les vignettes, fleurons, culs-de-lampe et autres ornements des livres. *Ibid., id.*, 1873 ; plaq. in-12, pap. vergé, front. gr., br. — Mémoires d'un bibliophile, par Tenant de Latour. *Ibid., Dentu*, 1861 ; in-12, cart. — De la matière des livres, par un Bibliophile. *Ibid., Rouveyre*, 1880 ; pet. in-8, pap. vergé, cart., etc. — Ens. 6 vol.

76. **Bibliographie générale** des travaux historiques et archéologiques publiés par les Sociétés savantes de la France, dressée par Robert de Lasteyrie, avec la collaboration de M. Eugène Lefèvre-Pontalis. *Paris, Imprimerie Nationale*, 1888-1904 ; 4 vol. — Bibliographie... Supplément. *Ibid., id.*, 1911-1918 ; 2 vol. — Bibliographie annuelle... par Robert de Lasteyrie et

Alexandre Vidier (années 1901-1910). *Ibid.*, *id.*, 1906-1914 : 3 vol. — Ens. 9 vol. in-4, demi-rel. chag., enc. de fil. à froid au dos, tête dor., non rog. (*Petitot*).

12 lettres autographes signées de M. de Lasteyrie ajoutées.

77. **Bibliographie**. Histoire du dépôt légal, 1re partie (France), par H. Lemaître. *Paris, A. Picard*, 1910 ; 1 vol. — Notice sur les dépôts littéraires et la révolution bibliographique de la fin du dernier siècle, par J.-B. Labiche. *Ibid.*, *Parent*, 1880 ; 1 vol. — Le dépôt légal, historique de la question, projets de réforme, par E. Raunié. *Tours*, 1884 ; 1 plaq. — Le dépôt légal. Etude et projet de loi. *Paris, Bossard*, 1917 ; 1 br. — Le dépôt légal et nos collections nationales, par Georges Picot. *Ibid.*, *A. Picard*, 1883 ; 1 br. — La propriété littéraire au XVIIIe siècle. Recueil de pièces et de documents... Introduction et notices par Ed. Laboulaye et G. Guiffrey. *Ibid.*, *Hachette*, 1859 ; in-8. — Ens. 6 vol. ou plaq. brochés, couv. imp., sauf le dernier vol. qui est en demi-rel. chag. brun, tr. jasp.

78. **Bibliographical Society** (Publications de la). A list of english tales and prose romances printed before 1740, by Arundell Esdaile, 1 vol. — Abstracts from the wills and testamentary documents of printers, binders and stationers of Cambridge (1504-1699), by George J. Gray and Wm. Mortlock Palmer, 1 vol. — A hand list of english books in the Library of Emmanuel College, Cambridge, printed before 1641, 1 vol. — *London. and Oxford*, 1912-1915 ; ens. 3 vol. pet. in-4 carré, pap. vergé, cart. de l'éditeur.

79. **Bibliographical Society** (Transactions of the). *London* 1893-1915 ; 13 tom. en 18 vol. ou fasc. in-8 carré, pap. vergé, les 3 derniers en cart. de l'éditeur, non rog., les autres brochés.

On y joint la table des dix premiers tomes et les 3 premiers fascicules de la 4e série de la publication (Juin-Décembre 1920), ainsi que la *List of english editions and translations of greek and latin classics printed before* 1641, publiée en 1911 pour la Bibliographical Society. — Ens. 23 vol. ou fasc.

80. **Bibliophiles François** (Société des). Mélanges de littérature et d'histoire, recueillis et publiés par la Société des Bibliophiles françois. [Notice sur la vie et les lettres de Marie-Caroline de

Savoye, duchesse de Bourgogne, etc.]. *Paris, imp. de Crapelet*, 1850 ; 1 vol. — Mélanges... Première partie. [Notice sur Mme la vicomtesse de Noailles, etc.] [et Deuxième partie : Petite Chronique françoise de l'an 1270 à l'an 1356, etc.]. *Ibid., imp. Lahure*, 1856-1867 ; 2 vol. — Mélanges... [Notice sur M. Le Roux de Lincy, etc.]. *Ibid, pour la Société des Bibliophiles françois*, 1877 ; 1 vol. — Ens. 4 vol. in-8, pap. vergé, les 3 premiers brochés, couv. imp., le dernier en demi-rel. mar. rouge jans. avec coins, tête dor., non rog. (*Loisellier*).

81. **Bibliophiles célèbres**. S. A. R. Henri d'Orléans, duc d'Aumale, par Eugène Paillet (pap. vélin). — Autour de Jehan Grolier, par le baron Roger Portalis (pap. vergé ; envoi et 3 lettres autogr. de l'auteur). — Le baron Jérôme Pichon, par Georges Vicaire (portr.). — Le baron A. de Claye, par Jules Le Petit (Envoi et lettre autogr. de l'auteur). — Ernest Quentin-Bauchart, par le comte A. de Laborde (pap. vergé, portr.). — Ernest Courbet, par Georges Vicaire (Lettre autogr. de l'auteur ajoutée). Etc. — Ens. 11 brochures in-8 et in-4.

82. **Bibliothèque dramatique** de M. de Soleinne. Catalogue rédigé par P. L. Jacob, bibliophile (Paul Lacroix). *Paris, Alliance des Arts*, 1843-1845 ; 6 part. et 2 suppl. en 4 vol. — Table générale... rédigée par Goizet. *Ibid., id.*, 1845 ; 1 vol. — 5 vol. in-8, demi-rel. veau fauve, dos orné, tr. jasp. (*Rel. de l'époque*).

On y joint : Table des pièces de théâtre décrites dans le catalogue de la bibliothèque de M. de Soleinne, par Charles Brunet, publiée par Henri de Rothschild. *Ibid., Ed. Rahir*, 1914 ; in-8, broché, couv. imp. — Bibliothèque dramatique de Pont de Vesle, formée avec les débris des bibliothèques de Saint-Ange, de Crozat, de Mme de Pompadour, etc., possédée depuis par M. de Soleinne, augmentée et remise en ordre, par le bibliophile Jacob (Paul Lacroix). *Ibid., id.*, 1847 ; in-8, broché, couv. imp. — Ens. 7 vol.

83. **Bibliothèque Elzévirienne**. *Paris, Jannet* (*et Daffis et Plon*), 1853-1891 ; 41 vol. in-16, pap. vergé, perc. rouge, fers spéciaux, non rog. (*Cart. de l'éditeur*).

Les Caquets de l'Accouchée, 1 vol. (épuisé). — Le Roman bourgeois par A. Furetière, 1 vol. (épuisé). — Mémoires pour servir à l'histoire de l'Académie royale de peinture et de sculpture depuis 1648 jusqu'en 1664, 2 vol. — Recueil de poésies françoises des XVe et XVIe siècles, 13 vol. — Variétés historiques et littéraires, 10 vol. — Le Dictionnaire des Précieuses par le sieur de Somaize, 2 vol. — Le Livre commode des adresses de Paris pour 1692 par A. Du Pradel, 2 vol. — Mes Inscriptions, journal intime de Restif de la Bretonne (1780-1787) ; avec préface, notes et index pour Paul Cottin, 1 vol. (*Envoi et 4 lettres autographes* signés de Paul Cottin).

On y a joint : Œuvres poétiques de l'abbé L. Ginot. *Orléans, Derluison*, 1881-1884 ; 3 vol. in-16, pap. vergé, portr. gr., même cart. — Ens. 44 vol.

84. **Bibliothèque Mazarine**. Préface du Catalogue de la Bibliothèque Mazarine, rédigée en 1751, par le bibliothécaire P. Desmarais ; publiée, traduite en français et annotée par Alfred Franklin. *Paris, Miard*, 1867 ; in-12, broché, couv. imp. 8

Tiré à 306 exemplaires. — Un des 6 sur papier Whatman, imprimé au nom de M. Georges Moreau-Chaslon.

On y joint : La Bibliothèque Mazarine et le Duc de La Vallière, par Auguste Molinier. *Ibid., Menu*, 1877 ; plaq. in-8, brochée, couv. imp.

Bibliothèque Nationale

I. — Département des Manuscrits

85. — Catalogue des manuscrits français. Ancien fonds. *Paris, Firmin Didot frères*, 1868-1902 ; 4 vol. in-4 (sur 5), demi-rel. chag. brun, dos orné, tr. jasp. — Le tome IV manque. 70

86. — Catalogue général des manuscrits français par Henri Omont (avec la collaboration de C. Couderc, L. Auvray, Ch. de La Roncière, etc.). — Ancien supplément français, 3 vol. — Ancien Saint-Germain français, 3 vol. — Anciens petits fonds français, 3 vol. — Nouvelles acquisitions françaises, 3 vol. — Nouvelles acquisitions... pendant les années 1891-1910 ; 10 brochures réunies en 2 vol. (et 1911 à 1917, 3 brochures). — Nouvelles acquisitions (1891-1910)... Répertoire alphabétique, 1 vol. — Inventaire de la collection Anisson sur l'histoire de l'imprimerie et la librairie, 2 vol. — Collection des Mélanges de Colbert. (Tome I), 1 vol. — *Paris, Leroux*, 1895-1920 ; ens. 18 vol. gr. in-8, les 15 premiers en demi-rel. chag., tête dor., non rog., couv. cons. (*Petitot*), les 16e et 17e cart. bradel demi-vélin blanc, tête jasp., non rog., couv. cons. (*Petitot*), le dernier broché, couv. imp. — Envoi d'auteur à la plupart des vol. 200

87. — Léopold DELISLE. Inventaire des manuscrits latins conservés à la Bibliothèque Nationale sous les n°s 8823-18613 et

faisant suite à la série dont le catalogue a été publié en 1744 [manuscrits de Saint-Germain-des-Prés, de l'Abbaye de Saint-Victor, de la Sorbonne, de Notre-Dame, etc.]. *Paris, Durand,* 1863-1871 ; 5 part. en 1 vol. gr. in-8, demi-rel. mar., tête dor., non rog., couv. cons. (*Petitot*). — Inventaire général et méthodique des manuscrits français (Théologie, Jurisprudence, Sciences, Arts, etc.). *Ibid., Champion,* 1876-1878 ; 2 vol. in-8, même rel. — Inventaire des manuscrits... fonds de Cluni. *Ibid., id.,* 1884 ; in-8, même rel., en chag. — Manuscrits latins et français ajoutés aux fonds des nouvelles acquisitions pendant les années 1875-1891. *Ibid., id.,* 1891 ; 2 vol. gr. in-8, cart. bradel demi-perc. brune, tête jasp., non rog., couv. cons. (*Petitot*). — Catalogue des manuscrits des fonds Libri et Barrois. *Ibid., id.,* 1888 ; gr. in-8, demi-rel. veau fauve, dos orné, tête dor., non rog., couv. cons. — Catalogue général des livres imprimés de la Bibliothèque Nationale. Tome I. *Ibid., Imp. Nationale,* 1897 ; gr. in-8, demi-rel. chag. rouge, tête dor., non rog., couv. cons. (*Petitot*). 2 lettres autographes ajoutées. — Ens. 8 vol.

88. — Notices sur certaines catégories de manuscrits par H. Omont, Marie Pellechet, A. Molinier, Ulysse Robert, P. Teste, etc., publiés de 1877 à 1918. — Ens. 24 vol. ou brochures in-12 et in-8.

II. — Département des Imprimés

89. [**VAN PRAET** (Joseph)]. **Catalogue des livres imprimés sur vélin** de la Bibliothèque du roi. *Paris, De Bure,* 1822-1828 ; 6 tom. en 5 vol. gr. in-8. — Catalogue des livres imprimés sur vélin qui se trouvent dans des bibliothèques tant publiques que particulières. *Ibid., id.,* 1824-1828 ; 4 vol. — Ens. 9 vol. gr. in-8, cart. bradel demi-perc. grise, non rog.

Exemplaire tiré sur *grand papier vélin* de ce catalogue précieux tant par l'importance des livres décrits que par l'exactitude des descriptions.

On a joint : Inventaire alphabétique des livres imprimés sur vélin de la Bibliothèque Nationale, complément du catalogue publié par van Praet. *Paris, Champion,* 1877 ; pet. in-8, pap. vergé, cart. bradel demi-mar. bleu, tête dor., non rog., couv. cons.

90. — Anciens inventaires et catalogues de la Bibliothèque Na-

tionale, publiés par H. Omont. *Paris, Leroux*, 1908-1913 ; 4 tom. en 5 vol. gr. in-8, brochés, couv. imp.

On y joint : Catalogue général des livres imprimés.... Actes royaux, par Albert Isnard (tome Ier). *Ibid.*, *Imp. Nationale*, 1910 ; gr. in-8, broché, couv. imp. — Catalogue de la collection Dupuy, par Léon Dorez. *Ibid.*, *Leroux*, 1899 ; 2 vol. gr. in-8, cart. bradel demi-perc., tête jasp., non rog., couv. cons. — Ens. 8 vol.

91. — Catalogue général des livres imprimés de la Bibliothèque Nationale. (Tomes I à LXXI). *Paris, imp. Nationale*, 1897-1920 ; 71 vol. gr. in-8 à 2 col., les 69 premiers cart. bradel demi-toile grise, tête jasp., non rog., couv. cons. (*Petitot*), les 2 derniers brochés, couv. imp.

92. — Bulletin mensuel des récentes publications françaises ; avec un appendice contenant l'indication des cartes géographiques et des livres anciens nouvellement entrés au département des imprimés. *Paris, Champion*, 1882-1918 ; 35 vol. gr. in-8, cart. bradel demi-perc. verte, non rog.

93. — Catalogue des factums et d'autres documents judiciaires antérieurs à 1790, par A. Corda (et A. Trudon des Ormes). *Paris, Plon, Nourrit et Cie*, 1890-1905 ; 7 vol. gr. in-8, y compris le Supplément, demi-rel. veau fauve, fil. à froid, tête dor., non rog., couv. cons. (*Petitot*).

94. — Catalogue de l'Histoire de France. *Paris, Firmin Didot frères*, 1855-1879 ; 11 vol. — Catalogue... Table des auteurs. *Ibid.*, *id*, 1895 ; 1 vol. — Catalogue... Table générale alphabétique des ouvrages anonymes. *S. l.*, 1905-1913 ; 6 vol. autographiés. — Catalogue... Suppléments : Histoire locale, 1880. — Biographie, 1884. — Histoire militaire et maritime, 1885-1894. — Histoire constitutionnelle, 1895, 4 vol. autographiés. — Ens. 22 vol. in-4 à 2 ou 3 col., les 12 premiers en demi-rel. chag. violet, dos orné, tr. jasp., les 10 derniers cart. bradel demi-perc. grise, non rog. (*Petitot*).

95. — Catalogue alphabétique des ouvrages mis à la disposition des lecteurs dans la salle de travail. *Paris*, 1879-1886, 1895-1904 ; 2 vol. in-12 et 2 vol. in-8. — Répertoire alphabétique des livres mis à la disposition des lecteurs... 1896-1910 ; 2 vol. in-8. — Liste des ouvrages communiqués dans la salle publique de

lecture (avec supplément). 1887-1895 ; 2 vol. in-8, etc. — Ens. 10 vol. ou brochures, cart. ou brochés.

96. — L'Enfer de la Bibliothèque Nationale. Revendication par M. Alfred Bégis de livres saisis à son domicile et déposés à la Bibliothèque Impériale en 1866. — Débats judiciaires. *Paris, imprimé pour les Amis des Livres. — L. Carteret et Cie*, 1899 ; in-8, papier vergé de Holl., portr.-front., broché, couv. imp.

97. — APOLLINAIRE (Guillaume), Fernand FLEURET et Louis PERCEAU. L'Enfer de la Bibliothèque Nationale. — Icono-bio-bibliographie descriptive, critique et raisonnée, complète à ce jour, de tous les ouvrages composant cette célèbre collection. *Paris, Mercure de France*, 1913 ; in-8, broché, couv. imp.

Edition originale de cette bibliographie avec d'interessantes notices critiques et littéraires, contenant la description de plus de 900 ouvrages.

III. — Département des Estampes Cabinet des Médailles

98. — Catalogue des volumes d'estampes dont les planches sont à la Bibliothèque du Roi, 1743 ; in-4 de 34 pp., cart. — Notice des estampes exposées à la Bibliothèque royale, par Duchesne aîné, 1837 ; in-8, cart. — Description des estampes exposées dans la galerie de la Bibliothèque impériale, par le même, 1855 ; in-8, cart. — Le Département des Estampes, par le Vte H. Delaborde, 1875 ; in-12, broché. — Le Cabinet des Estampes... par Henri Bouchot (avec la table générale), *s. d.* ; 2 vol. in-8, demi-rel. chag. — Etc. — Ens. 12 vol. ou brochures.

99. — Inventaire de la collection d'estampes relatives à l'histoire de France, léguée en 1863 par M. Michel Hennin, rédigé par Georges Duplessis. *Paris, A. Picard (et Champion)*, 1876-1884 ; 5 vol. in-8, demi-rel. mar. bleu, enc. de fil. à froid au dos, tête dor., non rog., couv. cons. (*Petitot*). — Les titres manquent aux tomes II et III.

100. — Inventaire des pièces dessinées ou gravées... collection

Clairambault, rédigé par A. Flandrin. *Paris, Hachette*, 1887 ; in-8, cart. bradel demi-vélin vert, tête jasp., non rog., couv. cons. (*Petitot*).

101. — Inventaire des dessins exécutés pour Roger de Gaignières... par Henri Bouchot. *Paris, Plon, Nourrit*, 1891 ; 2 vol. gr. in-8, cart. bradel demi-perc. verte, tête jasp., non rog., couv. cons. (*Petitot*).

102. — Inventaire des dessins, photographies et gravures, relatifs à l'histoire générale de l'art, légués par M. A. Armand, rédigé par Fr. Courboin. *Lille, imp. Danel*, 1895 ; 2 vol. gr. in-8, cart. bradel demi-perc. bleue, tête jasp., non rog., couv. cons. (*Petitot*).

103. — Inventaire de la collection de dessins formée par M. H. Destailleur. *Paris, Imp. Nationale*, 1897 ; gr. in-8, cart. bradel demi-perc. brune, tête jasp., non rog., couv. cons. (*Petitot*).

104. — Catalogue de la collection des portraits français et étrangers... rédigé par Georges Duplessis. [Tomes I à VII]. *Paris, Rapilly*, 1896-1911 ; 7 vol. gr. in-8, les 5 premiers cart. bradel demi-perc. crème, tête jasp., non rog., couv. cons. (*Petitot*), les 2 derniers brochés, couv. imp.

105. — Catalogue sommaire des gravures et lithographies composant la réserve, rédigé par Fr. Courboin. *Paris, Rapilly*, 1900-1901 ; 2 vol. gr. in-8, cart. bradel demi-perc. brune, tête jasp., non rog., couv. cons. (*Petitot*).

106. — Collection De Vinck. Inventaire analytique par Fr.-L. Bruel. (Tomes I et II). *Paris, imp. Nationale*, 1909-1914 ; 2 forts vol. gr. in-8, fig., brochés, couv. imp.

Tiré à 300 exemplaires seulement.

107. — Exposition d'œuvres de Rembrandt, dessins et gravures (Mai-Juin 1908). Catalogue rédigé par François Courboin, J. Guibert et P.-A. Lemoisne. *Paris, E. Lévy*, 1908 ; gr. in-8, pap. de Holl., broché, couv. imp.

108. — Exposition des Primitifs français au Palais du Louvre et

à la Bibliothèque Nationale. Catalogue rédigé par MM. Henri Bouchot, L. Delisle, J.-J. Guiffrey, etc. *Paris*, Avril 1904 ; gr. in-8, fig., demi-rel. mar. bleu avec coins, fil. à froid, tête dor., non rog., couv. cons. (*Petitot*).

On y joint une série d'épreuves de la partie relative aux manuscrits à peintures exposés à la Bibliothèque Nationale, avec corrections de M. Paul Lacombe, réunies en 3 vol. in-4 carré, cart. bradel demi-vélin.

109. — *Le même ouvrage*, édition définitive, gr. in-8, même reliure, auquel on a joint 3 opuscules relatifs à l'Exposition des Primitifs, brochés.

110. — Les Primitifs français. Album de vingt-cinq planches publié par la Gazette des Beaux-Arts. *Paris*, 1904 ; gr. in-8, pap. vergé, en ff., dans un carton.

Album de 25 planches gravées par Burney, T. de Mare, etc., ou en héliogravure, reproduisant des peintures, miniatures et émaux, dessins, sculptures, par Jean Fouquet, Léonard Limousin, François Clouet, etc.

111. — MOLINIER (Emile). Un coin de la Bibliothèque Nationale. — Les habitués du Département des Estampes dessinés par Pierre Vidal. *Paris, imp de l'Art*, 1892 ; plaq. in-4, brochée, couv. imp.

Un des 2 exemplaires tirés sur papier de Chine.

112. — Histoire abrégée du Cabinet des Médailles par L. Cointreau, 1800 ; in-8, cart. — Notice des monuments exposés dans le Cabinet des Médailles, par Marion du Mersan, 1840 ; in-8, broché. — Histoire du Cabinet des Médailles, par le même, 1838 ; in-8, broché. — Etc. — Ens. 6 vol. ou brochures in-8 et in-12.

IV. — Ouvrages divers

113. — Essai d'une bibliographie historique de la Bibliothèque Nationale, par E. Pierret. *Paris, Bouillon*, 1892 ; gr in-8, cart bradel demi-chag. vert, tête dor., non rog., couv. cons.

Tiré à 210 exemplaires seulement. — Un des 10 sur papier vergé — Lettre et envoi autographes signés de l'auteur.

114. — Première [et deuxième et troisième] lettre des conserva

teurs de la Bibliothèque royale sur l'ordonnance du 22 février 1839 relative à cet établissement. *Paris, Fournier*, 1839. — La Bibliothèque du Roi (par Ch. Dunoyer). (*Ibid.*, *id.*, 1839). — Ens. 4 brochures in-8.

Protestation contre l'ordonnance de 1839 qui avait créé le poste d'administrateur général ; elle porte les noms de Jomard, Letronne, Raoul Rochette, Champollion-Figeac, etc. Non contents de proterste, ces messieurs mirent à l'index Ch. Dunoyer, à qui le poste d'administrateur général avait été confié ; celui-ci, ancien préfet, membre de l'Institut, abandonné par le ministre, se vit contraint de démissionner ; sa brochure, fort curieuse, où il raconte ses tribulations, est devenue introuvable. (Cf. *La Littérature franç. contemp.* par Louandre et Bourquelot, t. III, p. 355).

115. — Affaire Libri. Réunion de 13 pièces par Libri, Paul Lacroix, Gustave Brunet, Naudet, etc., dont l'acte d'accusation contre Libri-Carrucci, inspecteur général de l'Instruction publique, accusé de vols dans les bibliothèques publiques. *Paris*, 1848-1861 ; 13 plaq. in-8 et gr. in-8, brochées ou dérel.

116. — La Bibliothèque du Roi au début du règne de Louis XV. Journal de l'abbé Jourdain, publié par H. Omont, 1893 ; 92 pp. — Essai historique sur la Bibliothèque du Roi, par Le Prince, 1856 ; 466 pp. — L'an 1787 (par J.-L. Carra), *s. d.* ; 18 pp. — Rapport à la Convention sur la bibliographie, par Grégoire, an II ; 15 pp. — Rapport... sur l'organisation de la Bibliothèque Nationale, par Villar, an IV ; 10 pp. — Règlement pour la Bibliothèque Nationale, an IV ; 16 pp. — Ordonnances et décrets, 1839-1848. — Etc. — Ens. 24 ouvrages ou brochures in-12 et in-8.

117. — La Bibliothèque Nationale. Choix de documents pour servir à l'histoire de l'établissement et de ses collections, par Léon Vallée. *Paris, Terquem*, 1894 ; gr. in-8, demi-rel. veau fauve, tête dor., non rog., couv. cons.

118. BERALDI (Henri). Voyage d'un livre à travers la Bibliothèque Nationale. *Paris, Masson*, 1893 ; plaq. gr. in-8, brochée, couv. imp.

Tirage à part de cette intéressante bibliographique parue dans le journal *La Nature*.
Un des 95 exemplaires tirés sur papier Whatman.

119. — *Le même ouvrage*, pap. ordinaire, broché, couv. imp.

120. **Bibliothèque de poche**. Curiosités littéraires (par L. Lalanne), 1 vol. — Curiosités biographiques (par le même), 1 vol. — Curiosités philologiques, géographiques et ethnologiques (par Léon de Wailly), 1 vol. — Curiosités théâtrales, par V. Fournel, 1 vol. — Curiosités bibliographiques, par L. Lalanne, 1 vol. — Curiosités de l'histoire des arts, par P. L. Jacob (Paul Lacroix), 1 vol. — *Paris, Paulin* [*et Delahays*], 1845-1858 ; ens. 6 vol. in-16, les 4 premiers cart. bradel demi-perc., non rog., couv. cons., les 2 derniers demi-rel. chag., tr. jasp.

121. **Biographie générale** (Nouvelle) depuis les temps les plus reculés jusqu'à nos jours, avec les renseignements bibliographiques et l'indication des sources à consulter, publiée par MM. Firmin Didot frères sous la direction de M. le Dr Hoefer. *Paris, Firmin Didot*, 1862-1866 ; 46 vol. in-8, demi-rel. chag. vert, dos orné, tr. jasp. (*Rel. de l'époque*).

122. **Biré** (Edmond). Victor Hugo avant 1830. Deuxième édition. *Paris, Gervais*, 1883 ; 1 vol. — Victor Hugo après 1830. *Ibid., Perrin*, 1891 ; 2 vol. — Victor Hugo après 1852. *Ibid., id.*, 1894 ; 1 vol. — Ens. 4 vol. in-12, cart. bradel demi-chag. vert, tête dor., non rog., couv. cons.

Les 3 derniers vol. sont en édition originale.

123. **Blanchard** (P.). Le Buffon de la jeunesse. Zoologie. Botanique. Minéralogie. — Revu, corrigé et augmenté par M. Chenu. *Paris, Belin-Le Prieur et Morizot, s. d.* ; fort vol. gr. in-8, chag. vert, dos orné, mil. et large dent. dor. sur les plats, bord. int., tr. dor. (*Rel. de l'époque*).

Illustré de 100 planches gravées sur bois, hors texte et de figures dans le texte (Rousseurs ; 4 pl. manquent).

124. **Blondel** (Jacques-François). Réimpression de l'*Architecture française* de Jacques-François Blondel, exécutée sous le contrôle de MM. Guadet et Pascal. *Paris, Em. Lévy*, (1904) ; 4 vol. pet. in-fol., cart. de l'éditeur, dans des étuis.

Belle réimpression de cet important ouvrage, renfermant 500 planches hors texte, en phototypie, exécutées par Fortier et Marotte.

125. **Blondel** (Spire). L'Art intime et le goût en France. (Gram-

maire de la curiosité). Illustrations de MM. Arents, Bourdin, Fraipont, Grivaz, etc. *Paris, Rouveyre et Blond,* 1884 ; pet. in-4, nombr. illustr. dans le texte et hors texte, demi-rel. veau fauve, dos orné, tête dor., non rog., couv. cons.

126. **Bohatta** (Dr Hanns). Bibliographie des Livres d'heures (Horae B. M. V.). Officia, Hortuli animae, Coronae B. M. V., Rosaria et Cursus B. M. V., imprimés aux XVe et XVIe siècles. *Vienne,* 1909 ; gr. in-8, broché, couv. imp.

Edition française tirée à 150 exemplaires num. sur papier vergé. — Lettre de l'auteur ajoutée.

127. **Bohatta** (Dr Hanns). Katalog der liturgischen Drucke des XV und XVI Jahrhunderts in der Herzogl. Parma'schen Bibliothek in Schwarzau am Steinfeld, N.-O. Bearbeitet von Dr Hanns Bohatta. *Wien,* 1909-1910 ; 2 vol. in-4, brochés, couv. imp.

Tiré à 200 exemplaires num. sur papier vergé. — 2 lettres autographes signées du Dr Hanns Bohatta, ajoutées.

128. **Boileau.** Œuvres complètes de Boileau Despréaux, avec le commentaire historique de Brossette revu. *Paris, au bureau de la Bibliothèque choisie,* 1829 ; 3 vol. in-8, demi-rel. veau fauve, dos sans nerfs orné, tr. marb. (*Rel. de l'époque*).

129. **Boileau.** Poésies de Boileau Despréaux. *Paris, Imp. de Didot l'aîné,* 1781 ; 2 vol. in-18, mar. rouge, dos sans nerfs orné, large encadrement formé de 7 fil., dont un au pointillé et d'une petite dentelle dorés sur les plats, dent. int., tr. dor. (*Rel. de l'époque*).

130. [**Bois-Jourdain** (de)]. Mélanges historiques, satiriques et anecdotiques de M. de B... Jourdain, écuyer de la grande écurie du roi (Louis XV) ; contenant des détails ignorés ou peu connus sur les événements et les personnes marquantes de la fin du règne de Louis XIV, des premières années de celui de Louis XV et de la Régence. *Paris, Chèvre et Chanson,* 1807 ; 3 vol. in-8, demi-rel. veau rose avec coins, dos orné, tr. marb.

Curieux recueil d'anecdotes et de chansons historiques. — Excellente reliure romantique.

131. **Bonnaffé** (Edmond). Dictionnaire des amateurs français au-

XVIIe siècle. *Paris, Quantin*, 1884 ; gr. in-8, pap. vergé, demi-rel. veau fauve, dos orné, tête dor., non rog., couv. cons.

On y joint, du même auteur : Les Collectionneurs de l'ancienne France. *Ibid., Aubry*, 1873 ; pet. in-8, pap. vergé, cart. bradel demi-perc. verte, non rog., couv. cons. — Physiologie du curieux. *Ibid., J. Martin*, 1881 ; plaq. pet. in-8, pap. vergé, cart. — Ens. 3 vol.

132. **Bonnaffé** (Edmond). Inventaire des meubles de Catherine de Médicis en 1589. Mobilier, tableaux, objets d'art, manuscrits. *Paris, Aubry*, 1874 ; pet. in-8, front., cart. bradel demi-cuir de Russie, tête dor., non rog., couv. cons.

Tiré à 250 exemplaires num. — Un des 200 sur papier de Hollande. — Envoi d'auteur.

133. **Bossuet**. Oraisons funèbres de Bossuet, évêque de Meaux. *Paris, Baudoin frères*, 1828 ; in-8, veau violet, dos orné, bord. à froid et fil. dor. encadrant les plats, bord. int. dor., tr. marb. (*Bibolet*).

134. **Bossuet**. Oraison funèbre du Grand Condé, par J.-B. Bossuet, évêque de Meaux. *Paris, Morgand et Fatout*, 1879 ; plaq. gr. in-4, demi-rel. mar. La Vallière foncé avec coins, dos orné, tête dor., non rog. (*Pagnant*).

Edition illustrée de 1 frontispice, 3 grands sujets à pleine page et de quelques vignettes dans le texte, gravés au burin par Ad. Didier d'après Lechevallier-Chevignard.
Tiré à 454 exemplaires num. — Un des 300 sur papier de Hollande.

135. **Bouchot** (Henri). L'Exposition des Primitifs français. — La peinture en France sous les Valois. *Paris, Librairie centrale des Beaux-Arts*, (1904) ; in-fol., pap. vélin, pl. montées sur onglets, demi-rel. peau de truie, enc. de fil. à froid au dos, tête rouge, non rog. (*Petitot*).

Important ouvrage, illustré de 101 grandes héliogravures sur cuivre, imprimées en taille-douce, à un ou plusieurs sujets, accompagnées chacune d'une page de notice explicative.

136. **Bouchot** (Henri). Des livres modernes qu'il convient d'acquérir, 1 vol. — De la reliure, 1 vol. — Les livres à vignettes du XVe au XVIIIe (et XIXe) siècle, 2 vol. — Les ex-libris et les marques de possession du livre, 1 vol. — *Paris, Ed. Rouveyre*, 1891 ; ens. 5 vol. pet. in-12, pap. vélin teinté, fig., brochés, couv. ill.

Collection complète de la *Bibliothèque des Connaissances utiles aux Amis des Livres*.

137. **Bouchot** (Henri). Des Livres modernes qu'il convient d'acquérir. — L'art et l'engouement. — La Bibliofolie contemporaine. — Les procédés de décoration. *Paris, Rouveyre*, 1891 ; in-12, illustr. en noir et en coul., broché, couv. imp.

De la *Bibliothèque des Connaissances utiles aux amis des livres*. Un des 20 exemplaires num. sur papier du Japon.

138. **Boussingault** (le P. Adam). La Guide universelle de tous les Pays-Bas, ou des dix-sept provinces, qui fait voir au voyageur tout ce qu'il y a de plus beau, de plus rare, de plus antique et de plus curieux, par le Révérend Père Adam Boussingault, Parisien, Religieux de l'Ordre de S. Croix. *A Paris, chez François Clousier*, 1665 ; in-12 de 12 ff. lim., 281 pp. et 7 pp. n. ch. pour la Table alphabétique des villes, perchemin blanc. (*Rel. de l'époque*).

Première édition de ce très intéressant guide du voyageur à travers la Flandre, l'Artois, la Belgique et la Hollande. Il se termine par une description enthousiaste (de 41 pages) de la « *grande et fameuse ville de Paris qui ne cède que d'ancienneté aux plus renommées du monde* ». — Très rare. (Trou de ver à la marge sup. des premiers feuillets).

139. **Bouton** (Victor). Nouveau traité du blason, ou science des armoiries, mise à la portée des gens du monde et des artistes, d'après le P. Ménétrier, d'Hozier, Segoing, Palliot, etc. *Paris, Garnier frères*, 1863 ; pet. in-8, nombr. fig. de blasons dans le texte, cart. bradel demi-perc. grenat, tête jasp., non rog., couv. cons. (*Petitot*).

On y joint : L'Hermétisme dans l'art héraldique, par F. Cadet de Gassicourt et le baron Du Roure de Paulin. *Paris, Daragon*, 1907 ; in-8, fig., broché, couv. imp. — Ens. 2 vol.

140. **Bouvenne** (Aglaüs). Notes et Souvenirs sur Charles Méryon, son tombeau au Cimetière de Charenton-Saint-Maurice, avec un autographe, des dessins inédits, des portraits de Méryon et des gravures de Bracquemond, Bouvenne, Focillon et Gachet. *Paris, Charavay frères*, 1883 ; in-4, pap. vél. du Marais, broché, couv. imp.

141. **Bracquemond**. Etude sur la gravure sur bois et la lithographie. *Paris, Imprimé pour Henri Béraldi*, 1897 ; in-8, broché, couv. imp.

Tiré à 138 exemplaires num. seulement, sur papier vergé, et non mis dans le commerce.

142. [**Braun** (Placide)]. Notitia historico-litteraria de libris ab artis typographicæ inventione usque ad annum 1500 impressis, in bibliotheca liberi, ac imperialis monasterii ad SS. Udabricum et Afram Augustæ extantibus. *Augustæ Vindelicorum*, 1788-1789 ; 2 part. en 1 vol. in-4, demi-rel. bas. fauve avec coins, tr. rouges. (*Rel. de l'époque*).

Excellent ouvrage (Brunet, I, 1214), orné de 11 planches représentant les alphabets de 75 éditions du XVe siècle.

143. **British Museum**. Catalogue of printed books. — Liturgies. *London*, 1899 ; 3 part. en 1 vol. in-4, cart. bradel demi-vélin blanc, tête jasp., non rog. (*Petitot*).

Contient la nomenclature de plus de 2.500 ouvrages sur la liturgie en toutes langues et de tous rites, conservés au *British Museum*.

144. **Brivois** (Jules). Bibliographie des ouvrages illustrés du XIXe siècle, principalement des livres à gravures sur bois. *Paris, Conquet (et Rouquette)*, 1883 ; gr. in-8, pap. vergé, cart. bradel demi-chag. grenat, tête rouge, non rog., couv. cons.

145. **Brivois** (Jules). Bibliographie de l'œuvre de P.-J. de Béranger, contenant la description de toutes les éditions, l'indication d'un grand nombre de contrefaçons, le classement des suites de gravures, vignettes, etc., etc. *Paris, Conquet*, 1876 ; gr. in-8, broché, couv. imp.

Un des 150 exemplaires num. sur grand papier de Hollande, texte réimposé.

146. **Brivois**. Essai d'une Bibliographie des Œuvres de M. Alphonse Daudet avec fragments inédits. *Paris, L. Conquet*, 1895 ; pet. in-8, pap. vergé, broché, couv. imp. — Envoi d'auteur.

147. **Brizeux** (Auguste). Œuvres complètes, précédées d'une notice par Saint-René Taillandier. *Paris, Michel Lévy*, 1860 ; 2 vol. in-12, portr., demi-rel. chag. vert, dos orné, tête dor., non rog.

Première édition collective.

148. **Bruant** (Aristide). Dans la rue. Chansons et monologues. — Dessins de Steinlen, 1 vol. — Dans la rue. — Deuxième volume..., 1 vol. *Paris, Aristide Bruant, s. d.* ; 2 vol. in-12, cart. bradel demi-perc. gris ardoise, tête jasp., non rog., couv. cons.

Edition originale. (La couv. du 2e vol. porte la mention 3e mille).

149. **Brune** (l'abbé Paul). Dictionnaire des artistes et ouvriers d'art de la Franche-Comté. *Paris, Bibliothèque d'art et d'archéologie,* 1912 ; pet. in-4 carré, pap. vergé, broché, couv. imp.

Fait partie des *Publications pour faciliter les études d'art en France.*

150. **Brunet** (J.-Ch.). Manuel du libraire et de l'amateur de livres. — Cinquième édition originale entièrement refondue et augmentée d'un tiers par l'auteur. *Paris, Firmin Didot,* 1860-1865 ; 6 vol. — Supplément contenant : 1° un complément du dictionnaire bibliographique de M. J.-Ch. Brunet ; 2° la table raisonnée des articles, par P. Deschamps et Brunet. *Ibid., id.,* 1878-1880 ; 2 tom. en 1 vol. — Dictionnaire de Géographie ancienne et moderne... par un Bibliophile (P. Deschamps). *Ibid., id.,* 1870 ; 1 vol. — Ens. 8 vol. gr. in-8, les 7 premiers en demi-rel. mar. violet avec coins, fil. à froid au dos, tête dor., non rog., le dernier en demi-rel. chag. brun avec coins, tr. peigne.

Exemplaire auquel on a joint : Bibliographie méthodique et raisonnée des Beaux-Arts, par Ernest Vinet [Complément du Manuel du libraire]. *Ibid., id.,* 1874 ; gr. in-8, pap. vélin de Holl., demi-rel. mar. bleu, fil. à froid au dos, tête dor., non rog. (*Petitot*).

151. **Brunet** (Gustave). Les livres cartonnés, essais bibliographiques. *Bruxelles, Gay et Doucé,* 1878 ; in-12, pap. vergé. — Recherches sur les imprimeries imaginaires clandestines et particulières. *Ibid., id.,* 1879 ; in-12. — Livres perdus, essai bibliographique sur les livres devenus introuvables. *Ibid., id.,* 1882 ; in-12, pap. vergé. — La France littéraire au XVe siècle, ou Catalogue raisonné des ouvrages en tout genre, imprimés en langue française jusqu'à l'an 1500. *Paris, Franck,* 1865 ; pet. in-8, pap. vergé. — Ens. 4 vol., les 3 premiers brochés, couv. imp., le dernier en demi-rel. mar. La Vallière, tête dor., non rog., couv. cons. (*Petitot*).

152. **Bruwaert** (Edmond). Vie de Jacques Callot, graveur lorrain (1592-1635). *Paris, Imprimerie Nationale,* 1912 ; pet. in-4, reprod. dans le texte et hors texte, broché, couv. imp.

Publié par la *Société pour l'Etude de la Gravure française.*
Tiré à 450 exemplaires num. — Un des 50 sur papier du Japon.

153. **Bruwaert** (Edmond). La vie et les œuvres de Philippe Tho-

massin, graveur troyen (1562-1622). *Troyes, imp. Paton,* 1914 ; gr. in-8, broché, couv. imp.

Tirage à part de cet ouvrage publié par la *Société Académique de l'Aube*, à 500 exemplaires sur papier de Hollande, orné de 6 phototypies hors texte, exécuté pour les membres de la *Société pour l'étude de la Gravure française*.

154. **Buffenoir** (Hippolyte). La Comtesse d'Houdetot, sa famille, ses amis. *Paris, H. Leclerc,* 1905 ; gr. in-8, fig., cart. bradel demi-perc. vert clair, tête jasp., non rog., couv. cons. (*Petitot*).

On y joint le *manuscrit autographe* d'un article bibliographique de M. Paul Lacombe, concernant l'ouvrage, paru dans le *Bulletin du Bibliophile*, 2 pages pet. in-4.

155. **Bulau** (Frédéric). Personnages énigmatiques, histoires mystérieuses, événements peu ou mal connus. Traduit de l'allemand par W. Duckett. *Paris, Poulet-Malassis et De Broise,* 1861 ; 3 vol. in-12, brochés, couv. imp.

Curieux ouvrage sur *les hôtes mystérieux du château d'Eishausen, les descendants de Cromwell, la princesse des Ursins, la diplomatie occulte de Louis XV et le chevalier d'Eon, Cagliostro, Cazotte, etc.*

156. **Bulletin** de l'Alliance des Arts *Paris,* 1842-1848 ; 6 vol. in-8, demi-rel. mar. bleu à long grain, tr. jasp. (*Rel. de l'époque*).

Collection complète de cet intéressant périodique de littérature et d'art, qui parut d'abord sous la direction du bibliophile Paul Lacroix et du critique d'art Théophile Thoré, puis, à partir du tome II, sous la direction du seul Paul Lacroix, et à partir du tome IV sous le titre modifié de : *Bulletin des Arts. Guide des amateurs de tableaux, dessins, estampes, livres, manuscrits, autographes, médailles et antiquités.* — Il enregistrait « *toutes les découvertes, tous les faits, tous les renseignements qui intéressent la bibliographie et les arts* ».

157. **Bulletin** de l'Ami des Arts. Première année. *Paris,* 1843 ; gr. in-8, cart. demi-toile brune, tr. jasp.

Intéressante revue à laquelle ont collaboré Charles Nodier, A. de La Fizelière, Jules Janin, G. et J. Brunet, A. Dufaï, etc. ; cette première année est illustrée de 1 frontispice et 12 eaux-fortes ou lithographies par ou d'après Français, Devéria, A. Colin, L. Dupré, etc. (Rousseurs).

158 **Bulletin des Beaux-Arts**. Répertoire des artistes français *Paris, Fabré,* 1883-1886 ; 3 vol. gr. in-8, brochés. couv. ill.

Collection complète de cette revue, illustrée de 41 planches hors texte, eaux-fortes, héliogravures ou reproduits en couleurs, d'après les grands maîtres, et de nombreuses figures dans le texte. — Ce texte est dû à Jules Cousin, Aglaüs Bouvenne, G. Tissandier, Maurice Tourneux, etc.

159. **Bulletin du Bibliophile** [et du Bibliothécaire] publié par Téchener avec notes de J.-Ch. Brunet, Chalon G. Duplessis, C. Leber, G. Peignot, le baron de Reiffenberg, Le Roux de Lincy, Paul Lacroix, Ch. Nodier, Georges Vicaire, H. Harrisse, le baron Portalis, etc. *Paris*, de l'origine, 1834, à Octobre 1920 ; 81 vol. in-8, cart. bradel demi-perc. grise, tête jasp., non rog. et 5 fasc. brochés, couv. cons.

Collection complète de cette importante publication, renfermant des articles des meilleurs bibliographes, des extraits de livres curieux et rares, des renseignements sur les ventes publiques, les grandes bibliothèques, etc., etc.

On y joint : Bulletin du Bibliophile... Table générale (1834-1900), rédigée par Georges Vicaire. *Paris, Leclerc* 1907 ; in-8, front. en coul., gr. par Courboin, demi-rel. mar. bleu, enc. de fil. à froid au dos, tête dor., non rog., couv. cons. (*Petitot*). — Envoi et lettre autographe signé de l'auteur ; eau-forte de F. Courboin, en 3 états, ajoutée.

160. **Bulletin** de la Librairie Morgand [et Fatout et D. Morgand et Ed. Rahir]. Première série. *Paris*, 1876-1904 ; 10 vol. — Répertoires méthodiques de 1878, 1882 et 1893, 4 vol. — 14 vol. in-8, demi-rel. chag. bleu, enc. de fil. à froid sur le dos, tête dor., non rog., couv. cons. (*Petitot*). — Bulletin... Nouvelle série. *Ibid.*, 1904-1920 ; 21 fasc. in-8, brochés, couv. imp.

161. **Bulletin** de la Société de l'Histoire du Théâtre. *Paris*, de l'origine, Janvier 1902, à Décembre 1919 ; 40 fasc. gr. in-8, fig., brochés, couv. imp.

Collection complète de cette publication contenant des articles de P. Ginisty, Monval, A. Pougin, A. Rondel, A. Soubies, Ed. Thierry, J. Truffier, etc.

162. **Bulletin** of the John Rylands Library. *Manchester*, Avril 1915-Juillet 1920 ; 12 fasc. gr. in-8, brochés, couv. imp.

Collection du n° 2 du 2e vol. au n° 5 du 5e vol. — On y joint 3 ouvrages sur la Bibliothèque John Rylands, publiés de 1906 à 1916.

163. **Buvat** (Jean). Journal de la Régence (1715-1723), publié d'après les manuscrits originaux, précédé d'une introduction et accompagné de notes et d'un index alphabétique par Emile Campardon. *Paris, Plon*, 1865 ; 2 vol. gr. in-8, demi-rel. mar. grenat jans., tête dor., non rog., couv. cons. (*Knecht*).

Edition originale.

164. **Campbell** (M.-F.-A.-G.). Annales de la typographie néerlandaise au XVe siècle, in-8, cart. de l'éditeur. — 1er [et 2e, 3e

et 4e supplément, 4 fasc. in-8, brochés. *La Haye, Mart. Nijhoff*, 1874-1890.

On y joint : Catalogus librorum saeculo XVe impressorum, quotquot in Bibliotheca Regia Hagana asservantur, edidit J.-G. Holtrop. *Ibid.*, *id.*, 1856 ; in-8, cart. de l'éditeur.

165. **Caran d'Ache**. Carnet de chèques. — Le chèque. — Obsession. — L'Art de donner et de recevoir le chèque. *Paris, Plon et Nourrit*, (1889) ; in-8 obl., broché, couv. imp.

Premier tirage de cet amusant album renfermant près de 60 dessins inspirés à Caran d'Ache par les scandales du Panama.

166. **Carleton Brown**. A register of middle english religious and didactic verse. *Oxford*, 1916-1920 ; 2 vol. pet. in-4 carré, pap. vergé, cart. de l'éditeur.

Fait partie des publications de la *Bibliographical Society*.

167. **Carnet** (le) historique et littéraire, revue mensuelle rétrospective et contemporaine. Directeur : Comte Maurice Fleury. *Paris*, de l'origine, 15 janvier 1898, à fin 1904 ; 7 années en 84 fasc. in-8, brochés, couv. imp.

168. **Caron** (Pierre). Bibliographie des travaux publiés de 1866 à 1897 sur l'histoire de la France depuis 1789. *Paris, Cornély*, 1912 ; gr. in-8, demi-rel. chag. bleu, fil. à froid, tête jasp., non rog., couv. cons. (*Petitot*).

Publication de la *Société d'Histoire moderne*.

169. **Castan** (Auguste). Catalogue des incunables de la bibliothèque publique de Besançon. *Besançon*, 1893 ; in-8 de 815 pp., demi-rel. mar. rouge, fil. à froid, tête dor., non rog., couv. cons.

170. **Catalogue** général des manuscrits des bibliothèques publiques de France. — Paris. — Bibliothèque de l'Arsenal et Archives de la Bastille, 9 vol. — Bibliothèque Mazarine, 4 vol. — Bibliothèque Sainte-Geneviève, 2 vol. — Archives nationales, 1 vol. — Chambre des Députés, 1 vol. — Sénat, 1 vol. — Archives et bibliothèques de la Guerre, 3 vol. — Bibliothèques de la Marine, 1 vol. — Mairie du XVIe arr. Ecole des Beaux-Arts. Muséum d'histoire naturelle, etc., 2 vol. — Bibliothèque de l'Institut. Collection Godefroy, 1 vol. — Université de Paris et

Universités des départements, 1 vol. — *Paris, Plon, Nourrit*, 1885-1918 ; ens. 26 vol. gr. in-8, demi-rel. vélin blanc, fil. dor. et pièces de titres de coul., sur le dos, tête rouge, non rog., couv. cons.

171. **Catalogue** général des manuscrits des bibliothèques publiques de France. — Départements. *Paris, Plon, Nourrit et Cie*, 1886-1915 ; 47 tom. en 54 vol. gr. in-8, demi-rel. vélin blanc, fil. dor et pièces de titres de coul. sur le dos, tête rouge, non rog., couv. cons. (*Petitot*).

172. **Catalogue** de la bibliothèque du Musée Thomas Dobrée [à Nantes]. I. Manuscrits, par l'abbé G. Durville. — II. Imprimés (Ire partie), par M.-Louis Polain. *Nantes*, 1903-1904 ; 2 vol. in-8, brochés, couv. imp.

Illustré d'un portrait de M. Dobrée, en héliogravure, tiré sur Chine monté, et de reproductions. — Envoi et lettre autographes signés de M. L. Polain.

173. **Catalogue** des incunables de la Bibliothèque de Toulouse, par le Dr Desbarreaux-Bernard. *Toulouse*, 1878 ; gr. in-8, pl. et fac-sim., demi-rel. mar. rouge, fil. à froid, tr. jasp.

On y joint : Catalogue des incunables de la bibliothèque publique d'Orléans, par Ch. Cuissard, 1895 ; gr. in-8, broché. — Catalogue des incunables de la bibliothèque publique de Nancy, par J. Favier, 1883 ; in-8, demi-rel. vélin. — Catalogue des incunables de la bibliothèque de Reims, 1889 ; in-8, broché. — Catalogue des incunables de la bibliothèque de la ville de Colmar, 1895 ; pet. in-4, broché. — Ens. 5 vol.

174. **Catalogue** hebdomadaire, ou Liste des livres, estampes, cartes, ordonnances, édits, déclarations, arrêts, qui sont mis en vente chaque semaine, tant en France qu'en pays étrangers ; l'indication des volumes, du nombre et de la grandeur dont ils sont formés ; les noms des auteurs, la nature du papier et du caractère que l'on a employés, et les adresses des libraires ou autres qui les vendent (par L.-Jos. Bellepierre de Neuve-Eglise). Années 1765-1766. *A Paris, chez Despilly*, 1764-1766 ; 2 part. en 1 vol. in-8, demi-rel. veau fauve, dos orné, tr. rouges. (*Rel. de l'époque*).

Réunion de deux années complètes, de 52 numéros chacune, de cet ancêtre du *Journal de la librairie*. Chaque année est bien complète de sa table.

175. **Catalogue** des livres rares et précieux (et autographes) com-

posant la bibliothèque de feu Jacques-Charles Brunet. *Paris*, 1868 ; 2 vol. et 1 plaq., avec la liste des prix de la 1re partie. — Catalogue de livres rares et précieux composant la bibliothèque H. Destailleur, 1891 (dessins originaux, 1893 : livres et estampes, 1894, 3 ex., dont un sur pap. vergé, avec prix marqués et 2 sur pap. ordinaire ; livres et estampes, 1895 ; dessins et tableaux, 1896). *Paris*, 1891-1896, 8 vol. — Ens. 12 vol. ou plaq. gr. in-8, brochés ou cart.

176. **Catalogue** de la bibliothèque de M. Philippe Burty. *Paris*, 1891, gr. in-8, pap. vergé, cart. bradel pap. marb., non rog., couv. cons.

On y joint : Catalogue des livres rares et curieux (et des estampes et des autographes), composant la bibliothèque Champfleury. *Ibid.*, 1890-1891 ; 3 vol. gr. in-8, brochés, couv. imp.

177. **Catalogue** des livres manuscrits et imprimés composant la bibliothèque de M. Armand Cigongne. *Paris*, 1861 ; 1 vol. — Catalogue des livres précieux et des manuscrits avec miniatures composant la bibliothèque de M. E. M. B. *Ibid.*, 1882, 1 vol. — Catalogue de la bibliothèque de feu M. Eugène Piot. *Ibid.*, 1891 ; 2 vol. — Catalogue de la bibliothèque de feu M. Fernand Bournon. *Ibid.*, 1910 ; 1 vol. (Liste des prix ajoutée). — Ens. 5 vol. gr. in-8, pap. vergé, brochés, couv. imp.

178. **Catalogue** des livres, des manuscrits et des autographes composant la bibliothèque de feu M. Edouard Fournier. *Paris*, *Labitte*, 1880 ; in-8, cart. bradel pap. bleu, non rog., couv. cons.

Exemplaire sur papier de Hollande, contenant le portrait d'Edouard Fournier et une figure représentant son cabinet de travail, dessinés par Louis-Edouard Fournier.

179. **Catalogues** de la collection des Goncourt. Bibliothèque du XVIIIe siècle (2 ex.). — Livres modernes (2 ex.). — Gravures du XVIIIe siècle. — Estampes, aquarelles et dessins modernes. *Paris*, 1897 ; 4 vol., portr. — Catalogue raisonné des livres de la bibliothèque Ambroise-Firmin Didot. Tome premier, livres avec figures sur bois, etc. 1867, pap. vergé (et Juin 1878 ; Mai 1879, avec liste des prix ; Juin 1881 ; Juin 1882 ; Juin 1883 ; Juin 1884, avec liste des prix et Mai 1910). *Paris*, 1867-1910 ; 8 vol. — Ens. 12 vol. gr. in-8, brochés, couv. imp.

180. **Catalogue** de la bibliothèque de M. Ricardo Heredia. *Paris*,

1891-1894 ; 4 vol. — Catalogue de la bibliothèque de feu M. le baron Jérôme Pichon. *Ibid.*, 1897-1898 ; 4 vol., dont celui de la collection de dessins et estampes. — Ens 8 vol. gr. in-8, brochés, couv. imp.

181. **Catalogue** des livres rares et précieux, manuscrits et imprimés, composant la bibliothèque de feu M. le Cte de Lignerolles. Première (et 2e, 3e et 4e) partie. *Paris, Porquet*, 1894-1895 ; 4 part. en 3 vol. gr. in-8, cart. bradel demi-perc. brune, tête jasp., non rog., couv. cons. (*Petitot*), et 1 album gr. in-4, en ff., dans un emboîtage.

On a relié, à la suite, la table et la liste du prix des 3 premières ventes, et le catalogue d'estampes anciennes et portraits des XVIe, XVIIe et XVIIIe siècles.

182. **Catalogue** de livres rares et curieux anciens et modernes et d'une précieuse collection de livres de l'Ecole romantique composant la bibliothèque de M. J. Noilly. *Paris, Vve Labitte*, 1886, gr. in-8, broché, couv. imp.

183. **Catalogue** de la bibliothèque romantique de M. J. Noilly, rédigé par Emile-Paul, suivi de la liste des prix d'adjudication. *Paris, Vve Labitte*, 1886 ; gr. in-8, demi-rel. mar. rouge à long grain, dos sans nerfs orné en long, non rog., couv. cons.

Tirage à part à 100 exemplaires num. seulement, sur papier de Hollande, de la partie relative aux romantiques du catalogue de cette célèbre bibliothèque.

184. **Catalogue** de la collection de M. L. D., manuscrits avec miniatures du IXe au XVe siècle (vente du 8 mai 1909). *Paris, Belin*, 1909 ; in-4, pap. vélin, fig. — Livres anciens de provenances historiques. Livres avec armoiries. *Ibid., id.*, 1910 ; in-8, fig. (Cat. à prix marqués). — Livres avec riches reliures historiques des XVIe, XVIIe et XVIIIe siècles. *Ibid., id.*, 1912 ; in-4, fig. (Cat. à prix marqués). — Ens. 3 vol. brochés, couv. imp.

185. **Catalogues** de ventes publiques de livres. Bibliothèque de M. N. Yemeniz (1867), 1 vol. — Bibliothèque de M. Eugène Piot (1891), 2 vol. — Bibliothèque de M. le Cte O. de Behague (1880), 2 vol. — Bibliothèque dramatique de feu le baron Taylor (1893), 1 vol. — The library of Robert Hoe, of New-

York (1911-1912), 4 vol., fig. — Etc. — Ens. 17 vol. gr. in-8, brochés, couv. imp.

186. **Catalogues** de livres, à prix marqués, incunables, livres à figures des XVIIIe et XIXe siècles, ouvrages sur les beaux-arts, publiés par les libraires allemands : J. Baer, Otto Harrassowitz, J. Rosenthal, etc. ; 35 brochures in-8 et gr. in-8, la plupart avec reproductions.

187. **Catalogue** of a collection of early french books in the library of C. Fairfax Murray, compiled by Hugh W. Davies. *London, privately printed*, 1910 ; 1 tome en 2 vol. pet. in-4 carré, pap. vergé, cart. de l'éditeur, non rog.

Important catalogue décrivant environ 700 ouvrages français publiés de 1475 à 1692, presque tous illustrés de gravures sur bois : une cinquantaine de ces ouvrages sont des livres dont on ne connaît pas d'autre exemplaire.

Tiré à 100 exemplaires, dont quelques-uns seulement mis dans le commerce, avec environ 1.000 reproductions d'illustrations des livres décrits et 48 planches hors texte.

188. **Catalogue** of manuscripts and early printed books from the libraries of William Morris, Richard Bennett, Bertram, IVth Earl of Ashburnham, and other sources, now forming portion of the library of J. Pierpont Morgan. *London, the Cheswick Press*, 1907 ; 3 vol. gr. in-4, demi-rel. mar. rouge avec coins, dos orné, plats toile, tête dor., non rog.

Savant catalogue des incunables de la bibliothèque de J. Pierpont Morgan, le « roi de la finance américaine ».

Luxueusement édité, il renferme de nombreuses reproductions de gravures sur bois, de pages entières de livres du XVe siècle, sortis des plus célèbres presses de France, d'Allemagne, de Suisse, d'Italie, de Hollande, d'Espagne et d'Angleterre.

Tiré à 175 exemplaires num. et non mis dans le commerce. — Un des 170 sur papier vélin.

189. **Catéchisme révolutionnaire**, ou Histoire de la Révolution française, par demandes et par réponses, à l'usage de la jeunesse républicaine et de tous les peuples qui veulent devenir libres. *Paris, Debarle*, an II. — Journées mémorables de la Révolution française, par demandes et par réponses, à l'usage de la jeunesse républicaine par un citoyen de la section du Mont-Blanc. *Paris, Barba*, an III ; 2 ouv. en 1 vol. — Catéchisme français, républicain ; enrichi de la Déclaration des Droits de l'homme, de maximes de morale républicaine et d'hymnes patriotiques...., le tout conforme à la constitution républicaine.

Par Bias-Parent, agent national de Clamecy. *A Commune-Affranchie, de l'Impr. Républicaine des Représentants du Peuple, place de la Raison*, an II ; 1 vol. — Catéchisme de la Constitution françoise. Par le citoyen Richer. *Paris, Rochette*, an II ; 1 vol. — Étrennes poétiques et morales par une citoyenne, dédiées à la Convention nationale. *Paris*, an II ; 1 vol. — Epîtres et évangiles du républicain pour toutes les décades de l'année, à l'usage des jeunes Sans-Culottes, présentés à la Convention Nationale par Henriquez. Nouvelle édition. *Paris, Valère Cailleau*, l'an II ; 1 vol. — Décadaire français pour l'an II de la République, commençant le 22 septembre 1793 et finissant le 21 septembre 1794, rédigé conformément aux décrets de la Convention nationale. *Paris, Aubry*, an II ; 1 vol. — Ens. 6 vol. in-18 et in-24, demi-rel. veau ou perc.

Réunion (en 6 volumes) de 7 ouvrages révolutionnaires, rares, ornés de 3 frontispices gravés. — L'exemplaire des *Epîtres et Evangiles du républicain*, a appartenu au poète romantique Alcide de Beauchesne ; il porte sur le feuillet de garde une pièce de vers autographe de ce poète, qui débute ainsi :

J'aimerais mieux passer, sur le dos d'un requin,
Dans une île déserte, horrible, empoisonnée,
Que de voir enseigner à ma jeune lignée
L'Evangile républicain...

190. **Champfleury**. Histoire de la Caricature antique, 1 vol. — Au Moyen Age, 1 vol. — Sous la Réforme et la Ligue (Louis XIII à Louis XVI), 1 vol. — Sous la République, l'Empire et la Restauration, 1 vol. — Caricature moderne, 1 vol. — *Paris, Dentu, s. d.* ; ens. 5 vol. in-12, fig. en noir et en coul., cart. bradel demi-perc. grise, non rog., couv. cons.

191. **Champier** (Victor). Les Anciens Almanachs illustrés. Histoire du Calendrier depuis les temps anciens jusqu'à nos jours. Ouvrage accompagné de 50 planches hors texte en noir et en couleur. Reproduisant les principaux Almanachs illustrés ou gravés par Léonard Gaultier, Crispin de Passe, Abrah. Bosse, de Larmessin, Lepautre, Cl. Audran, Gravelot, Cochin, Devéria, etc. *Paris, Frinzine*, 1886 ; in-fol., cart. bradel demi-vélin vert, tête rouge, non rog. (*Petitot*).

192. **Champion** (Edouard). Le Tombeau de Louis Ménard. Monument du Souvenir élevé par Mme Juliette Adam, MM. Léon Barracand, Maurice Barrès, Berthelot, G. Boissier, J.-M. de

Heredia, Huysmans, P. Louys, H. de Régnier, etc. ; accompagné du portrait de Louis Ménard, par René Ménard. *Paris, H. Champion*, 1902 ; in-12 carré, portr. en héliogravure, broché, couv. imp.

Envoi d'auteur sur le faux-titre.

193. **Champion** (Pierre). Cronique Martiniane. *Paris, Champion*, 1907 ; gr. in-8, pap. vergé. — Le Prisonnier Desconforté du Château de Loches, poème inédit du XVe siècle ; avec une introduction, des notes, un glossaire et deux fac-similés. *Ibid., id.*, 1909 ; in-8. — Charles d'Orléans, joueur d'échecs ; avec deux planches en phototypie. *Ibid., id.* ; 1908, plaq. in-4, pap. vergé. — Ens. 2 vol. et 1 plaq., brochés, couv. imp. — Envoi d'auteur à chaque ouvrage.

194. **Champion** (Pierre). Vie de Charles d'Orléans (1394-1465). *Paris, H. Champion*, 1911 ; fort vol. gr. in-8, broché, couv. imp.

De la *Bibliothèque du XVe siècle*. — Envoi d'auteur.

195. **Champion** (Pierre). François Villon. — Sa vie et son temps. — Avec quarante-neuf planches hors texte. *Paris, H. Champion*, 1913 ; 2 vol. gr. in-8, brochés, couv. imp.

De la *Bibliothèque du XVe siècle*. — Envoi d'auteur.

196. **Chansonnier historique du XVIIIe siècle**. [Recueil Clairambault-Maurepas]. *Paris, A. Quantin*, 1879-1884 ; 10 vol. in-12, pap. vergé. brochés, couv. imp.

Recueil de chansons, vaudevilles, sonnets, épigrammes, épitaphes, et autres vers satiriques et historiques formé avec la collection de Clairambault, de Maurepas et autres manuscrits inédits ; publié avec introduction, commentaire, notes et index par Emile Raunié, et orné de 50 portraits gravés à l'eau-forte, hors texte, par Rousselle.

197. **Chapone** (Mrs. Hester). Lettres de Mistress Hester Chapone à sa nièce. Traduit de l'anglais par Mlle S.-U[lliac] Trémadeure. *Paris, Le Fuel, s. d.* (1829) ; 2 vol. in-32, pap. vélin, mar. vert, dos orné, bord. de palmettes dor. encadrant les plats, double fil. int. dor., tr. dor. (*Rel. de l'époque*).

Illustré de 2 frontispices et de 2 titres gravés, avec vignette.
Bel exemplaire recouvert d'une jolie reliure romantique, d'une fraîcheur parfaite.

198. **Chasseur bibliographe** (Le), revue bibliographique, philo-

logique, littéraire, critique et anecdotique, rédigée par une société de bibliographes et de bibliophiles. Première (et 2e) année. *Paris, François*, 1862-1863 ; 2 vol. in-8, cart. bradel demi-perc. brune, non rog., couv. cons.

Publication renfermant des articles de critique littéraire et des recherches bilbiographiques par Prosper Blanchemain, G. Brunet, Paul Lacroix, P. Luzarche, etc.

On y joint le nº de février 186[illegible] (nº 2 de la 3e année) de cette même revue, qui renferme 2 articles d'Anatole France : le premier, signé A. Thibault, est intitulé *Revue des livres* et concerne les *Mélanges tirés d'une petite bibliothèque romantique*, de Charles Asselineau, les *Poèmes saturniens*, de Paul Verlaine et le *Reliquaire*, de François Coppée ; le second article, signé Anatole France, est une *Revue théâtrale*.

199. **Châteaubriand**. Atala. René. *Paris, Fayolle ; H. Fournier*, 1830 ; in-16, veau rose, dos plat orné en long, milieux en losange et bord. estampés à froid, enc. d'un fil. noir avec point doré aux angles, sur les plats, bord. int. dor., tr. dor. (*Rel. de l'époque*).

Jolie et fraîche reliure romantique.

200. **Châtelain** (Emile). Catalogue des incunables de la Bibliothèque de l'Université de Paris. *Paris, Bouillon*, 1902 ; in-8, pap. vergé, cart. bradel demi-mar. vert à long grain, tête dor., non rog., couv. cons.

On y joint : Catalogue de la réserve XVIe siècle (1501-1540) de la Bibliothèque de l'Université de Paris, par Ch. Beaulieux. *Ibid., Champion*, 1910 ; in-8, broché, couv. imp.

201. **Châtelain** (Emile). Mélanges offerts à M. Emile Châtelain par ses élèves et ses amis (15 avril 1910). *Paris, H. Champion*, 1910 ; fort vol. in-4, portr. en héliogr. et reprod. en phototypie hors texte, en ff., couv. imp., dans un étui.

Tiré à 501 exemplaires num. seulement pour les souscripteurs.

202. **Chaulieu**. Poésies de Chaulieu, suivies des poésies choisies de La Fare. *Paris, Froment*, 1825 ; 2 vol. in-18, veau rose, dos orné avec pièces de titre noires, fil. dor. et dent. à froid sur les plats, dent. int., tr. dor. (*Bibolet*).

203. **Chéron** (Paul). Catalogue général de la librairie française au XIXe siècle indiquant, par ordre alphabétique de noms d'auteurs les ouvrages publiés en France du 1er janvier 1800 au 31 décembre 1855. *Paris*, 1856-1858 ; 3 vol. gr. in-8, demi-rel. vélin vert, non rog., couv. cons.

Importante bibliographie, demeurée inachevée, dont l'auteur était bibliothécaire à la Bibliothèque imprialc. Les ouvrag es y sont classés par noms d'auteurs ; elle va de A à Dennery.

204. **Chevalier** (Ulysse). Répertoire des sources historiques du moyen âge. — Bio-Bibliographie. Nouvelle édition refondue, corrigée et considérablement augmentée. *Paris, A. Picard et fils*, 1905-1907 ; 2 vol. — Répertoire... Topo-Bibliographie. *Montbéliard*, 1894-1903 ; 2 vol. — Ens. 4 vol. gr. in-8 à 2 col., les 2 premiers en demi-rel. mar. brun, enc. de fil. à froid au dos, tête dor., non rog., couv. cons., les 2 derniers rel. du même genre en chag. bleu.

On a joint : M. le chanoine Ulysse Chevalier. Son œuvre scientifique, sa bio-bibliographie. Nouvelle édition, publiée par les soins de la Société d'Archéologie de la Drôme. *Valence*, 1912 ; même format, portr., broché, couv. imp.

205. **Chevillier** (André). L'origine de l'imprimerie de Paris. Dissertation historique et critique. *Paris, Jean de Laulne*, 1694 ; in-4 de 4 ff. lim. et 448 pp., parchemin, tr. mouchetées. (*Rel. de l'époque*).

Première édition de cet « ouvrage curieux et plein de grandes recherches ». L'auteur, né à Pontoise en 1636, était bibliothécaire de la Sorbonne. (Trou de ver à l'angle de qq. feuillets).

206. **Christian** (Arthur). Débuts de l'Imprimerie en France. — L'Imprimerie Nationale. — L'Hôtel de Rohan. *Paris, Imprimerie Nationale*, 1905 ; gr. in-8, broché, couv. imp.

Ouvrage précédé d'une préface de Jules Claretie et divisé en plusieurs chapitres composés chacun avec une série de l'un des plus beaux types de caractères de l'Imprimerie Nationale : Garamond, gothique Christian, type millimétrique, etc. ; il est illustré de portraits hors texte et de reproductions des peintures de l'ancien hôtel de Rohan.

207. **Christian** (Arthur). Origines de l'imprimerie en France. — Conférences faites les 25 juillet et 17 août 1900 par M. A. Christian, directeur de l'Imprimerie Nationale. *Paris, Imprimerie Nationale*, 1900 ; gr. in-4, broché, couv. imp.

Intéressant ouvrage sur les précurseurs des arts gothiques en France, illustré de nombreuses reproductions, la plupart à pleine page. — Envoi d'auteur.

208. **Chronique** de Jean Le Fèvre, seigneur de Saint-Rémy, transcrite d'un manuscrit appartenant à la Bibliothèque de Boulogne-sur-Mer et publiée pour la Société de l'Histoire de

France par François Morand. *Paris, Renouard,* 1876-1881 ; 2 vol gr. in-8, brochés, couv. imp.

Exemplaire tiré sur grand papier vergé.

209. **Cim** (Albert). Amateurs et voleurs de livres. *Paris, Daragon,* 1903 ; in-12, fig., broché, couv. imp.

De la *Collection du Bibliophile parisien.*
Exemplaire hors tirage, imprimé sur papier de Chine. — Envoi et lettre autographe signés de l'auteur à M. Paul Lacombe.

210. **Claretie** (Jules). La Cigarette. — Illustrations de Henri Zo. *Paris, Imprimé pour A. Girard,* 1906 ; gr. in-8, broché, couv. ill.

Édition originale de cette charmante nouvelle, illustrée de 30 compositions de Henri Zo, gravées sur bois dans le texte ou à pleine page.
Tiré à 135 exemplaires num. — Un des 115 sur papier vélin du Marais.

211. **Claretie** (Jules). La Corde. — Illustrations de Ch. Jouas, gravées par Boisson. *Paris, imprimé pour les Amis des Livres* 1901 ; pet. in-8, broché, couv. imp.

Joli livre, tiré à 125 exemplaires num., pour les membres de la Société, et illustré de 1 frontispice, 1 fleuron et 12 jolies vignettes, dessinés par Ch. Jouas et gravés au burin par Boisson. — Ces illustrations sont tirées sur Chine et rapportées dans le texte.
Exemplaire imprimé pour M. Paul Lacombe.

212. [**Claude-Lafontaine** (Raymond)]. Bibliothèque d'un ami des livres. *Paris,* 1914 ; gr. in-8, reprod. en héliotypie hors texte, broché, couv. imp.

Tiré à 36 exemplaires seulement sur papier vergé de Rives et non mis dans le commerce.

213. **Claudin** (A.). Antiquités typographiques de la France. I. Origines de l'imprimerie à Albi, en Languedoc (1480-1484) (2 ex.). — II. Origines et débuts de l'imprimerie à Poitiers (1479-1515). — III. Monuments de l'imprimerie à Poitiers. Recueil de fac-similés. — *Paris, Claudin,* 1880-1897 ; ens. 4 vol. gr. in-8, fig., brochés, couv. imp.

214. **CLAUDIN** (A.). **Histoire de l'Imprimerie en France** au XVe et au XVIe siècle, par A. Claudin, lauréat de l'Institut. — Tome premier [et deuxième, troisième et quatrième]. *Paris, Imprimerie Nationale,* 1900-1914, 4 vol. très grand in-4, demi-

rel. peau de truie, enc. de fil. à froid, tête rouge, non rog. (*Petitot*).

Ces 4 volumes renferment l'Histoire de l'imprimerie et de la librairie à Paris et à Lyon au XVe siècle, sujet qui n'avait jamais été traité jusqu'ici avec un tel développement ; véritable monument élevé à l'histoire typographique de la France, cet ouvrage est un véritable musée dans lequel figurent, reproduits avec une rare perfection, les plus beaux spécimens des livres rarissimes qui font partie des bibliothèques publiques ou privées du monde entier. Il est illustré d'environ 3000 reproductions dans le texte et de 35 grandes planches hors texte en chromotypogravure, or et couleurs : ces dernières illustrations, d'un fac-similé parfait, reproduisent les enluminures et miniatures exécutées sur les exemplaires de présent des premiers livres imprimés à Paris.

Tiré à 500 exemplaires sur papier vélin de Rives, dont 150 seulement mis en vente.

215. — *Le même ouvrage*, tomes I à III, en ff., dans des emboîtages. — Exemplaire sur papier vélin de Rives, auquel on a ajouté : 1° la majeure partie du tome IV en épreuves d'imprimerie, avec corrections manuscrites de M. Paul Lacombe ; 2° une importante collection d'épreuves des illustrations, soigneusement remontées sur papier fort et renfermées dans 3 cartons gr. in-4 ; 3° des épreuves des alphabets reproduits dans l'ouvrage, de format in-8, contenues dans une boîte spéciale.

216. **Claudin** (A.). The first Paris press, an account of the books printed for G. [illegible]chet et J. Heynlin in the Sorbonne (1470-1472). *London*, 1898 ; in-4 carré, pap. vergé, fig., broché, couv. imp.

Fait partie des *Illustrated monographs issued by the Bibliographical Society*.

217. **Clouard** (Maurice). Documents inédits sur Alfred de Musset. *Paris, Rouquette*, 1900 ; gr. in-8, pap. vélin, portr.-charges et fac-sim., broché, couv. imp.

218. [**Cluny**] Académie de Mâcon. — Millénaire de Cluny. — Congrès d'histoire et d'archéologie tenu à Cluny les 10, 11, 12 septembre 1910. *Mâcon, Protat frères*, 1910 ; 2 vol. in-8, fig., brochés, couv. imp.

219. **Codex** iuris canonici, Pii X Pontificis maximi iussu digestus Benedicti papae XV auctoritate promulgatus. Praefatione, fontium annotatione et indice analytico-alphabetico ab emo Petro card. Gasparri, auctus. *Romae, typis polyglottis Vaticanis*, 1917 ; fort vol. gr. in-8, broché, couv. imp.

220. **Cohen** (Henri). Guide de l'amateur de livres à gravures du XVIIIe siècle. — Cinquième édition, revue, corrigée et considérablement augmentée par le baron Roger Portalis. *Paris, Rouquette*, 1886 ; gr. in-8 à 2 col., pap. vélin, demi-rel. chag. rouge, tête dor., non rog., couv. cons.

On y joint : Supplément à la 5e édition du Guide ... par E. Crottet. *Amsterdam, Fr. van Crombrugghe*, 1890 ; gr. in-8 à 2 col., pap. vélin, cart. demi-perc. brune, non rog., couv. cons.

221. **Collection Dutuit** (La). Livres et manuscrits. *Paris, Ed. Rahir*, 1899 ; in-fol., cart. bradel vélin crème, fil. noirs sur les plats, tête jasp., non rog. (*Cart. de l'éditeur*).

Luxueux et savant catalogue, rédigé par M. Edouard Rahir, imprimé par L. Danel, de Lille, à 350 exemplaires num. sur papier de Hollande, avec texte encadré d'un filet rouge. Il renferme la description raisonnée de 789 ouvrages rares, la plupart avec d'importantes notices bibliographiques ; il est illustré de 42 planches hors texte, imprimées sur papier du Japon, dont 33 en couleurs, donnant la reproduction des plus somptueuses reliures, et 9 en héliogravure, en noir, reproduisant des miniatures, et de 70 figures dans le texte, reproductions de titres, figures, caractères typographiques, etc.

222. **Collot d'Herbois**. Almanach du Père Gérard pour l'année 1792, IIIe de la Liberté. Ouvrage qui a remporté le prix proposé par la Société des Amis de la Constitution, séante aux Jacobins, à Paris. Par J.-M. Collot d'Herbois, membre de la Société. *A Paris, chez Buisson*, 1792 ; in-32 de 160 pp., demi-rel. veau fauve, dos orné, tr. jaunes. (*Rel. de l'époque*).

Edition rare, ornée d'un frontispice de Borel gravé par Nicolas de Launay, de cet Almanach révolutionnaire, dont la popularité fut si grande, et qui est, on le sait, une série de dialogues supposés entre le père Gérard, député bas-breton, et les gens de son village.

On y joint : Le magicien républicain, ou oracles des événemens dont l'Europe, et particulièrement la France, sera le théâtre en 1793, par Rouy l'aîné. *Paris*, (1792). — Oracles, apparition et révélation des événemens qui accompagneront la Révolution Française. *S. l.*, 1792. — Ens. 2 ouv. en 1 vol. in-32, cart.

223. **COMBAT** (le) **des seigneurs de Jarnac et de La Chastaigneray**. Manuscrit pet. in-8 de 75 pp., broché, couv. en parchemin.

Intéressant manuscrit du seizième siècle, d'une écriture très lisible, contenant le procès-verbal très circonstancié du duel fameux qui eut lieu en 1547, dans la forêt de Saint-Germain, en présence de toute la cour, entre Guy Chabot, baron de Jarnac, et François de Vivonne seigneur de La Châtaignerie, et qui fut le dernier duel que les rois de France autorisèrent. On sait que, sans l'avoir désiré, ni même prévu, les deux adversaires se trouvèrent représenter l'un le catholicisme, l'autre la Réforme. Le manuscrit se termine ainsi : « *Collationné et vidimé à son original, qui a esté tiré des papiers de La Chastaigneray. Fait par moy Vergnong* ».

On a joint : Alfred Franklin. Le Duel de Jarnac et de La Chasta gaeraie. *Paris, Emile-Paul*, 1909 ; in-8, broché, couv. imp., ouvrage dans lequel l'ancien conservateur de la Bibliothèque Mazarine a utilisé en partie ce manuscrit, qui était en sa possession, et dont il avait fait depuis présent à Paul Lacombe.

224. **Condé** (prince de). Copie de la lettre envoyée à la Tres-Chrestienne royne regente de France et de Navarre, par Monseigneur Henry de Bourbon, Prince de Condé, premier Prince du sang, premier Pair de France. *Jouxte la Copie imprimée à Mesieres, chez Fabian du Moulin* (*Lille, Christophle Beys*), 1614 ; in-12 de 13 pp. ch., cart. pap. vert.

Déclaration de guerre de Henri II de Bourbon, prince de Condé, à la régente Marie de Médicis, datée de Mézières, 28 février 1614. On sait que cette première révolte de la noblesse se termina quelques mois plus tard par le traité de Sainte-Menehould, où la régente faisait au prince de Condé toutes sortes de concessions.

225. [**Contades** (Cte G. de)]. Bibliographie raisonnée et anecdotique des livres édités par Auguste Poulet-Malassis (1853-1862). *Paris, Rouquette*, 1885 ; pet. in-8 de 74 pp., broché, couv. imp.

Tiré à 100 exemplaires seulement. — On y joint : Auguste Poulet-Malassis, notes et souvenirs intimes par Maurice Tourneux. *Paris*, 1893 ; gr. in-8 de 31 pp., portr. gr., broché, couv. imp.

226. **Contades** (Cte G. de). Les Courses de chevaux en France (1651-1890). *Paris, Rouquette*, 1892 ; in-8, cart. bradel demi-mar. bleu à long grain, tête dor., non rog., couv. cons. (*Petitot*).

Bibliographie sportive tirée à 250 exemplaires seulement. — Envoi d'auteur.

227. **Coppée** (François). Poésies (1864-1878). Le Reliquaire. Intimités. Poèmes modernes. La Grève des forgerons, 1 vol. — Les Humbles. Ecrit pendant le siège. Plus de sang. Promenades et Intérieurs. Le Cahier rouge, 1 vol. — Olivier. Les Récits et les Elégies, 1 vol. *Paris*, 1879-1880 ; 3 vol. in-18, portr. gr. à l'eau-forte par Rajon, veau grenat, fil. à froid sur les plats, enc. de 3 fil. dor. à l'int., tr. dor., étui.

De la *Petite Bibliothèque Littéraire*.

228. **Cordier** (Henri). Bibliographie stendhalienne ; avec les fac-similés des titres des éditions originales. *Paris, H. Champion*, 1914 ; in-8, broché, couv. imp.

229. **Cordier** (Henri). La Chine en France au XVIIIe siècle. —

Ouvrage illustré de 16 planches hors texte. *Paris, H. Laurens,* 1910 ; in-4, pap. vergé d'Arches, broché, couv. imp.

De la *Bibliothèque des Curieux et des Amateurs.* Lettre autographe signée de l'auteur ajoutée.

230. **Cordier** (Henri). Essai bibliographique sur les œuvres d'Alain-René Lesage. *Paris, Leclerc,* 1910 ; pet. in-4 carré, broché, couv. imp.

231. **Cordier** (Henri). Molière jugé par Stendhal. *Paris, chez tous les libraires* (1908) ; in-8, broché, couv. imp.

Edition originale.

232. **Corneille** (Pierre). Œuvres de P. Corneille. *Paris, L. Hachette et Cie,* 1862 ; 12 vol. in-8, pap. vergé, brochés, couv. imp. et 1 album gr. in-8, en ff.

De la collection des *Grands Ecrivains de la France.*

233. **Corneille** (Pierre). Le Théâtre de P. Corneille. Nouvelle édition, revue, corrigée et augmentée. *Paris, Michel David,* 1714 ; 5 vol. in-12, veau jaspé, dos orné, tr. jasp. (*Rel. de l'époque, usagée*).

Edition peu commune de ce recueil complet des 32 pièces du grand tragique, orné de 33 figures hors texte, gravées, non signées, dont un beau portrait de Pierre Corneille, et précédé d'un véritable petit traité sur l'orthographe française par Thomas Corneille. (Picot, nº 630). — Papillons collés sur les titres et sur plusieurs ff. pour masquer des signatures à l'encre raturées.

234. **Correspondance** des Contrôleurs généraux des Finances avec les Intendants des provinces, publiée par ordre du ministre des Finances, d'après les documents conservés aux Archives Nationales, par A.-M. de Boislisle (1683-1715). *Paris, Imprimerie Nationale,* 1874-1897 ; 3 vol. in-4, demi-rel. mar. rouge, enc. de fil. à froid au dos, tr. peigne. (*Petitot*).

235. **Correspondance historique et archéologique** (La). Organe d'informations mutuelles entre archéologues et historiens. *Saint-Denis, imp. Bouillant* (*et Paris, Champion*), 1894-1916 ; 23 vol. gr. in-8, cart. bradel demi-perc. rouge, tête jasp., non rog.

Collection complète des 23 premières années.

236. **Correspondance littéraire** (La). Critique. Beaux-Arts. Eru-

dition. *Paris*, de l'origine, Novembre 1856, à Janvier 1865 ; 7 vol. gr. in-8 à 2 col., demi-rel. chag. bleu, tr. jasp.

Collection complète des 8 premières années, avec titres et tables de cette intéressante revue fondée par Ludovic Lalanne et à laquell ont collaboré les meilleurs critiques de l'époque.

237. **CORRESPONDANCE LITTERAIRE SECRETE** [par Métra, J. Imbert, Grimod de la Reynière, etc.]. (*Neuwied*), 1779-1787 ; 6 années, plus une année en double, en 7 volumes pet. in-8 dont 5 rel. en veau ancien, fil. sur les plats, dos orné, dent. int., tr. dor., et 2 en numéros dans des emboîtages.

Edition originale — *d'une extrême rareté* (Barbier, Hatin) — des années 1779, 1780, 1781, 1784, 1786 (celle-ci en double, reliée et en numéros) et 1787 de cette intéressante publication, politique autant que littéraire, dans le genre des *Mémoires secrets*, qui parut de 1774 à 1793, par numéros hebdomadaires de huit pages, et qui n'était envoyée qu'à un très petit nombre d'amateurs. — Les années 1779, 1781, 1784 et 1787 sont bien complètes de leurs 52 numéros ; les 3 premières sont reliées ; la dernière est en numéros. — L'année 1780 (reliée) est incomplète des numéros 7 et 17. — L'année 1786 est incomplète, dans l'exemplaire relié des numéros 9, 15, 26, 50, 51, 52, et, dans l'exemplaire en feuilles, du numéro 29 et des numéros 41 à 52. — Plusieurs de ces années 1779-1787 manquent à la Bibliothèque Nationale.

238. **Correspondance secrète** politique et littéraire, ou Mémoires pour servir à l'histoire des cours, des sociétés et de la littérature en France depuis la mort de Louis XV [par Métra, J. Imbert, Grimod de la Reynière, etc.]. *A Londres, chez John Adamson*, 1787-1790 ; 18 vol. in-12, cart. bradel demi-perc. grise, non rog. (*Rel. mod.*).

Collection complète de la réimpression de ce précieux périodique politique autant que littéraire, dans le genre des *Mémoires secrets*. La première lettre est du 4 juin 1774, la dernière est du 7 octobre 1785.

On a joint les brochures originales, *excessivement rares*, des deux années 1786, et 1787 de cette *Correspondance secrète*, faisant exactement suite à la réimpression en 18 volumes. Ce sont des [illegible] res de 8 pages pet. in-8, avec une pagination continue. Elles étaient publiées par la *Société typographique* à Neuwied, en Rhénanie. — Elles sont renfermées dans des étuis avec dos de p[illegible] grise, semblable à celui des 18 vol.

On y joint une table analytique manuscrite, par ordre alphabétique, qui forme un fort cahier gr. in-8 de 377 pages, demi-rel. veau fauve genre ancien.

239. **Corroenne** (A.). Manuel du Cazinophile. *Paris*, 1879-1880 ; 4 vol. in-16, pap. vergé, brochés et cart.

Tout ce qui a paru de cette publication contenant une bibliographie très détaillée des éditions de Cazin et des petits formats similaires. — Se compose de . *Le petit format à figures* (vraie collection de Cazin), 1 vol. — *Livres-bijoux précurseurs des Cazins* (1re partie du 2e vol.), 1 vol. — *Période initiale du petit format*, (3e vol.), 1 vol. — *Collection de Lyon*, 1 vol.

Les 1er et 3e vol. sont cart. bradel demi-vélin vert, dos orné, couv. cons. ; les 2 autres, brochés, couv. imp.

240. **Corrozet** (Gilles). Les Blasons domestiques. Nouvelle édition publiée par la Société des Bibliophiles françois. *Paris*, 1865 ; in-18 carré, fig., broché, couv. imp.

Tiré à 300 exemplaires seulement. — Un des 30 sur papier de Hollande.

241. **Coste d'Arnobat**. Les hommes de la Révolution peints d'après nature (publié par Méon). *Paris*, 21 janvier 1830 (*imp. de Crapelet*) ; in-8, cart. bradel demi-mar. rouge à long grain, tête dor., non rog.

Première édition séparée de cette pièce curieuse, dont l'auteur est un ancien gendarme de la maison de Louis XV, et qui avait été insérée dans les *Anecdotes curieuses et peu connues* publiées en 1793.
Tiré à 21 exemplaires sur grand papier. — Un des 7 sur papier de Hollande.

242. **Cottin** (Paul). Lorédan Larchey (1831-1902). Souvenirs. Bibliographie. *Paris, H. Leclerc*, 1905 ; gr. in-8, portr., broché, couv. imp.

Tirage à part à 200 exemplaires seulement de cette étude parue dans le *Bulletin du Bibliophile*.

243. **Courboin** (François). L'Estampe Française. — Graveurs et Marchands. Ouvrage couronné par l'Institut. *Bruxelles, Van Oest*, 1914 ; gr. in-8, broché, couv. imp.

De la *Bibliothèque de l'Art du XVIII*e *siècle*.
Illustré de 59 reproductions hors texte.
Un des 500 exemplaires num. réservés aux membres de la *Société pour l'étude de la Gravure française*.

244. **Crauzat** (E. de). L'Œuvre gravé et lithographié de Steinlen. Catalogue descriptif et analytique, suivi d'un essai de bibliographie et d'iconographie de son œuvre illustré. Préface de Roger Marx. Médaillon de Naoum Aronson. *Paris, Société de propagation des Livres d'art*, 1913 ; in-4, en ff., couv. imp.

Ouvrage illustré de nombreuses reproductions, eau-forte, vernis mou, aquatinte et lithographie, dont 10 grands sujets hors texte.
Exemplaire sur papier alta imprimé pour M. Paul Lacombe.

245. **Crébillon**. Œuvres de Crébillon. *A Paris, chez A.-A. Renouard*, 1818 ; 2 vol. in-8, demi-rel. veau vert, dos orné or et à froid, tr. marb. (*Bibolet*).

Premier tirage. — Edition illustrée de 1 portrait par Augustin de Saint-Aubin et 10 figures par Moreau, gravées par Bosq, Delvaux, Ribault et Simonet.

246. **Croy** (Duc de). Journal inédit du duc de Croy (1718-1784) ; publié d'après le manuscrit autographe conservé à la bibliothèque de l'Institut, avec introduction, notes et index, par le Vte de Grouchy et Paul Cottin. *Paris, Flammarion*, 1906-1907 ; 4 vol. in-8, portr., brochés, couv. imp.

247. **Curieux** (Le), par Charles Nauroy. *Paris*, 15 octobre 1883-Mars 1888 ; 48 numéros en 2 vol. gr. in-8 à 2 col., cart. bradel demi-perc. grise, non rog., couv. cons.

Collection complète, avec titres et tables.

248. **DACIER** (Emile). **L'Œuvre gravé de Gabriel de Saint-Aubin**. Notice historique et catalogue raisonné. *Paris, Imprimerie Nationale*, 1914 ; pet. in-4, broché, couv. imp.

Ouvrage imprimé par les soins de la *Société pour l'étude de la Gravure française*, illustré de 37 planches hors texte, la plupart à plusieurs sujets.

Tiré à 500 exemplaires. — Un des 75 sur papier du Japon.

249. **Dampierre** (Jacques de). Essai sur les sources de l'histoire des Antilles françaises (1492-1664). *Paris, A. Picard et fils*, 1904 ; gr. in-8, broché, couv. imp. — Envoi et billet autographes signés de l'auteur.

250. **Dangeau** (Marquis de). Journal du marquis de Dangeau publié en entier pour la première fois ; avec les additions inédites du duc de Saint-Simon. *Paris, Firmin Didot frères*, 1854-1860 ; 19 vol. in-8, brochés, couv. imp.

251. **Daudet** (Alphonse). Numa Roumestan, mœurs parisiennes. *Paris, Charpentier*, 1881 ; in-12, cart. bradel demi-mar. rouge à long grain, tête dor., non rog., couv. cons. — L'Immortel, mœurs parisiennes. *Ibid., Lemerre*, 1888 ; in-12, cart. bradel demi-perc. grise, non rog., couv. cons. — Ens. 2 vol.

Editions originales.

252. **Daudet** (Alphonse). Le Roman du Chaperon-Rouge. *Paris, L. Carteret*, 1903 ; gr. in-8, broché, couv. ill., étui.

Edition illustrée de 9 lithographies originales de Louis Morin, dont 1 vignette de titre, 1 en-tête, 1 cul-de-lampe et 6 grands sujets hors texte.

Un des exemplaires sur papier vélin du Marais, non mis dans le commerce.

253. **Daudet** (Alphonse). Tartarin sur les Alpes. Nouveaux exploits du héros tarasconnais. — Illustré d'aquarelles par Aranda, de Beaumont, Montenard, de Myrbach, Rossi. — Gravure de Guillaume frères. *Paris, Calmann Lévy*, 1885 ; in-8, broché, couv. ill.

Premier tirage.

254. **David** (François-Anne). Constitution de la République française, représentée par figures, gravées par F.-A. David, associé libre de l'Académie de Peinture et de Sculpture de Berlin ; précédée du Discours de Boulay, de la Meurthe, avant la lecture de l'Acte Constitutionnel. *Paris, imp. de Gillé*, an VIII ; in-18 de 70 pp., veau fauve, fil. et bord. encadrant les plats, dent. int., tr. dor. (*Rel. de l'époque*).

Premier tirage de ce charmant petit volume, contenant le texte de la Constitution de l'an VIII, qui établissait le Consulat, orné de 8 jolies figures hors texte du graveur David, illustrant les articles de la nouvelle Constitution. (Cohen, I, 252).

255. **David** (J.-L.-Jules). Le peintre Louis David (1748-1825). Souvenirs et documents inédits, par J.-L.-Jules David, son petit-fils. *Paris, Victor Havard*, 1880 ; 1 vol. de texte et 1 album de pl. gr. in-4, demi-rel. mar. vert, enc. de fil. à froid au dos, tête dor., non rog., couv. cons. (*Petitot*).

Important ouvrage, illustré de 2 portraits de Louis David, dont 1 gravé à l'eau-forte par Dubouchet d'après Edme Dumont, tiré sur Chine monté, et de 110 reproductions de tableaux, dessins et aquarelles du maître, gravées par son petit-fils Jules David, comprenant 86 eaux-fortes tirées sur Chine monté et 24 héliogravures imprimées en taille-douce. Ces planches sont réunies en 1 volume, montées sur onglets.

Tiré à 600 exemplaires. — Un des 550 sur papier vélin, auquel on a ajouté 9 lettres autographes, dont une très intéressante de Jérôme David, une de l'auteur, Jules David, deux de Barbey d'Aurevilly, une d'Anatole de Montaiglon, etc.

256. — *Le même ouvrage*, le vol. de texte, broché, couv. imp., et l'album, en ff., en fasc.

257. **Delacroix** (Eugène). L'Œuvre complet de Eugène Delacroix. — Peintures, dessins, gravures, lithographies. — Catalogué et reproduit par Alfred Robaut, commenté par Ernest Chesneau. Ouvrage publié avec la collaboration de Fernand Calmettes. *Paris, Charavay frères*, 1885 ; pet. in-4 carré, demi-rel. mar. tabac, dos orné, tête dor., non rog.

Premier tirage de cet ouvrage recherché, illustré de 2 portraits

Eugène Delacroix, dont un d'après lui-même en 1829, reproduits en héliogravure sur cuivre, imprimés en taille-douce et tirés sur Chine monté, et d'un grand nombre de reproductions intercalées dans le texte.

258. **Delille** (Jacques). Les Jardins, ou l'Art d'embellir les paysages, poème. *Paris, imp. Ambr. Didot l'aîné*, 1782 ; in-4, demi-rel. veau marb. avec coins, dos orné, tête rouge, non rog. (*Rel. mod.*).

Belle édition tirée à 200 exemplaires seulement sur papier vélin d'Annonay.

259. **Delisle** (Léopold). Choix de documents géographiques, conservés à la Bibliothèque Nationale. *Paris, Maisonneuve*, 1883 ; in-fol. max. de 4 pp. et 20 pl., monté sur onglets, cart. bradel demi-perc. verte avec coins, non rog. (*Petitot*). (P. Lacombe, *Bibliogr. des travaux de L. Delisle*, nº 807).

260. **Delisle** (Léopold). Les Grandes Heures de la reine Anne de Bretagne et l'atelier de Jean Bourdichon. *Paris, Ed. Rahir*, 1913 ; pet. in-fol., en ff., dans un emboîtage.

Illustré de 70 héliotypies, hors texte.
Tiré à 250 exemplaires num. seulement sur papier vergé.

261. — A la mémoire de Jean Gutenberg. Hommage de l'Imprimerie Nationale et de la Bibliothèque Nationale. *Paris, imp. Nationale*, 1900 ; gr. in-4, cart. bradel demi-vélin blanc, tête rouge, non rog., couv. cons. (*Petitot*).

Illustré de 1 portrait et de reproductions en phototypie, hors texte. (P. Lacombe, *Bibliogr. des travaux de L. Delisle*, nº 1744).

262. — Mémoire sur d'anciens sacramentaires. Extrait des Mémoires de l'Académie des Inscriptions et Belles-Lettres, tome XXXII, 1re partie (pp. 57-423). *Paris, imp. Nationale*, 1886 ; 1 vol. in-4 et 1 album pet. in-fol., cart. bradel demi-perc. grise, tête jasp., non rog., couv. cons. (*Petitot*). (P. Lacombe, *Bibliogr. des travaux de L. Delisle*, nos 999 et 1000).

263. — Notice sur les manuscrits de Bernard Gui (extrait du tome XXVII, 2e partie, des notices et extraits des manuscrits). *Paris, imp. Nationale*, 1879 ; 1 vol. pet. in-4, broché, couv. imp., et 1 album in-fol., demi-rel. vélin blanc, couv. collée sur les

plats. (P. Lacombe, *Bibliogr. des travaux de L. Delisle*, nᵒˢ 654 et 655). — Envoi d'auteur.

264. — Notice de douze Livres royaux du XIIIᵉ et du XIVᵉ siècle. *Paris, imp. Nationale*, 1902 ; gr. in-4, pap. vergé, en ff., dans un emb.

Illustré de 20 phototypies hors texte. (Lacombe, *Bibliogr. des travaux de L. Delisle*, n° 1878).

265. — Le premier Registre de Philippe-Auguste. Reproduction héliotypique du manuscrit du Vatican, exécutée par A. Martelli, publiée par Léopold Delisle. *Paris, Champion*, 1883 ; in-4, demi-rel. mar. bleu, enc. de fil. à froid au dos, tête dor., non rog. (*Petitot*).

Ouvrage renfermant 95 reproductions en héliotypie, formant double page, montées sur onglets. (P. Lacombe, *Bibliogr. des travaux de L. Delisle*, n° 830).

266. — Recueil des Historiens des Gaules et de la France, tome vingt-quatrième, contenant les enquêtes administratives du règne de Saint Louis, publié par M. Léopold Delisle. Préface Chronologie des baillis et des sénéchaux royaux depuis les origines jusqu'à l'avènement de Philippe de Valois. *Paris, imp. Nationale*, 1904 ; pet. in-fol., cart. bradel demi-vélin vert, tête rouge, non rog., couv. cons. (*Petitot*).

P. Lacombe, *Bibliogr. des travaux de L. Delisle*, n° 1973.

267. — Rouleau mortuaire du B. Vital, abbé de Savigni, contenant 207 titres, écrits en 1122-1123 dans différentes églises de France et d'Angleterre. — Edition phototypique avec introduction par Léopold Delisle *Paris*, 1909 ; in-fol., en ff., dans un emboîtage.

Recueil contenant 49 phototypies. (P. Lacombe, *Bibliogr. des travaux de L. Delisle*, n° 2078). — Envoi d'auteur.

268. — Catalogue des actes de Philippe-Auguste. *Paris, Durand*, 1856 ; in-8, demi-rel. mar. bleu, enc. de fil. à froid, tête dor., non rog., couv. cons. (*Petitot*). (Paul Lacombe, *Bibliographie des travaux de M. Léopold Delisle*, n° 117).

269. — Rouleaux des morts du IXᵉ au XVᵉ siècle. *Paris, Vᵉ J.*

Renouard, 1866 ; gr. in-8, pap. vergé, demi-rel. chag. vert, enc. de fil. à froid au dos, tête dor., non rog., couv. cons. (*Petitot*). (*Bib.*, n° 274).

270. — Chronique de Robert de Torigni, abbé du Mont-Saint-Michel, suivie de divers opuscules historiques de cet auteur et de plusieurs religieux de la même abbaye. *Rouen, A. Le Brument*, 1872-1873 ; 2 vol. gr. in-8, pap. vergé, demi-rel. mar. grenat, enc. de fil. à froid, tête dor., non rog., couv. cons. (*Petitot*). (*Bib.*, n° 421).

271. — Mélanges de paléographie et de bibliographie. *Paris, Champion*, 1880 ; in-8, pap. vergé, et atlas gr. in-4, demi-rel. mar. havane, tête dor., non rog., couv. cons. (*Petitot*). (*Bib.*, nos 683-684).

272. — Catalogue des livres imprimés ou publiés à Caen avant le milieu du XVIe siècle, suivi de recherches sur les imprimeurs et les libraires de la même ville. *Caen, Delesques*, 1903-1904 ; 2 vol. in-8, pap. vergé, demi-rel. mar. La Vallière foncé, enc. de fil. à froid au dos, tête dor., non rog., couv. cons. (*Petitot*). (*Bib.*, n° 1914).

273. — Recherches sur la librairie de Charles V. *Paris, Champion*, 1907 ; 2 vol. in-8, pap. vergé, brochés, couv. imp., et 1 album gr. in-4 renfermant 27 phototypies, en ff., dans un carton. (*Bib.*, nos 2039-2040). — Lettre et envoi autographes signés de l'auteur, et portraits de M. et de Mme Léopold Delisle ajoutés.

274. — L'Apocalypse en français au XIIIe siècle, publiée par MM. L. Delisle et P. Meyer. Introduction et texte. *Paris, Firmin Didot*, 1900-1901 ; 1 vol. in-8, et 1 album pet. in-fol., pap. vergé, cart., non rog. (De la *Société des Anciens Textes français*).

275. — Collection de 393 volumes ou brochures de l'éminent érudit, membre de l'Institut et administrateur général de la Bibliothèque Nationale, réunie par M. Paul Lacombe et renfermée dans 14 étuis-boîtes (dont 5 de format in-4 et 9 de format in-8

avec dos de vélin vert) sauf 27 pièces reliées séparément de diverses façons.

Cette collection, qui commence avec les premiers travaux de Léopold Delisle (1847), se termine avec les dernières productions (1910) ; elle comprend des notices, des communications à l'Académie des Inscriptions et Belles-Lettres et à diverses sociétés savantes, des tirages à part de préfaces et d'études, parues dans diverses publications, sur des manuscrits, des chartes et autres documents, des discours, etc.

Parmi les plus importants travaux qui figurent dans cette collection, nous citerons le *Cartulaire normand de Philippe-Auguste*, 1852 (Lacombe, nº 20) ; un *Mémoire sur les Actes d'Innocent III*, 1857 (nº 137) ; le *Recueil de jugements de l'Echiquier de Normandie au XIIIe siècle*, 1864 (nº 234) ; une Notice sur le cartulaire du comté de Rethel, 1867 (nº 293) ; la *Bibliotheca Bigotiana manuscripta*, 1877, tiré à très petit nombre (nº 573) ; une *Notice sur les ms. disparus de la Bibliothèque de Tours*, 1883 (nº 826) ; Etc.

On y joint 9 étuis-boîtes semblables, dont 3 renfermant environ 70 brochures relatives, pour la plupart à Léopold Delisle, les autres contenant des épreuves d'imprimerie avec corrections de lui, des notes, lettres, coupures de journaux, photographies, etc.

276. — Bibliographie des travaux de M. Léopold Delisle, membre de l'Institut, administrateur général de la Bibliothèque Nationale. *Paris, Imprimerie Nationale*, 1902 ; gr. in-8, portr., demi-rel. chag. vert, enc. de fil. à froid, tête dor., non rog., couv. cons. (*Petitot*)

Exemplaire sur papier vergé auquel on a ajouté la série complète des épreuves, avec de très nombreuses corrections de l'auteur, en 3 albums in-fol., cart. bradel demi-toile grise.

277. — *Le même ouvrage*, pap. ordinaire, demi-rel. chag. vert, enc. de fil. à froid, tête dor., non rog., couv. cons. (*Petitot*)

---

278. **DELORME** (Hugues). **Quais et trottoirs**. — 13 lithographies originales de Heidbrinck. *Paris, imprimé pour les Cent Bibliophiles*, 1898 ; in-8, mar. gris cendré, enc. de fil. sur le dos et les plats, dent. int., doubles gardes, tr. dor. en fausses marges, couv. cons. (*Petitot*).

Beau livre, tiré à 115 exemplaires num. pour les membres de la Société. — Il est illustré d'une couverture décorée sur les 2 plats et de 13 lithographies originales, en couleurs, par Heidbrinck, ainsi que de 53 vignettes du même artiste, en en-têtes, culs-de-lampe ou dans les marges.

On a ajouté à cet exemplaire : 1º l'épreuve d'essai de chacun des grands sujets, soit 13 planches avec un coloris différent. — 2º le tirage à part de 6 vignettes en noir du texte. — 3º une épreuve en noir sur papier blanc des deux plats illustrés de la couverture, avant la lettre. — 4º 7 essais de cette même couverture sur papiers de différentes couleurs.

279. **Demoustier** (C.-A.). Lettres à Emilie sur la Mythologie. *Paris, Renouard*, 1809 ; 6 part. en 2 vol. in-8, demi-rel. veau fauve, dos sans nerfs orné, tr. marb. (*Bibolet*).

Edition illustrée de 36 figures de Moreau, gravées par Delvaux, De Ghendt, Roger, Simonet, etc., et d'un portrait gravé par Tardieu d'après Pajou. Le portrait est remplacé par celui de Ducreux, gravé par Gaucher).

280. **Denis** (Ferdinand), P. **Pinçon** et de **Martonne**. Nouveau manuel de bibliographie universelle. *Paris, Roret*, 1857 ; 3 vol. in-18, cart. bradel demi-perc. grise, tête jasp., non rog.

281. [**Deschamps** (Jean)]. Quelques adresses de libraires, imprimeurs, relieurs, marchands, etc., du XVIIe siècle, par Jean Poche. *Paris, typ. Chamerot et Renouard*, 1899 ; 1 vol. — Liste des lieux d'impression en Europe avec dates et noms d'imprimeurs, par un bibliophile. *Ibid., Claudin*, 1900 ; 1 vol. — Ens. 2 vol. in-12, brochés, couv. imp.

Ouvrages tirés respectivement à 28 et 50 exemplaires seulement. — Envoi d'auteur sur le premier volume.

282. **Deville** (Etienne). Index du *Mercure de France* (1672-1832), donnant l'indication, par ordre alphabétique, de toutes les notices, mentions, annonces, planches, etc., concernant les Beaux-Arts et l'Archéologie. *Paris, Jean Schemit*, 1910 ; pet. in-4, pap. vergé, broché, couv. imp.

Fait partie des *Publications pour faciliter les Etudes d'art en France.*

283. **Dibdin** (Th.-F.). Bibliomania ; or book-madness : a bibliographical romance. Illustrated with cuts by Thomas Frognall Dibdin. New and improved edition, to which are added preliminary observations, and a supplement including a key to the assumed characters in the drama. *London, Chatto and Windus*, 1876 ; fort vol. gr. in-8, portr. et fig., demi-rel. chag. vert, plats toile, tête dor., éb. (*Rel. de l'éditeur*).

284. **Dibdin** (Th.-F.). Voyage bibliographique, archéologique et pittoresque en France, par le Rév. Th.-Frognall Dibdin. Traduit de l'anglais, avec des notes, par Th. Licquet [et G.-A. Crapelet]. *Paris, Crapelet*, 1825 ; 4 vol. gr. in-8, demi-rel. mar.

vert à long grain avec coins, dos orné, non rog., couv. cons. (*Purgold*).

Un des quelques exemplaires tirés sur grand papier vélin.

285. **Dictionnaire** universel françois et latin, vulgairement appelé Dictionnaire de Trévoux, contenant la signification et la définition des mots de l'une et de l'autre langue, avec leurs différens usages, les termes propres de chaque état et de chaque profession..., avec des remarques d'érudition et de critique, le tout tiré des plus excellents auteurs, des meilleurs lexicographes, étymologistes et glossaires. Nouvelle édition, corrigée et considérablement augmentée. *Paris, par la Compagnie des libraires associés*, 1771 ; 8 vol. in-fol., veau marb., dos orné, tr. bleues. (*Rel. de l'époque*).

Septième et dernière édition de ce célèbre dictionnaire « *qu'aucun autre n'a encore entièrement remplacé*. (Brunet, II, 697) ». On y trouve, en effet, nombre de mots, d'expressions, de proverbes, etc., qu'on chercherait vainement dans Bescherelle, Littré ou le Grand Larousse.

286. **Diderot**. Le Neveu de Rameau, satire, revue sur les textes originaux et annotée par Maurice Tourneux. — Portrait et illustrations par F.-A. Milius. *Paris, P. Rouquette*, 1884 ; in-8, demi-rel. mar. bleu, fil. à froid, tête dor., non rog., couv. cons. (*Petitot*).

Tiré à 500 exemplaires num. — Un des 350 sur papier de Hollande, contenant les gravures en 2 états, avant et avec la lettre.

287. **Didot** (A.-F.). Essai typographique et bibliographique sur l'histoire de la gravure sur bois, 1863 ; 158 pp. — Des gravures en bois dans les livres d'Anthoine Vérard, par J. Renouvier, 1859 ; 50 pp. (tiré à 200 ex.). — Des gravures sur bois dans les livres de Simon Vostre, par le même, 1862 ; 22 pp. — De l'emploi de la gravure sur bois dans quelques livres imprimés à Venise de 1469 à 1472, par Thierry-Poux, 1892 ; 2 pp. — Ens. 4 opuscules in-8, brochés ou cart.

288. **Diodore de Sicile**. Diodorus Siculus. (Bibliothecæ historicæ libri VI a Poggio in latinum traducti). (*Parisiis*), *Denys Roce* (*anno* 1513) ; in-8 de 123 ff. ch. et 6 ff. n. ch. pour l'index, dérel.

Première édition parisienne de cette traduction latine par Pogge des six premiers livres de la *Bibliothèque historique* du célèbre historien grec. (Qq. taches).

289. **Doré** (Gustave). Versailles et Paris en 1871, d'après les dessins originaux de Gustave Doré. — Préface de M. Gabriel Hanotaux. *Paris, Plon, Nourrit et Cie*, 1907 ; gr. in-8, broché, couv. imp., dans un étui.

Premier tirage. — Renferme 100 pages de croquis inédits de Gustave Doré.
Un des 75 exemplaires num. sur papier de Chine, imprimés pour la librairie Carteret.

290. **Drujon** (Fernand). Catalogue des ouvrages, écrits et dessins de toute nature, poursuivis, supprimés ou condamnés, depuis le 21 octobre 1814 jusqu'au 31 juillet 1877. Edition entièrement nouvelle, considérablement augmentée. Suivie de la table des noms d'auteurs et d'éditeurs, et accompagnée de notes bibliographiques, par Fernand Drujon. *Paris, Rouveyre*, 1879 ; gr. in-8, cart. bradel perc. grise, tête dor., non rog., couv. cons.

291. **Drujon** (Fernand). Les Livres à clef, étude de bibliographie critique et analytique pour servir à l'histoire littéraire. *Paris, Rouveyre*, 1888 ; 2 vol. in-8, pap. vergé, demi-rel. chag. vert, fil. au dos, tête dor., non rog., couv. cons.

292. **DUBUISSON** (P.-P.). **Armorial des principales maisons** et familles du royaume, particulièrement de celles de Paris et de l'Isle de France, contenant les armes des princes, seigneurs, grands officiers de la couronne, etc. Ouvrage enrichi de près de quatre mille écussons gravés en taille-douce. *Paris, aux dépens de l'auteur*, 1757 ; 2 vol. in-12, veau marb., dos orné, tr. rouges. (*Rel. anc.*).

Premier tirage. — Illustré de 1 frontispice dessiné et gravé par Le Mire, 6 grandes planches d'armoiries et 300 planches gravées, contenant chacune 6 blasons.

293. **Du Cange** (Charles Du Fresne, sieur de). Glossarium mediæ et infimæ latinitatis, auctum a monachis ordinis S. Benedicti, cum supplementis integris D.-P. Carpenterii, Adelungii, aliorum, suisque digessit G.-A.-L. Henschel. Edition nova, aucta pluribus verbis aliorum scriptorum a Léopold Favre. *Niort, L. Favre*, 1883-1887 ; 10 vol. in-4, demi-rel. veau marb., non rog., couv. cons.

Dernière édition de ce précieux ouvrage. Le neuvième volume contient le Glossaire du vieux langage français. Le dixième volume est formé des index, des dissertations qui sont dans le Joinville et dans le Villehardouin de Du Cange, et de son traité sur les monnaies byzantines. Bel exemplaire.

294. **Du Cerceau** (le P. Jean Antoine). Recueil de poésies diverses du P. Du Cerceau, de la Compagnie de Jésus. *A Paris*, l'an 1733 ; pet. in-8 de 2 ff. n. ch. et 150 pp., veau fauve, dos orné, tr. marb. (*Rel. de l'époque*).

Copie manuscrite d'un recueil de vers français du P. Du Cerceau, dont la poésie familière, qu'on a comparée à celle de Gresset, fut très goûtée du XVIIIe siècle. — Le titre est orné d'un encadrement à la plume et à l'aquarelle.

295. **Du Chesne** (André). Bibliothèque des autheurs, qui ont escrit l'histoire et topographie de la France, divisée en deux parties, selon l'ordre des temps et des matières. Seconde édition, revue et augmentée de plus de deux cens historiens. *Paris, Sebastien Cramoisy*, 1627 ; in-8 de 4 ff. lim., 312 pp. et 4 ff. pour la table, veau jasp., dos orné, tr. jasp. (*Rel. de l'époque*).

Savante bibliographie historique, dont l'auteur a mérité, par ses nombreux ouvrages d'histoire, tous très estimés, le titre de *Père de l'histoire de France*.

296. **Ducis** (Jean-François). Œuvres de J.-F. Ducis. *Paris, Bibliothèque Choisie*, 1829 ; 3 vol. in-8, brochés, couv. imp.

Excellente édition des œuvres complètes du premier adaptateur des pièces de Shakespeare à la scène française.

297. **Dumas fils** (Alexandre). La Princesse de Bagdad, pièce en trois actes. — Denise, pièce en quatre actes. — Francillon, pièce en trois actes. *Paris, Calmann Lévy*, 1881-1887 ; 3 vol. in-8, le premier cart. bradel demi-perc., non rog., couv. cons., les 2 derniers brochés, couv. imp.

Éditions originales.

On y joint : Daniel Rochat, comédie en cinq actes par Victorien Sardou. *Ibid.*, *id.*, 1880 ; in-8, cart. bradel demi-perc. rouge, non rog., couv. cons.

298. **Duplessis** (Georges). Catalogue de la bibliothèque de Georges Duplessis. *Lille, imp. Danel*, 1900 ; gr. in-8, portr., broché, couv. imp.

On y joint : Catalogue des livres de Georges Duplessis, donnés à l'Université de Paris, par Mme Vve G. Duplessis. *Mâcon, imp. Protat frères*, 1907 ; plaq. gr. in-8, brochée, couv. imp.

299. **Duplessis** (Georges). Essai d'une bibliographie générale des Beaux-Arts. *Paris, Rapilly*, 1866 ; in-8, broché, couv. imp.

300. **Durrieu** (Paul). Les Antiquités judaïques et le peintre Jean Fouequet. — Ouvrage accompagné de vingt-cinq planches en héliogravure et de deux planches en phototypie. *Paris, Plon, Nourrit et Cie*, 1908 ; pet. in-fol., demi-rel. mar. havane avec coins, enc. de fil. à froid au dos, tête dor., non rog., couv. cons. (*Petitot*).

301. **Echo du Public** (L'). Informations universelles par les lecteurs eux-mêmes, paraissant tous les samedis. *Paris*, de l'origine, 14 novembre 1896, au 28 décembre 1901 ; 2613 n^os^ en 4 vol. in-4, cart. bradel demi-perc. verte, tête jasp., non rog., couv. cons. (*Petitot*).

Collection complète des 6 premières années de cette intéressante publication dans le genre de l'*Intermédiaire des Chercheurs*, où les correspondants se donnent réciproquement des renseignements par demandes et par réponses.

Exemplaire contenant toutes les couvertures de livraisons, sauf les 3 premières ; les tables des matières des 3 premières années et la *partie complémentaire* complète des numéros 60 à 105.

302. **Enlart** (Camille). Manuel d'archéologie française depuis les temps mérovingiens jusqu'à la Renaissance. — I. Architecture religieuse. — II. Architecture civile et militaire. *Paris, A. Picard et fils*, 1902-1904 ; 2 forts vol. in-8, brochés, couv. ill.

Illustrés ensemble de 697 figures explicatives dans le texte ou hors texte.

303. **Epinay** (Mme d'). Œuvres. I. Lettres à mon fils. — II. Mes moments heureux. *Paris, Sauton*, 1869 ; 2 vol., pap. vergé. — Mémoires... *Ibid., Charpentier*, 1891 ; 2 vol. — Ens. 4 vol. in-12, cart. bradel pap. maroq. bleu, non rog., couv. cons.

304. **ERASME. Eloge de la Folie**, augmenté de la préface d'Erasme adressée à Thomas Morus, son ami. — Préface de Gabriel Hanotaux, de l'Académie Française. *Paris, pour les Amis des Livres*, 1906 ; in-8, en ff., couv. imp., dans un emboîtage.

Tiré à 137 exemplaires num. et illustré de 46 bois originaux d'Auguste Lepère, imprimés en 2, 3, 4 ou 5 couleurs. — Capitales tirées en couleurs et encadrements de filets bruns perdus dans les marges.

Un des 135 exemplaires sur papier vergé d'Arches à la cuve.

305. **ESSLING** (Prince d'). **Etudes sur l'art de la gravure sur**

bois à Venise. — Les Livres à figures vénitiens de la fin du XVe siècle et du commencement du XVIe. *Florence et Paris, Leclerc*, 1907-1914 ; 3 part. en 6 vol. pet. in-fol., brochés, couv. ill.

I. *Ouvrages imprimés de 1450 à 1490 et leurs éditions successives jusqu'à 1525*. — II. *Ouvrages imprimés de 1501 à 1525*. — III. *Les origines et le développement de la xylographie à Venise. Appendice. Tables.*
Important ouvrage, illustré d'un très grand nombre de reproductions de bois des XVe et XVIe siècles, dans le texte ou hors texte, dont plusieurs imprimées en couleurs.
Tiré à 300 exemplaires num., sur papier vélin de cuve.

306. **Etat** présent de la noblesse française, contenant le Dictionnaire de la noblesse contemporaine et l'Armorial général de France, d'après les manuscrits de Ch. d'Hozier ; les noms, qualités et domiciles de plus de 60.000 nobles et un grand nombre de notices généalogiques avec blasons gravés, publié sous la direction de M. Bachelin-Deflorenne. Cinquième édition, revue, corrigée, expurgée et considérablement augmentée. *Paris, Librairie des Bibliophiles*, 1887 ; fort vol. gr. in-8, fig., broché, couv. imp.

307. **Exposition** d'œuvres d'art du XVIIIe siècle à la Bibliothèque Nationale. — Miniatures, gouaches, estampes en couleurs, médailles et pierres gravées, biscuits de Sèvres. *Paris*, 1906 ; gr. in-8, reprod. h. texte, broché, couv. imp.

Catalogue rédigé par H. Bouchot, J. Guiffrey, F. Courboin, F. Bruel, H. de La Tour, E. Babelon, etc.
Exemplaire sur papier de Hollande. — On y joint un exemplaire sur papier ordinaire de la seconde édition avec suppléments.

308. **Fauriel** (Claude). Les derniers jours du Consulat, manuscrit inédit de Claude Fauriel ; publié et annoté par Ludovic Lalanne. *Paris, Calmann Lévy*, 1886 ; in-8, cart. bradel demi-perc. verte, tête dor., non rog.

Un des 6 exemplaires num. sur papier de Hollande.

309. **Fenaille** (Maurice). L'œuvre gravé de P.-L. Debucourt (1755-1832). Accompagné d'une préface et de notes de Maurice Vaucaire. *Paris, E. Rahir et Cie*, 1899 ; gr. in-8, demi-rel. mar. rouge foncé, enc. de fil. à froid au dos, tête dor., non rog., couv. cons.

Description de 577 estampes gravées par Debucourt, suivi du catalogue de ses tableaux et dessins conservés dans les collections pu-

bliques ou ayant figuré dans des ventes. Illustré de bois gravés par Léveillé, de reproductions de documents et de photogravures sur cuivre, imprimées en taille-douce, dont plusieurs en couleurs.
Tiré à 315 exemplaires num. — Un des 300 sur papier vélin à la forme.

310. **Fernel**, d'Amiens (Jean). Le meilleur traitement du Mal vénérien (1579). Traduction, préface et notes, par L. Le Pileur. *Paris, Masson*, 1879 ; in-12, portr., broché, couv. imp.

Un des 120 exemplaires num. sur papier de Hollande. — Envoi du traducteur sur la couverture.

311. **Feuillet de Conches** (F.). Causeries d'un curieux. — Variétés d'histoire et d'art tirées d'un cabinet d'autographes et de dessins. *Paris, Plon*, 1862-1868 ; 4 vol. in-8, demi-rel. veau fauve, tête dor., non rog.

Edition originale.

312. **Féval** (Paul). Le Premier Amour de Charles Nodier. — Avant-propos de Maurice Tourneux. *Paris, A. Rouquette*, 1900 ; pet. in-8, cart. bradel mar. rose, enc. de fil. dor. sur les plats et à l'int., tr. dor. sur fausses marges, couv. cons. (*Petitot*).

Edition ornée de 1 portrait de Paul Féval, 1 portrait en médaillon de Charles Nodier et 26 compositions de H. Vogel, gravés sur bois par Florian et intercalés dans le texte.
Tirage unique à 150 exemplaires num. sur papier vélin du Marais, avec un tirage à part, sur papier de Chine, de toutes les illustrations.

313. **Figarola-Caneda** (Dom.). Bibliografia de Luz y Caballero. Segunda edicion. *Habana*, 1915 ; gr. in-8, portr., broché, couv. imp.

Bibliographie des travaux d'un des plus éminents professeurs cubains.

314. **Figures de Paris**. Ceux qu'on rencontre et celles qu'on frôle. — Illustrations de Victor Mignot. — Proses de MM. Maurice Beaubourg, André Baunier, Saint-Georges de Bouhélier, Franc-Nohain, Jean Lorrain, Hugues Rebell, O. Uzanne, etc. *A Paris, pour les Bibliophiles indépendants, chez Floury*, 1901 ; in-4, cart. bradel demi-mar. rose, tête dor., non rog., couv. ill. cons.

Illustré de 20 grandes compositions en couleurs, hors texte, 20 lettrines et 25 culs-de-lampe en noir.
Tirage unique à 218 exemplaires, sur papier vélin de Hollande.

315. **Flaubert** (Gustave). Bouvard et Pécuchet. Œuvre pos-

thume. *Paris, Lemerre,* 1881 ; in-12, cart. bradel demi-perc. grise, non rog., couv. cons.

Edition originale. (Un coin réparé aux pp. 395-396).

316. [**Fleischer** (Guillaume)]. Dictionnaire de bibliographie française. *Paris,* 1812 ; 2 vol. in-8, cart. bradel papier fant., non rog.

Les deux premiers volumes de cet important ouvrage bibliographique qui ne devait former pas moins de 30 volumes. Ces deux volumes, seuls parus, comptent 5.409 articles et s'arrêtent à la syllabe Bha ; ils sont complétés par une double table alphabétique des auteurs et des libraires.

317. **Foé** (Daniel de). Aventures de Robinson Crusoé. — Traduction nouvelle. Edition illustrée par Grandville. *Paris, Fournier,* 1840 ; in-8, demi-rel. chag. noir, enc. de fil. à froid au dos, tr. jasp. (*Rel. de l'époque*).

Premier tirage. — Illustré de plus de 100 dessins de Grandville, gravés sur bois par Verdeil, Lambert, Best, Delhatte, etc., comprenant 1 frontispice tiré sur Chine volant et 40 grands sujets à part. (Qq. rousseurs ; petite déchirure à 2 ou 3 ff. ; le f. de placement des grav. manque).

318. **Forain** (J.-L.). Album de Forain. (Préface par Alphonse Daudet). *Paris, Simonis Empis, s. d.* ; gr. in-4, cart. bradel demi-perc. brune, non rog., couv. cons. (*Petitot*).

Premier tirage.
Un des 75 exemplaires num. sur papier de Chine.

319. **France** (Anatole). Balthazar et la reine Balkis. — Aquarelles originales d'après Henri Caruchet. *Paris, L. Carteret et Cie,* 1900 ; in-8 carré, broché, couv. ill., dans un étui.

Edition illustrée de 40 aquarelles originales, encadrant chaque page, reproduites au trait et aquarellées aux patrons.
Tiré à 350 exemplaires seulement. — Un des 300 sur papier vélin du Marais, non mis dans le commerce.

320. [**France** (Anatole)]. Exposition d'ouvrages peints, dessinés ou gravés par Th.-A. Steinlen. — Préface par Anatole France. *Paris, Pelletan,* 1903 ; plaq. in-12 carré, brochée, couv. ill.

Edition originale, illustrée d'après Steinlen, d'un beau bois gravé par Perrichon, sur la couverture, d'un portrait inédit d'Anatole France, de 7 vignettes en noir dans le texte et d'une composition hors texte (esquisse de femme nue), en 2 tons.

321. **FRANCE** (Anatole). **Les Opinions de Jérôme Coignard**

recueillies par Jacques Tournebroche. *Paris, les Cent Bibliophiles*, 1914 ; in-4, broché, couv. imp., étui.

Belle édition illustrée de 96 bois originaux de Louis Jou, dont 24 grands sujets à pleine page, 22 en-têtes et 22 lettres ornées tirés en noir et rouge, les autres formant culs-de-lampe ou ornements variés. — Texte imprimé avec des caractères Cochin fondus spécialement pour l'ouvrage ; encadrement de filets brun pourpre perdus dans les marges, à chaque page.

Tiré à 130 exemplaires num. seulement, pour les membres de la Société, sur papier vergé de Rives à la cuve.

Exemplaire imprimé au nom de M. Paul Lacombe.

322. **France** (Anatole). Le Procurateur de Judée. *Paris, Société des Amis des Livres*, 1902 ; in-16, broché, couv. imp., étui.

Jolie édition entièrement gravée, avec texte buriné par Frédéric Pimpe ; elle est illustrée de 15 compositions de A.-F. Gorguet, gravées à l'eau-forte par Louis Muller.

Tiré à 130 exemplaires num. sur papier vergé à la forme et publié sous la direction de MM. Victor Mercier et R. Claude-Lafontaine.

323. **Franklin** (Alfred). Guide des savants, des littérateurs et des artistes dans les bibliothèques de Paris ; manuscrit in-4 de 384 feuillets, en liasse.

Manuscrit autographe de cet intéressant ouvrage, publié en 1908 à Paris, chez H. Welter. — Alfred Franklin, savant bibliographe, né à Versailles en 1830, est mort en 1917.

324. **Franklin** (Alfred). Les Ruines de Paris en 3875. Pièces inédites tirées des archives impériales de Nouméa (Calédonie). In-8 de 65 ff.

Manuscrit autographe signé de cette curieuse fantaisie, portant, dans le titre, la date de 3875 qui fut changée en celle de 4875 lors de l'impression.

On y joint un exemplaire de la deuxième édition *Paris, Echo de la Sorbonne*, 1875 ; in-16, broché, couv. imp. — Envoi d'auteur sur le faux-titre.

325. **Franklin** (Alfred). Les Sources de l'Histoire de France. Notices bibliographiques et analytiques des inventaires et des recueils de documents relatifs à l'Histoire de France. *Paris, Firmin Didot et Cie*, 1877 ; gr. in-8 de XVII-681 pp. à 2 col., demi-rel. chag. havane, tête dor., non rog.

Important ouvrage, terminé par une précieuse Table alphabétique de 150 colonnes.

326. **Frère** (Edouard). Manuel du bibliographe normand, ou Dictionnaire bibliographique et historique, contenant : 1º l'indication des ouvrages relatifs à la Normandie, depuis l'origine de

l'imprimerie jusqu'à nos jours ; 2° des notes biographiques, critiques et littéraires sur les écrivains normands... *Rouen, A. Le Brument*, 1858-1860 ; 2 vol. gr. in-8, demi-rel. mar. vert, tête dor., non rog., couv. cons.

327. **Gabet** (Ch.). Dictionnaire des artistes de l'Ecole française, au XIXe siècle. — Peinture, sculpture, architecture, gravure, dessin, lithographie et composition musicale, par Ch. Gabet, peintre, orné de vignettes gravées par M. Deschamps. *Paris, Mme Vergne*, 1831 ; in-8, demi-rel. mar. vert, enc. de fil. à froid sur le dos, tête dor., non rog., couv. cons. (*Petitot*).

328. **Gaignières** (Roger de). Les Dessins d'archéologie de Roger de Gaignières, publiés sous les auspices et avec le concours de la Société d'Histoire de l'Art français. *Paris, imp. Berthaud frères, s. d.* (1911-1914) ; 15 portefeuilles pet. in-4.

Tout ce qui a paru de cette importante publication faite sous la direction de M. J. Guibert ; chaque portefeuille renferme 100 planches en phototypie ; les 13 premiers représentent des tombeaux et autres monuments funéraires ; le 14e contient les 100 premières planches de la série des vitraux, et le 15e, les 100 premières planches des tapisseries.

329. **GAILLARDET** (F.) et Alexandre **DUMAS**. **La Tour de Nesle**, drame en cinq actes et neuf tableaux. *Paris, imprimé pour les Amis des Livres*, 1901 ; gr. in-8, broché, couv. ill., étui.

Belle édition tirée à 115 exemplaires num. pour les membres de la Société et non mise dans le commerce ; elle est illustrée de 33 compositions originales de A. Robida, gravées et imprimées en taille-douce en couleurs par A. Bertrand, dont 10 hors texte.

330. [**Garnier** (le P. Jean)]. Systema Bibliothecæ Collegii Parisiensis Societatis Jesu. *Parisiis, excudebat Seb. Mabre-Cramoisy*, 1678 ; in-4 de 118 pp. et 1 f. de privilège, veau brun, dos orné, armoiries sur les plats. (*Rel. de l'époque*).

Première édition de cet intéressant traité, où le savant bibliographe Garnier donne l'histoire et l'arrangement de la Bibliothèque des Jésuites. Son système est « *le plus détaillé et le plus raisonnable que l'on ait eu jusqu'à lui* ».

Aux armes de Jean-Paul BIGNON, petit-fils de Jérôme Bignon, premier du nom, prêtre de la congrégation de l'Oratoire (1662-1743).

331. **Gaullieur** (E.-H.). Etudes sur la typographie genevoise du XVe au XIXe siècles, et sur les origines de l'imprimerie en

Suisse. *Genève*, 1855 ; in-8, fig., demi-rel. chag. vert, non rog., couv. cons.

Exemplaire contenant dans les marges des notes manuscrites de L.-C. Silvestre.

332. **Gault de Saint-Germain** (P.-M.). Guide des amateurs de peinture dans les collections générales et particulières, les magasins et les ventes. *Paris, Destouches* ; *P. Didot l'aîné*, 1816 ; in-8, cart. de l'époque, non rog.

333. **Gautherot** (Gustave). La Révolution Française dans l'ancien évêché de Bâle. — I. La République rauracienne. — II. Le Département du Mont-Terrible. *Paris, Champion*, 1908 ; 2 vol. in-8, brochés, couv. imp.

334. **GAUTIER** (Théophile). **Celle-ci et celle-là**, ou la jeune France passionnée. — Avant-propos de Maurice Tourneux. — Illustrations de François Courboin. *Paris, A. Rouquette*, 1900 ; gr. in-8, demi-rel. mar. bleu à long grain, dos sans nerfs orné en long, tête dor., non rog., couv. cons. (*Petitot*).

Edition de luxe, tirée à 125 exemplaires num. sur papier vergé d'Arches. Les illustrations, qui comprennent 33 vignettes, sont dessinées et gravées par François Courboin et tirées en 2 tons dans le texte. Chaque exemplaire comprend en plus :
1° La suite des épreuves de premier état, à l'eau-forte pure, en noir ; 2° la suite des épreuves de la planche principale de chaque vignette terminée avec remarque, en camaïeu.
Exemplaire hors tirage, offert par l'éditeur à M. Paul Lacombe.

335. [**Gay** (Jules)]. Bibliographie des ouvrages relatifs à l'Amour, aux Femmes, au Mariage et des livres facétieux, pantagruéliques, scatologiques, satyriques, etc..., par M. le Cte d'I***. — Quatrième édition entièrement refondue, augmentée et mise à jour par J. Lemonnyer. *Paris et Lille*, 1894-1900 ; 4 vol. gr. in-8, demi-rel. mar. bleu, fil. à froid, tête dor., non rog., couv. cons. (*Petitot*).

Dernière édition de cette importante bibliographie.

336. **Gay** (Victor). Glossaire archéologique du moyen âge et de la Renaissance. — Tome premier : A-Guy. *Paris*, 1887 ; in-4 à 2 col., nomb. fig., demi-rel. chag. bleu, enc. de fil. à froid sur le dos, tête dor., non rog., couv. cons. (Le titre manque).

337. **Germon** (L. de) et L. **Polain**. Catalogue de la bibliothèque de feu M. le Cte Riant. *Paris, A. Picard et fils*, 1896-1899 ; 3 vol. gr. in-8, brochés, couv. imp.

Catalogue important pour l'histoire des pays scandinaves et pour celle de la Terre Sainte et des Croisades. — Chaque volume est accompagné d'une table des noms d'auteurs. — Lettre autographe signée de L. Polain ajoutée.

338. **Gilbert**. Œuvres. Nouvelle édition. *Paris, De Bure*, 1826 ; in-18, pap. vélin, demi-rel. mar. rouge à long grain avec coins, dos sans nerfs orné, non rog. (*Rel. de l'époque*).

Jolie édition imprimée par Didot, illustrée d'un portrait gravé par Pourvoyeur, d'après Tassaert.

339. **Girard** (A.). Lettre d'un Candidat, ou l'entrée à Bibliopolis. *Paris, imprimé pour A. Girard*, 1896 ; plaq. in-8 carré, cart. bradel mar. grenat foncé, enc. de fil. sur les plats, tr. dor. sur fausses marges, couv. cons. (*Petitot*).

Jolie plaquette tirée à 115 exemplaires num., tous sur papier Whatman, et non mis dans le commerce.

Elle est ornée de 1 vignette, de 1 titre, 1 en-tête, 1 cul-de-lampe et 1 grand sujet hors texte, dessinés par Paul Avril et gravés à l'eau-forte par Gaujean. — Ces illustrations sont en 3 états : eau-forte pure, avant et avec la lettre. — Lettre autographe signée de l'auteur ajoutée.

340. **Giry** (A.). Manuel de diplomatique. — Diplômes et chartes. Chronologie technique. Eléments critiques et parties constitutives de la teneur des chartes. Les chancelleries. Les actes privés. *Paris, Hachette*. 1894 ; in-8, demi-rel. chag. vert foncé, fil. à froid, tête jasp., non rog., couv. cons.

341. **Goncourt** (Edmond et Jules de). Histoire de la Société française pendant la Révolution. *Paris, Maison Quantin*, 1889 ; in-4, ill. en noir et en coul. hors texte, demi-rel. mar. rouge avec coins, tête dor., non rog., couv. cons.

342. **Goncourt** (Edmond et Jules de). Journal des Goncourt. Mémoires sur la vie littéraire (1851-1895). *Paris, Charpentier et Fasquelle*, 1887-1896 ; 9 vol. in-12, cart. bradel pap. vert, non rog., couv. cons.

On y joint : Les Goncourt, par Alidor Delzant. *Ibid., id.*, 1889 in-12, cart. bradel demi-perc. ocre, non rog., couv cons.

343. **Goncourt** (Edmond et Jules de). Portraits intimes du XVIIIe

siècle. Etudes nouvelles d'après les lettres autographes et les documents inédits. *Paris, Dentu,* 1857-1858 ; 2 vol. in-16, cart. bradel pap. bleu, non rog., couv. cons.

Edition originale.

344. **Goncourt** (Edmond et Jules de). La Révolution dans les mœurs. *Paris, Dentu,* 1854 ; plaq. in-12 réimposé in-8, cart. bradel demi-mar. rouge à long grain, non rog., couv. cons.

Edition originale.
Un des 2 exemplaires tirés sur grand papier vélin (Vicaire, *Manuel* III, 1028), auquel on a ajouté *un intéressant billet autographe signé d'Edmond de Goncourt.*

345. **Gordon Duff** (E.). The printers, stationers and bookbinders of London and Westminster in the XVth century. (*Aberdeen*), *privately printed,* 1899 ; in-8, pap. de Holl., broché, couv. imp.

346. [**Gorgy** (Jean-Claude)]. Ann' quin Bredouille, ou le petit cousin de Tristram Shandy. Œuvre posthume de Jacqueline Lycurgues, actuellement fifre-major au greffe des menus derviches. *Paris, Guillot,* 1791-1792 ; 6 vol. in-8, brochés, couv. orig.

Collection complète, rare, de ce curieux pamphlet contre-révolutionnaire, qui se publiait périodiquement par *fagots* (volumes), et dont le personnage principal, Jean-Claude Bredouille, appartient au « *pays des néomanes* ». Il est orné de 6 curieux frontispices gravés, non signés.

347. **Goudeau** (Emile). Paris qui consomme. — Dessins de Pierre Vidal. *Paris, imprimé pour Henri Beraldi,* 1893 ; gr. in-8, broché, couv. imp., étui.

Joli livre, tiré à 138 exemplaires num., tous sur papier vélin des Vosges, dont 100 seulement mis dans le commerce. — Illustré de 51 compositions de Pierre Vidal, reproduites en noir et aquarellées aux patrons, sous la direction de l'artiste.

348. **Goudeau** (Emile). Parisienne Idylle. — Illustrations de Pierre Vidal. *Paris, imprimé pour Charles Meunier,* 1903 ; gr. in-8, cart. bradel veau raciné gris, petits décors sur le dos et le plat supérieur, non rog., couv. cons., étui gaîné. (*Ch. Meunier*).

Edition originale, illustrée de 30 dessins de Pierre Vidal, très artistement gravés sur bois par Froment père.
Tiré à 90 exemplaires num. seulement. — Un des 70 sur papier de Chine, renfermant un tirage à part, sans texte, sur Japon pelure, de toutes les illustrations.

349. **Goudeau** (Emile). Paris-Staff. (Exposition de 1900). *Paris, Imprimé pour Henri Beraldi,* (1902) ; in-8, broché, couv. imp., étui.

Ouvrage tiré à 118 exemplaires num., tous sur papier vélin du Marais, illustré de 26 gravures sur bois, dont 1 frontispice, par Henri Paillard.

350. **Goudeau** (Emile). Paysages parisiens. — Heures et Saisons. — Illustrations composées et gravées sur bois et à l'eau-forte par Auguste Lepère. *Paris, imprimé pour Henri Beraldi,* 1892 ; gr. in-8, broché, couv. ill., étui.

Tiré à 138 exemplaires num., tous sur papier vélin du Marais, dont 100 seulement mis dans le commerce. — Illustré de 47 compositions d'Auguste Lepère, dont 5 grandes eaux-fortes originales, hors texte, et 42 bois originaux dans le texte.

351. **Goudeau** (Emile). Poèmes parisiens. — Illustrations de Ch. Jouas, gravées sur bois par H. Paillard. *Paris, imprimé pour Henri Beraldi,* 1897 ; in-8, broché, couv. ill., étui.

Ouvrage tiré à 138 exemplaires num., tous sur papier de Chine, et orné de près de 150 vignettes dessinées par Ch. Jouas, gravées sur bois par H. Paillard, dans le texte.

352. **Goujet** (l'abbé Claude-Pierre). Bibliothèque françoise, ou Histoire de la littérature françoise. Dans laquelle on montre l'utilité que l'on peut retirer des livres publiés en françois depuis l'origine de l'imprimerie, pour la connaissance des belles-lettres, de l'histoire, des sciences et des arts, et où l'on rapporte les jugements des critiques sur les principaux ouvrages en chaque genre écrits dans la même langue. *Paris, Mariette,* 1741-1756 ; 18 vol. in-12, demi-rel. veau fauve, dos orné genre XVIIIe siècle, tr. rouges. (*Rel. mod.*).

Bel exemplaire de ce grand ouvrage « *qui sera toujours consulté avec fruit* (Brunet II, 1679). — C'est un recueil d'analyses détaillées des ouvrages de notre littérature, depuis les origines jusqu'à la fin du XVIIe siècle. Une table des noms d'auteurs complète chaque volume. (Le faux-titre manque aux tomes 3, 5, 6, 7, 9, 11, 12, 13, 14, 15 et 17).

353. **Graf Vitzthum** (Dr Georg). Die Pariser Miniaturmalerei von der Zeit des hl. Ludwig bis zu Philipp von Valois und ihr Verhältnis zur Malerei in Nordwesteuropa. *Leipzig,* 1907 ; in-8, 50 pl. hors texte, broché, couv. imp.

354. **Grand-Carteret**. Les Almanachs Français. Bibliographie.

Iconographie des Almanachs. Années. Annuaires. Calendriers. Chansonniers. Etrennes. Etats. Heures. Listes. Livres d'adresses. Tableaux. Tablettes et autres Publications annuelles éditées à Paris (1600-1895). *Paris, J. Alisié et Cie,* 1896 ; fort vol. gr. in-8, demi-rel. mar. rouge, enc. de fil. à froid, tête dor., non rog., couv. et dos cons. (*Petitot*).

Illustré de 5 planches coloriées et de 306 vignettes dans le texte. Un des 20 exemplaires num. sur papier du Japon.

355. **Grand-Carteret** (John). Les mœurs et la caricature en France, par J. Grand-Carteret. — Huit planches en couleurs, trente-six planches hors texte, cinq cents illustrations dans le texte (reproductions d'œuvres anciennes et œuvres originales des Artistes). *Paris, Librairie Illustrée, s. d.* ; in-4, demi-rel. mar. vert à long grain, non rog., couv. et dos cons.

Premier tirage.

356. **Grand-Carteret** (John). Vieux papiers, vieilles images. Cartons d'un collectionneur. Quatre cent soixante-une gravures documentaires dans le texte, dont cinq coloriées. *Paris, Le Vasseur,* 1896 ; gr. in-8, broché, couv. ill.

Premier tirage.

357. **Grandmaison** (Louis de). Essai d'armorial des artistes français (XVIe-XVIIIe siècles). Lettres de noblesse. Preuves pour l'Ordre de Saint-Michel. *Paris, H. Champion,* 1904 ; 2 vol. in-8, brochés, couv. imp.

358. **Grandes Scènes historiques** (Les) du XVIe siècle. — Reproduction fac-simile du recueil de J. Tortorel et J. Perrissin, publiée sous la direction de M. Alfred Franklin. *Paris, Fischbacher,* 1886 ; pet. in-fol., ent. monté sur onglets, cart. bradel perc. bleue, fers spéciaux, tête dor., non rog. (*Cart. de l'éditeur*).

Belle publication illustrée de 43 grandes reproductions formant double page.

359. **Gravures sur bois** tirées des livres français du XVe siècle. Sujets religieux. — Démons. — Etres imaginaires. — Mœurs et Costumes. — Imprimerie. — Grant Danse macabre des hommes et des femmes. — Lettres ornées. — Ecussons. —

Chiffres. — Marques inédites. *Paris, A. Labitte,* 1868 ; in-4, pap. vergé, cart. bradel pap. marb., tête jasp., non rog.

Album renfermant 75 planches représentant 324 sujets, avec une table explicative.

360. **Grimm** et **Diderot**. Correspondance littéraire, philosophique et critique par Grimm, Diderot, Raynal, Meister, etc., revue sur les textes originaux, comprenant, outre ce qui a été publié à diverses époques, les fragments supprimés en 1813 par la censure, les parties inédites conservées à la Bibliothèque ducale de Gotha et à l'Arsenal à Paris. — Notices, notes, table générale par Maurice Tourneux. *Paris, Garnier frères,* 1877-1882 ; 16 vol. gr. in-8, portraits-front. gr. par Régamey, demi-rel. veau fauve, pièces de titres rouges et vertes, tête dor., non rog., couv. cons.

361. **Gubernatis** (A. de). Dictionnaire international des Ecrivains du jour. *Florence,* 1890-1891 ; 3 vol. gr. in-8 à 2 col., brochés, couv. imp. (dos cassés).

362. **Guérin** (Maurice de). Reliquiæ, publié par G.-S. Trébutien, avec une étude biographique et littéraire par M. Sainte-Beuve. *Paris, Didier et Cie,* 1861 ; 2 vol. in-16 carré, cart. bradel perc. blanche, non rog. (*Pierson*).

Edition originale.
Exemplaire sur papier vergé.

363. **Guiffrey** (Jules). Les Caffiéri, sculpteurs et fondeurs-ciseleurs. Etude sur la statuaire et sur l'art du bronze en France au XVIIe et au XVIIIe siècle. Avec sept gravures à l'eau-forte par Maurice Leloir, et plusieurs fac-simile d'autographes. *Paris, D. Morgand et Ch. Fatout,* 1877 ; fort vol. gr. in-8, broché, couv. imp.

Tiré à 311 exemplaires num. — Un des 300 sur papier de Hollande — Envoi d'auteur à M. Paul Lacombe.

364. **Guiffrey** (Jules). La Vie de la Vierge. Monographie sur les tapisseries de la cathédrale de Strasbourg, accompagnée de la reproduction en phototypie des quatorze tapisseries. *Strasbourg, F. Staat, s. d.* ; 1 plaq. in-4 et 1 album gr. in-4 obl., brochés, couv. imp., dans un emboîtage.

Tirage à part de cette intéressante étude parue dans la *Revue Alsacienne illustrée.* — Envoi d'auteur.

365. **Guigard** (Joannis). Nouvel Armorial du Bibliophile. Guide de l'amateur des livres armoriés. *Paris, Rondeau,* 1890 ; 2 vol. gr. in-8, demi-rel. mar. rouge, enc. de fil. au dos, tête dor., non rog., couv. et dos cons. (*Petitot*).

Bel exemplaire de cet ouvrage recherché, contenant plus de 2.000 reproductions d'armoiries.

366. **Guilmard** (D.). Les Maîtres ornemanistes, dessinateurs, peintres, architectes, sculpteurs et graveurs. Ecoles française, italienne, allemande et des Pays-Bas (flamande et hollandaise). *Paris, Plon et Cie,* 1880 ; 2 vol. in-4 dont 1 de planches, demi-rel. mar. bleu, tête dor., non rog., couv. cons.

Publication illustrée de 180 planches tirées à part et de nombreuses gravures dans le texte donnant environ 250 spécimens des principaux maîtres, et précédée d'une introduction par le baron Davillier.

367. **Gyp**. Ohé ! les Dirigeants ! Images coloriées du petit Bob. *Paris, Chailly, s. d.* ; 1 vol. — En balade. Images du petit Bob. *Ibid., Montgredien, s. d.* ; 1 vol. — Les Gens chics. Images en couleurs par Bob. *Ibid., Charpentier et Fasquelle,* 1895 ; 1 vol. — Ens. 3 vol. pet. in-12, brochés, couv. ill.

De la *Collection Polychrôme.*
Editions originales.

368. **Hain** (Ludwig). Repertorium bibliographicum, in quo libri omnes ab arte typographica inventa usque ad annum MD. Typis expressi ordine alphabetico vel simpliciter enumerantur vel adcuratius recensentur. *Stuttgart et Paris,* 1826-1838 ; 4 vol. in-8, cart. vélin blanc, tr. rouges. (*Rel. de l'époque*).

Ouvrage recherché, renfermant la description de 16.300 incunables.

369. (**Hain**). Supplement zu Hain und Panzer. — Beiträge zur Inkunabelbibliographie. — Nummerconcordanz von Panzer lateinischen und deutschen Annalen und Ludwig Hains Repertorium bibliographicum, bearbeitet von Konrad Burger. *Leipzig,* 1908 ; in-8, demi-rel. mar. chaudron, fil. à froid, tête dor., non rog., couv. cons.

370. **Copinger** (W.-A.). Supplement to Hain's Repertorium bibliographicum, or collections towards a new edition of that work.

London, 1895-1902 ; 1 part. en 3 vol. in-8, perc. grenat, fers spéciaux, non rog. (*Cart. de l'éditeur*).

371. **Protor** (Robert). An index to the early printed books in the Bristish Museum from the invention of printing to the year MD., with notes of those in the Bodleian Library. *London*, 1898-1903 ; 3 vol. gr. in-8, demi-rel. mar. rouge foncé, tête dor., non rog., couv. cons. (*Petitot*).

Important ouvrage complétant et rectifiant la bibliographie de Hain et décrivant 12.000 incunables.
Tiré à 350 exemplaires seulement. — On a joint les suppléments publiés par Robert Procter en 1899, 1900, 1901 et 1902, et une notice sur ce bibliographe parue dans le nº de Janvier 1904 de *The Librard* ; ces 4 brochures forment un vol. in-8, demi-rel. mar. rouge avec coins.

372. **Reichling** (D.). Appendices ad Hainii-Copingeri Repertorium bibliographicum. Additiones et emendationes, *Münich*, 1905-1911 ; 7 fasc. gr. in-8, brochés, couv. imp.

---

373. **Halévy** (Ludovic). L'Abbé Constantin, 1 vol. — Criquette, 1 vol. — *Paris, Calmann Lévy*, 1882-1883 ; ens. 1 vol. in-12, brochés, couv. Imp.

Editions originales.

374. **Halévy** (Ludovic). L'Abbé Constantin, illustré par Mme Madeleine Lemaire. *Paris, Boussod, Valadon et Cie*, 1887 ; in-4, demi-rel. chag. bleu avec coins, tête dor., non rog.

Premier tirage. — Edition illustrée de 36 compositions de Madeleine Lemaire, dont 18 hors texte, reproduites par la photogravure.

375. **Hamilton**. Mémoires du Comte de Grammont. *Paris, De Bure*, 1826 ; 2 vol. — Contes d'Hamilton. *Paris, De Bure*, 1826 ; 2 vol. — Ens. 4 vol. in-18, veau rose, orn. dor. et à froid sur le dos, fil. noir, avec petits points dorés aux angles, et bordure à froid encadrant un motif central à froid, sur les plats, dent. int., tr. dor. (*Rel. de l'époque*).

Jolie édition, d'une belle exécution typographique.
Les *Mémoires du Cte de Grammont* sont ornés d'un portrait gravé par Pourvoyeur. — Jolie reliure de l'époque.

376. **Hanotaux** (Gabriel) et Georges **Vicaire**. La jeunesse de

Balzac. — Balzac imprimeur (1825-1828), avec trois estampes et deux portraits gravés sur bois par A. Lepère. *Paris, Ferroud,* 1903 ; in-8 carré, demi-rel. mar. vert, enc. de fil. à froid au dos, tête dor., non rog., couv. et dos cons. (*Petitot*).

Exemplaire hors tirage, imprimé sur papier vélin d'Arches, portant un envoi signé des deux auteurs à M. Paul Lacombe.

377. **Harrisse** (Henry). L.-L. Boilly, peintre, dessinateur et lithographe. — Sa vie et son œuvre (1761-1845). Etude suivie d'une description de 1360 tableaux, portraits, dessins et lithographies de cet artiste. *Paris, Société de propagation des Livres d'Art,* 1898 ; pet. in-4, portr. et héliogr. en taille-douce, hors texte, broché, couv. imp.

378. **Harrisse** (Henry). Excerpta Colombiniana. — Bibliographie de quatre pièces gothiques françaises, italiennes et latines du commencement du XVIe siècle, non décrites jusqu'ici ; précédée d'une histoire de la Bibliothèque Colombine et de son fondateur. *Paris, Welter,* 1887 ; 1 vol. — La Bibliothèque française de Fernand Colomb, par Jean Babelon. *Ibid., Champion,* 1913 ; 1 vol. — Ens. 2 vol. gr. in-8, brochés, couv. imp.

379. **Hatin** (Eugène). Bibliographie historique et critique de la presse périodique française, ou catalogue systématique et raisonné de tous les écrits périodiques de quelque valeur, publiés ou ayant circulé en France depuis l'origine du journal jusqu'à nos jours, avec extraits, notes historiques, critiques et morales, etc., précédé d'un essai historique et statistique sur la naissance et le progrès de la presse périodique dans les Deux-Mondes. *Paris, Firmin Didot frères,* 1866 ; fort vol. gr. in-8, portr., demi-rel. chag. vert foncé, fil. à froid, tête dor., non rog.

380. **Hatin** (Eugène). Histoire politique et littéraire de la Presse en France. *Paris, Poulet-Malassis et De Broise,* 1859 ; 8 vol. in-8, brochés, couv. imp.

Ouvrage estimé, précédé d'une introduction historique sur les origines du journal et la *Bibliographie générale des Journaux* depuis leur origine.

381. **Hatzfeld**, A. **Darmesteter** et A. **Thomas**. Dictionnaire général de la langue française, du commencement du XVIIe

siècle jusqu'à nos jours ; précédé d'un traité de la formation de la langue. *Paris, Delagrave, s. d.* ; 2 vol. gr. in-8 à 2 col., demi-rel. mar. La Vallière, enc. de fil. à froid, tr. peigne. (*Petitot*).

382. [**Hébrail** (Jacques) et Joseph de **La Porte**]. La France littéraire, contenant : 1° les Académies établies à Paris et dans les différentes villes du royaume ; 2° les Auteurs vivans, avec la liste de leurs ouvrages ; 3° les Auteurs morts, depuis l'année 1751 inclusivement, avec la liste de leurs ouvrages ; 4° le Catalogue alphabétique des ouvrages de tous ces auteurs, 2 vol. — Supplément à La France littéraire (par J. de La Porte), 1 vol. — Nouveau Supplément à La France littéraire (par Joseph-André Guiot), 1 vol. — *Paris, Vve Duchesne*, 1784 ; 4 vol. pet. in-8, veau marb., dos orné, tr. jasp. (*Rel. de l'époque*).

Importante bibliographie du XVIIIe siècle, contenant de nombreuses indications biographiques et bibliographiques qui ne sont pas dans la *France littéraire* de Quérard, et aussi des tables alphabétiques des titres d'ouvrages, qu'on ne rencontre pas non plus dans Quérard.

383. [**Hécart** (Gabriel)]. Anagrapheana, sive bibliographiæ peculiaris librorum ana dictorum, iis que affinium prodromus. A Johanne Gisleberto Phitakaer, d. medic. Norimb. ac r. Societ. nat. curios. collectorum. *Valencenis, typis H.-J. Prignet, sumptibus collectoris*, 1821 ; in-12 de 44 pp., demi-rel. veau fauve, dos plat orné. (*Rel. de l'époque*).

Catalogue par ordre alphabétique de l'importante collection d'ana que le célèbre bibliophile Hécart, de Valenciennes, avait réuni.
Tiré à 100 exemplaires. Très rare.
On a relié à la suite une liste (de la main de Hécart ?) de titres d'ana complétant cette bibliographie, et dont un certain nombre ne figurent pas dans la récente *Bibliographie des Ana* de M. Aude. (La partie inf. du dos manque).

384. **Heilly** (Georges d'). Cotillon III (Jeanne Béqus, comtesse Du Barry). *Imprimé à Cotillonville* (*Paris, A. Faure*), 1867 ; in-12, broché, couv. imp.

Edition originale.
Un des 10 exemplaires num. sur papier de Chine. — Portrait de Mme Du Barry ajouté.

385. **Héraut d'Armes** (Le), revue illustrée de la noblesse. *Paris*, Novembre 1861-Mai 1877 ; 2 vol. gr. in-8 à 2 col., pap. vergé,

demi-rel. mar. olive, enc. de fil. à froid sur le dos, tête dor., non rog., couv. et dos cons. (*Petitot*).

Collection complète de cette intéressante publication illustrée d'environ 1.000 figures de blasons et de la reproduction de quelques cimiers de Lorraine.

386. [**Heredia** (José-Maria de)]. In Memoriam. [*Paris, H. Leclerc,* 1906] ; in-8 carré, portr., broché, couv. imp.

Recueil tiré à 150 exemplaires seulement, sur papier vélin, renfermant des discours et des notices biographiques et bibliographiques par Gabriel Hanotaux, Albert Sorel, Vte de Vogüé, etc.
On y joint : José-Maria de Heredia. Sa bibliographie par Georges Vicaire. *Ibid., id.,* 1906 ; même format, broché, couv. imp. — Envoi d'auteur.

387. **Heures** (Les) à l'usage d'Angers, de la collection Martin Le Roy. Reproduction des plus belles miniatures d'un manuscrit du XVe siècle, accompagnée d'une notice par le Cte Paul Durrieu. *Paris,* 1912 ; in-4, en ff., dans un emb. en demi-vélin blanc.

Publication de la *Société française de Reproductions de manuscrits à peintures.* Elle renferme 21 grandes héliogravures, hors texte.
Tiré à petit nombre pour les membres de la Société. — Exemplaire de M. Paul Lacombe.

388. **Heures de Turin**. Quarante-cinq feuillets à peintures provenant des très belles Heures de Jean de France, duc de Berry. Reproduction en phototypie d'après les originaux de la Biblioteca Nazionale de Turin et du Musée du Louvre. *Paris,* 1902 ; in-4, en ff., dans un carton.

Publication faite par les soins des Sociétés de l'Histoire de France et de l'École des Chartes, sur papier vergé d'Arches, précédée d'une étude par Paul Durrieu.
On a joint une seconde étude de Paul Durrieu sur les *Très belles Heures de Notre-Dame,* du duc Jean de Berry, publiée dans la *Revue Archéologique.*

389. **Horace**. Quintus Horatius Flaccus. (Opera). Daniel Heinsius ex emendatissimus editionibus expressit et repræsentavit. *Amstelodami, apud Janssonio-Waesbergios,* 1718 ; in-24 de 214 pp., mar. bleu, dos orné, fil. sur les plats, dent. int., tr. dor. (*Rel. de l'époque*).

Excellente édition des œuvres complètes d'Horace, annotée par Heinsius, et ornée d'un titre-frontispice gravé. Hauteur : 128 mill. — Bon exemplaire dans une belle reliure.

390. **HOUSSAYE** (Henry). **Aspasie, Cléopâtre, Théodora**. — Illustrations de A. Giraldon. *Paris, imprimé pour les Amis de*

Livres par Chamerot et Renouard, 1899 ; gr. in-8, broché, couv. imp., étui.

Bel ouvrage, il est illustré de 60 compositions de Giraldon, gravées sur bois par Quesnel et tirées en 3 tons : noir, vert bronze et or, dont 4 frontispices, les autres formant en-têtes et culs-de-lampe.
Tiré à 120 exemplaires num. sur papier vélin de cuve, avec la suite des illustrations tirées à part, en noir, sur papier de Chine.

391. **Hugo** (Victor). Aux Allemands. — Aux Français. — Aux Parisiens. [*Paris*], *bureaux du Rappel*, 1870 ; plaq. in-8, cart. bradel perc. brune, non rog.

Edition originale. — Envoi autographe signé du poète à Philippe Burty, sur le titre.

392. **Hugo** (Victor). L'Ane. *Paris, Calmann Lévy*, 1880 ; in-8, cart. bradel demi-perc. grenat, non rog., couv. cons.

Edition originale. — Curieuses notes manuscrites, au crayon, dans les marges.

393. **Hugo** (Victor). A. de Musset et ses prétendues attaques contre Victor Hugo, par Ch. de Lovenjoul. *Paris, Rouveyre*, 1878 ; plaq. in-18, pap. vergé, br. — La philosophie de Victor Hugo, par M.-J.-A. Leher. *Ibid.*, 1885 ; plaq. in-18, br. — Victor Hugo devant l'opinion. Presse française. Presse étrangère. *Ibid.*, 1885 . in-12, carr. demi-perc., non rog., couv. — Souvenirs d'un hugolâtre. La génération de 1830, par Aug. Challamel. *Ibid., J. Lévy*, 1885 ; in-12, même cart. — Dictionnaire des métaphores de Victor Hugo, par Georges Duval. *Ibid., Piaget*, 1888 ; in-12, pap. vergé, même cart. — Ens. 5 vol. ou plaq.

394. **Huysmans** (J.-K.). Croquis parisiens. — Eaux-fortes de Forain et Raffaëlli. *Paris, Henri Vaton*, 1880 ; in-8, cart. bradel demi-mar. citron, tête dor., non rog., couv. cons. (*Petitot*).

Edition originale, tirée à petit nombre sur papier de Hollande et ornée de 8 eaux-fortes originales, de Forain et Raffaëlli, hors texte.
Exemplaire portant un envoi autographe signé de l'auteur et auquel on a ajouté les 2 eaux-fortes refusées pour le chapitre *Les Folies-Bergères*.

395. **Ibels** (H.-G.). Les Demi-Cabots. *Paris, Charpentier et Fasquelle ; Conquet*, 1896 ; pet. in-8, broché, couv. ill., étui.

Le Café-concert. — Le Cirque. — Les Forains.
Dessins de H.-G. Ibels. — Texte de G. d'Esparbès, A. Ibels, M. Lefèvre, etc.
Un des 100 exemplaires num. sur papier de Chine.

396. **Imprimerie**. Les origines de l'imprimerie à Paris. La première presse de la Sorbonne par A. Claudin. — Documents inédits sur Guillaume Fichet et sa famille par C. Couderc. — Essai sur les débuts de la typographie grecque à Paris (1507-1516), par H. Omont. Etc. — Ens. 8 brochures in-8 et in-4.

397. — Les plus anciens monuments de la typographie parisienne. Préfaces typographiques des livres sortis des presses de Sorbonne (1470-1472). — Recueil de fac-similés, précédé d'une introduction par Pierre Champion. *Paris, H. Champion*, 1904 ; in-4, en ff., dans un emb.

Intéressant album contenant 86 fac-similés. — Envoi et lettre autographe signés de Pierre Champion.

398. — Antoine Vérard, by John Macfarlane. *London*, 1900 ; in-4, pap. vergé, broché, couv. imp.

Intéressante bibliographie des publications du célèbre imprimeur français, illustrée de 80 reproductions de gravures, titres et fragments d'impression, dont 1 frontispice et plusieurs grandes figures à pleine page.

399. — Origines de l'imprimerie en France. Travaux de MM. A. Claudin, H. Omont, H. Stein, P. de Fleury, Paul Lacombe, etc. Réunion de 35 brochures in-8.

Intéressante réunion d'études sur l'histoire de l'imprimerie dans les diverses provinces de France : Flandre, Normandie, Bretagne, Poitou, Gascogne, Languedoc, Franche-Comté, etc.

400. — L'Atelier de Guillaume Le Talleur, premier imprimeur rouennais, histoire et bibliographie, par Pierre Le Verdier. *Rouen*, 1916 ; pet. in-4 carré de 178 pp., fig., broché, couv. imp.

Tiré à petit nombre.
Exemplaire auquel on a joint une série d'épreuves du texte et des illustrations, des notes de M. Paul Lacombe et environ 150 lettres relatives à l'ouvrage, presque toutes de M. Le Verdier ; ces pièces sont renfermées dans un étui-boîte.

401. — Bibliographie lyonnaise du XVe siècle, par A. Péricaud aîné, 1851-1859 ; 4 fasc. — Incunables des bibliothèques privées, par l'abbé J.-B. Martin, 1898-1909 ; 5 fasc. — Catalogue des incunables de la bibliothèque d'Albi, 1892 ; 1 plaq., fig. — Les premiers incunables bâlois et leurs dérivés, par H. Harrisse, 1902 ; 1 plaq. — Etc. — Ens. 22 brochures in-8.

402. — Illustration de l'ancienne imprimerie troyenne. Deux cent dix gravures sur bois (des Woériot, Rochienne, Vernier, etc.)

des XVe, XVIe, XVIIe et XVIIIe siècles, publiés par V. L. *Troyes, Varlot*, 1850 ; in-4, pap. vergé, demi-rel. veau fauve, tête dor., non rog. (Tiré à 80 ex. seulement). — Xilographie de l'imprimerie troyenne pendant les XVe, XVIe, XVIIe et XVIIIe siècles, précédée d'une Lettre du bibliophile Jacob (Paul Lacroix) sur l'histoire de la gravure en bois, publiée par Varusoltis, de Troyes. *Ibid., id.*, 1869 ; gr. in-4, cart. pap. marb., tête jasp., non rog. — Recherches sur l'établissement et l'exercice de l'imprimerie à Troyes, contenant la nomenclature des imprimeurs de cette ville, depuis la fin du XVe siècle jusqu'à 1789..., par Corrard de Breban. Troisième édition. *Paris, Chossonnery*, 1873 ; pet. in-8, fig., broché, couv. imp. — L'Imprimerie à Troyes pendant la Ligue, par Louis Morin. *Ibid., H. Leclerc*, 1912 ; pet. in-8, broché, couv. imp. (Extrait du *Bulletin du Bibliophile*, tiré à très petit nombre). — Ens. 4 vol.

403. — Typenrepertorium der Wiegendrucke, von Konrad Haebler. *Halle*, 1905-1910 ; 3 tom. en 4 vol. gr. in-8, brochés, couv. imp.

Ouvrage important pour l'histoire de l'imprimerie ; il complète et précise les indications données par Proctor.

404. — Veroffentlichungen der Gesellschaft für Typenkunde des XV. Jahrhunderts (Herausgegeben von Isak Collijn, V. Madsen, Ernst Voulliéme, M.-L. Polain und Konrad Haebler). *Halle*, 1907-1914 ; 7 années en 20 fasc. pet. in-fol., en portefeuilles.

Collection de 665 planches de reproductions de caractères typographiques du XVe siècle. — On y joint 11 feuillets d'incunables des officines allemandes, de format in-4° et in-folio.

405. — Titles of the first books from the earliest presses established in different cities, towns and monasteries in Europe, before the end of the XVth Century, by Rush C. Hawkins. *New-York and London*, 1884 ; in-4, reprod. h. texte. — Library of Congress. — Catalogue of the John Boyd Thacher collection of incunabula, compiled by Fred. W. Ashley. *Washington*, 1915 ; pet. in-4, reprod. h. texte. — Catalogue of XVth Century books in the library of Trinity College, Dublin, by T.-K. Abbott. *London*, 1905 ; in-8, fig. — Ens. 4 vol., cart. de l'éditeur.

406. — Printers' and Publishers' devices in England and Scotland

(1485-1640), by Ronald Mac Kerrow, 1 vol. — English printed almanacks and prognostications.... to the year 1600, by E.-F. Bosanquet, 1 vol. — XVth century english books.... by E. Gordon Duff, 1 vol. — *London*, 1913-1917 ; ens. 3 vol. in-4, pap. vergé, fac-sim., cart. de l'éditeur, tête dor., non rog.

De la collection des *Illustrated Monographs issued by the Bibliographical Society*.

407. — Histoire d'un livre, par Mary Lafon. *Paris, Parmantier*, 1857 ; 1 vol. — Une imprimerie en 1867, par Paul Dupont. *Ibid.*, 1867 ; 1 vol., fig. — Le compositeur et le correcteur typographes, par Daupeley-Gouverneur. *Ibid., Rouvier et Logeat*, 1880 ; 1 vol. — Dictionnaire de l'argot des typographes..., par Eugène Boutmy. *Ibid., Marpon et Flammarion*, 1883 ; 1 vol. — Vocabulaire technique de l'éditeur élaboré et publié par le Cercle de la Librairie de Paris. *Ibid.*, 1910 ; 1 vol. — Etc. — Ens. 9 vol. ou brochures in-12 et in-8, rel. ou cart.

---

409. **Intermédiaire** (l') des Chercheurs et Curieux (*Notes and Queries* français)... *Paris*, de l'origine, 15 janvier 1864, au n° 1528, 30 novembre 1920 ; 74 vol. — Table générale (1864-1891) ; 1 vol. — Table générale (1864-1896) ; 1 vol. — Ens. 76 vol. gr. in-8, dont 73 en demi-rel. chag. brun, tr. jasp., et 3 cart. bradel demi-perc. grise, non rog., l'année 1920 en 17 fasc. brochés.

410. **Inventaire** de la bibliothèque du roi Charles VI fait au Louvre en 1423, par ordre du Régent, duc de Bedford. *Paris*, 1867 ; pet. in-8, pap. vergé, demi-rel. veau fauve marb., enc. de fil. à froid, tête rouge, non rog., couv. cons. (*Petitot*).

Intéressante bibliographie, publiée par les soins de la *Société des Bibliophiles françois*.

411. **Inventaire** des marques d'imprimeurs et de libraires. I. Ville de Paris. — II. Ville de Lyon. Autres villes de France. — III. Allemagne, Alsace, Autriche-Hongrie, Belgique, Danemark, Espagne, Grande-Bretagne, Italie, Pays-Bas, Portugal, Suisse. *Paris, Cercle de la Librairie*, 1886-1888 ; 3 part. en 1 vol. pet.

in-4, pap. de Holl., cart. bradel demi-mar. rouge à long grain avec coins, tête dor., non rog., couv. cons.

De la *Bibliothèque technique du Cercle de la Librairie.*

412. **Jal** (A.). Dictionnaire critique de Biographie et d'Histoire. Errata et supplément pour tous les dictionnaires historiques d'après des documents authentiques inédits. Deuxième édition corrigée et augmentée d'articles nouveaux et renfermant 218 fac-simile d'autographes. *Paris, H. Plon*, 1872 ; gr. in-8 à 2 col., demi-rel. chag. rouge, enc. de fil. à froid, tr. peigne.

413. **Janin** (Jules). Contes et nouvelles littéraires. — Histoire de la poésie et de la littérature chez tous les peuples. *Paris, Delahays, s. d.* ; 3 vol. in-16, demi-rel. veau gris, dos orné à froid, tr. jasp.

414. **Jardin de Plaisance** (Le) et Fleur de rethorique. Reproduction en fac-similé de l'édition par Antoine Vérard vers 1501. *Paris, Firmin Didot*, 1910 ; pet. in-4, pap. vergé, nomb. fig., cart. de l'éditeur, demi-perc. brune, couv. collée sur les plats, non rog.

De la *Société dans Anciens textes français.*

415. **Jordell** (D.). Répertoire bibliographique des principales revues françaises pour l'année 1897 [et 1898 et 1899]. Préface de Henri Stein. *Paris, Per Lamm*, 1898-1901 ; 3 années en 1 vol. gr. in-8 à 2 col., demi-rel. chag. rouge, enc. de fil. à froid, tête jasp., non rog., couv. cons. (*Petitot*).

416. **Krafft** (J.-Ch.). Plans des plus beaux jardins pittoresques de France, d'Angleterre et d'Allemagne, et des édifices, monumens, fabriques, etc., qui concourrent à leur embellissement, dans tous les genres d'architecture, tels que chinois, égyptien, anglois, arabe, moresque, etc. *Paris, imp. Levrault (et Ch. Pougens)*, 1809-1810 ; 2 vol. gr. in-4 obl., cart. de l'époque pap., non rog.

Albums rares, renfermant ensemble 2 frontispices et 102 planches, gravés au trait d'après les dessins de J.-Ch. Krafft, la plupart à plusieurs sujets; texte en français, anglais et allemand.

417. **LABORDE** (Alexandre de). **Description des nouveaux jardins de la France** et de ses anciens châteaux, mêlée d'observations sur la vie de la campagne et la composition des jardins. *Paris, imp. de Delance*, 1808 ; in-fol., demi-rel. peau de truie avec coins, enc. de fil. à froid, tête rouge, non rog. (*Petitot*).

Important ouvrage imprimé en français, anglais et allemand ; il est illustré de 1 frontispice, 93 planches hors texte, représentant 130 sujets, et 4 plans, gravés d'après les dessins de C. Bourgeois. (Mouillure dans la marge d'un f. et petite réparation à 2 ou 3 planches).

418. **Laborde** (Cte A. de). Les manuscrits à peintures de la *Cité de Dieu* de Saint Augustin. *Paris, pour la Société des Bibliophiles françois ; Ed. Rahir*, 1909 ; 3 vol. in-fol., dont 2 de texte et 1 album de pl., brochés, couv. imp., dans des emboîtages.

Important ouvrage publié par les soins de la *Société des Bibliophiles françois*. L'album renferme 137 grandes planches, dont beaucoup, à plusieurs sujets, sont pour la plupart en héliogravure sur cuivre, imprimées en taille-douce.

Tiré à 160 exemplaires num. sur papier vélin d'Arches à la forme. — Lettre autographe signée de l'auteur ajoutée.

419. **Laborde** (Cte Léon de). Quelques idées sur la direction des arts et sur le maintien du goût public. *Paris, Imprimerie Impériale*, 1856 ; gr. in-8, pap. vergé, demi-rel. chag. brun, fil. à froid au dos, tr. jasp. (*Rel. de l'époque*).

420. **La Bruyère**. Les Caractères de La Bruyère, suivis des Caractères de Théophraste, traduits du grec par le même. *A Paris, chez Lefèvre*, 1824 ; 2 vol. in-8, pap. vélin, veau violet, dos orné or et à froid, décor à la *Cathédrale* estampé à froid avec bord. à froid et fil. dor. sur les plats, bord. int. dor., tr. marb. (*Rel. romantique, un peu défraichie*).

De la *Collection des Classiques François*.

Premier tirage de cette édition imprimée par Jules Didot aîné, ornée d'un portrait-frontispice en médaillon gravé par Taurel. Elle contient la notice sur La Bruyère, un avertissement et les notes d'Auger sur ce moraliste, et celles de Schweighäuser sur Théophraste.

421. [**La Caille** (Jean de)]. Histoire de l'imprimerie et de la librairie, où l'on voit son origine et son progrès jusqu'en 1689. *Paris, Jean de La Caille*, 1689 ; 1 vol. de 2 ff. lim., 322 pp. et 13 ff. pour les tables. — Edit du roy pour le règlement des imprimeurs et libraires de Paris, registré en Parlement le 21 aoust 1686. *Ibid., Denys Thierry*, 1687 ; 1 vol. de 2 ff. lim.,

108 pp. et 4 ff. pour la table. — Edit du Roy pour le règlement des relieurs et doreurs de livres, registré en Parlement le 7 septembre 1686. *S. l. n. d.* ; 8 pp. — Ens. 3 ouv. en 1 vol. in-4, veau brun, dos orné, tr. mouchetées. (*Rel. de l'époque*).

Première édition de cet intéressante Histoire de l'imprimerie et de la librairie, « *qui peut encore être consultée avec fruit, surtout pour la fin du XVe siècle, et même pour le XVIe.* (Brunet, III, 724) ».

422. [**La Caille** (Jean de)]. Histoire de l'imprimerie et de la librairie, où l'on voit son origine et son progrès jusqu'en 1689. *Paris, J. de La Caille*, 1689 ; in-4, mar. vert, fil. à froid sur le dos et les plats, dent. int. (*Duru*).

Précieux exemplaire, enrichi d'une foule de notes manuscrites dues à Mercier de Saint-Léger, dans les marges ou sur des feuillets intercalaires ; il renferme, en outre, le « papillon » contenant 10 lignes de texte imprimé au bas de la p. 2, et le carton de 16 pp. placé entre les pp. 2 et 3 ; les deux autres cartons signalés par Brunet manquent.

423. **Lachèvre** (Frédéric). Bibliographie des recueils collectifs de poésies publiés de 1597 à 1700, donnant . 1° la description et le contenu des recueils ; 2° les pièces de chaque auteur classées dans l'ordre alphabétique du premier vers, précédées d'une notice bio-bibliographique ; 3° une table générale des pièces anonymes ou signées d'initiales... *Paris, H. Leclerc*, 1901-1904 ; 3 vol. — Supplément (additions, corrections, tables générales). *Ibid., id.*, 1905 ; 1 vol. — Ens. 4 vol. in-4, cart. bradel demi-toile grise, tête jasp., non rog., couv. cons. (*Petitot*).

Importante bibliographie tirée à très petit nombre.

424. **Lacombe** (Jacques). Dictionnaire portatif des beaux-arts, ou Abrégé de ce qui concerne l'architecture, la scupture, la peinture, la gravure, la poésie et la musique...., ensemble les noms...., les circonstances les plus remarquables de la vie, et le genre particulier de talent des personnes qui se sont distinguées dans ces différens arts..., en France et dans les pays étrangers. Nouvelle édition. *Paris, Hérissant*, 1755 ; in-8, veau fauve, dos orné, tr. bleues. (*Rel. de l'époque*).

425. **Lacombe** (Paul). A propos de Balzac imprimeur. *Paris, H. Leclerc*, 1904 ; plaq. in-8, brochée, couv. imp.

Tirage à part, à 20 exemplaires seulement, de cette étude parue dans le *Bulletin du Bibliophile*.
Exemplaire sur grand papier vergé, auquel on a joint : 1° le *manus-*

crit autographe signé de l'auteur ; 2° les épreuves d'imprimerie, avec corrections ; 3° 7 lettres et cartes autographes du Vicomte de Spoelberch de Lovenjoul, de Georges Vicaire, etc., adressées à M. Paul Lacombe.

426. **Lacombe** (Paul). Bibliographie parisienne. Tableaux de mœurs (1600-1880) ; avec une préface par M. Jules Janin. *Paris, Rouquette*, 1887 ; fort vol. in-8, pap. vélin, cart. bradel perc. verte, non rog., couv. cons.

Exemplaire de l'auteur, interfolié de papier blanc, portant un grand nombre d'annotations, à l'encre et au crayon, et auquel on a ajouté de nombreuses coupures de catalogues de librairie. M. Paul Lacombe y a, en outre, inséré 40 lettres autographes et 14 cartes de visite.

427. **Lacombe** (Paul). Livres d'heures imprimés au XVe et au XVIe siècles, conservés dans les bibliothèques publiques de Paris. — Catalogue. *Paris, Imprimerie Nationale (chez H. Champion)*, 1907 ; gr. in-8, demi-rel. mar. bleu, fil. à froid, tête dor., non rog., couv. cons. (*Petitot*).

428. **Lacour** (Louis). Annuaire du bibliophile, du bibliothécaire et de l'archiviste pour l'année 1860 (et 1861, 1862 et 1863). *Paris, Meugnot ; Claudin*, 1860-1863 ; 4 tom en 3 vol. in-18, demi-rel. toile brune, non rog.

429. **Lacroix** (Paul). Bibliographie et iconographie de tous les ouvrages de Restif de La Bretonne, comprenant la description détaillée des éditions originales, des réimpressions, des contrefaçons, des traductions, des imitations, etc., y compris le détail des estampes, etc. *Paris, Fontaine*, 1875 : in-8, portr., demi-rel. peau de truie, fil. à froid, tête dor., non rog., couv. cons.

Ouvrage tiré à 500 exemplaires num. sur papier de Hollande.

430. **Lacroix** (Paul). Contes du bibliophile Jacob à ses petits-enfants. *Paris, Louis Janet*, (1831) ; 2 vol. in-16, veau olive teinté, dos sans nerfs orné, bord. dor. sur les plats, tr. marb. (*Rel. de l'époque, usagée*).

Edition originale, ornée de 2 vignettes sur les titres par Tony Johannot, gravées sur bois par Porret, et de 6 lithographies non signées, hors texte.

Exemplaire contenant les lithographies *coloriées*. (Petites taches dans les marges de qq. ff. du tome Ier).

431. **Lacroix** (Paul). Dissertations sur quelques points curieux de l'histoire de France et de l'histoire littéraire, par Paul L. Jacob, bibliophile. III. [Sur la Bibliothèque historique de la France, par le P. Lelong, publiée par Fevret de Fontette, Barbeau de La Bruyère, Hérissant, etc.]. *Paris, Téchener*, 1838 ; plaq. pet. in-8, brochée.

Tirée à 55 exemplaires seulement. — Un des 5 sur papier de Chine.

432. **Lacroix** (Paul). Ma République. *Bruxelles et Leipzig*, (1861) ; in-12. — Les Cent et Une Lettres bibliographiques à M. l'administrateur général de la Bibliothèque Nationale. *Paris, Paulin*, 1849-1850 ; 4 fasc. en 1 vol. in-8. — Recherches bibliographiques sur des livres rares et curieux. *Ibid., Rouveyre*, 1880 ; pet. in-8, pap. vergé. — Les amateurs de vieux livres. *Ibid., id.*, 1880 ; plaq. pet. in-8. — Ens. 4 vol. ou plaq., les 2 premiers cart., non rog., couv. cons. ; les 2 derniers, brochés, couv. imp.

433. **Lacroix** (Paul). Ma République, précédée d'un à-propos de l'auteur. — Sept eaux-fortes de Ed. Rudaux. *Paris, Carteret*, 1902 ; pet. in-8, broché, couv. imp.

Tiré à petit nombre sur papier vergé du Marais et non mis dans le commerce.

434. **Lacroix** (Paul). Mélanges bibliographiques, par P. L. Jacob, bibliophile. *Paris, Librairie des Bibliophiles*, 1871 ; in-12, broché, couv. imp.

Exemplaire sur papier de Chine.

435. **La Croix du Maine** (François Grudé ou Grusdé) et Ant. **Du Verdier**. Les Bibliothèques françoises de La Croix du Maine et de Du Verdier, sieur de Vauprivas. Nouvelle édition, augmentée des remarques de B. de La Monnoye, du président Bouhier et de Falconet, par Rigoley de Juvigny. *Paris, Saillant et Nyon*, 1772-1773 ; 6 vol. in-4, veau marb., dos orné, tr. jasp. (*Rel. de l'époque*).

Ouvrage précieux pour l'histoire littéraire de la France avant la fin du XVIe siècle.

436. **La Curne de Sainte-Palaye**. Dictionnaire historique de

l'ancien langage françois, ou glossaire de la langue françoise, depuis son origine jusqu'au siècle de Louis XIV, publié par les soins de L. Favre, avec le concours de M. Pajot. *Niort, s. d.* ; 10 vol. pet. in-4, demi-rel. veau marb., dos sans nerfs orné, éb., couv. cons.

437. [**La Fare** (Charles-Auguste, marquis de)]. Mémoires et réflexions sur les principaux événemens du règne de Louis XIV et sur le caractère de ceux qui y ont eu la principale part, par M. L. M. D. I. [pour L] F. *Amsterdam, J.-F. Bernard,* 1734 ; in-12 de 247 pp., veau jasp., dos orné, tr. rouges. (*Rel. de l'époq.*).

Seconde édition, augmentée de remarques qui ne sont pas dans la première, de ces intéressants mémoires, où, selon l'expression de Sainte-Beuve, « *ce que Saint-Simon dit en débordant, La Fare le dit d'un mot et en courant, mais on a la note la plus juste* ».

438. **La Fayette** (Mme de). Œuvres complètes de Mesdames de La Fayette, de Tencin et de Fontaines, avec des notices historiques et littéraires par M. Auger. — Nouvelle édition, ornée de gravures. *Paris, Ve Lepetit,* 1820 ; 4 vol. in-8, demi-rel. chag. bleu, dos orné, tête dor., non rog.

Illustré de 4 figures de Choquet, gravées par Manceau, Bovinet et Lejeune. (Qq. rousseurs).

439. **Lafond** (Paul). L'Art décoratif et le mobilier sous la République et l'Empire. — Préface de M. Henry Houssaye. — Dix eaux-fortes originales de l'auteur. Quatre-vingt-neuf dessins, par Maurice Magniant. *Paris, Société de propagation des Livres d'art,* 1906 ; in-4, broché, couv. imp.

440. **Lalanne** (Ludovic) et H. **Bordier**. Dictionnaire des pièces autographes volées aux bibliothèques publiques de la France, précédées d'observations sur le Commerce des autographes. *Paris, Panckoucke,* 1851 ; in-8, demi-rel. mar. rouge jans., tête dor., non rog., couv. cons.

441. [**La Place** (P.-Antoine de)]. Pièces intéressantes et peu connues, pour servir à l'Histoire et à la Littérature, par M. D. L. P.

Nouvelle édition. *A Bruxelles, et à Paris, chez Prault,* 1785-1790 ; 8 vol. in-12, demi-rel. veau fauve, dos orné.

Important recueil d'anecdotes historiques et littéraires, dont un certain nombre sont extraites des manuscrits de Duclos. — L'auteur, né à Calais en 1707, était secrétaire perpétuel de l'Académie d'Arras.

442. **La Fontaine**. Fables. — Edition illustrée par J. David, accompagnée d'une notice historique et de notes par le Baron Walckenaer. *Paris, Aubrée,* (1838-1839) ; 2 vol. gr. in-8, demi-rel. chag. vert avec coins, dos sans nerfs orné en long, tr. dor. (*Rel. de l'époque*).

Premier tirage de cette édition ornée d'un portrait de La Fontaine, gravé sur acier, tiré sur Chine monté, de 2 frontispices gravés sur acier et coloriés avec rehauts d'or, de 12 sujets tirés à part, 12 titres de livres ornés et 400 vignettes dans le texte, gravés sur bois par Thompson. (Rousseurs ; tache d'encre sur le bord de deux ff. du tome Ier).

443. **La Fontaine**. Une lettre inédite de La Fontaine du 26 octobre 1693, publiée par H. de Terrebasse. *Lyon,* 1910 ; plaq. in-4, cart. bradel pap. marb., non rog.

Publication de la *Société des Bibliophiles lyonnais,* tirée à 130 exemplaires num. sur papier de Hollande.

444. **LAMARTINE** (A. de). **Méditations poétiques**. Compositions de H. Guinier, gravées à l'eau-forte par C. Coppier. 1 vol. — **Nouvelles Méditations poétiques**. Compositions de H. Guinier, gravées à l'eau-forte par C. Coppier. 1 vol. — (*Paris*), *imprimé aux frais de la Société des Amis des Livres,* 1910 ; 2 vol. gr. in-8, brochés, couv. imp., étui.

Luxueuse édition, tirée à 100 exemplaires num. seulement, sur papier vélin du Marais, pour les membres de la Société. — Elle est illustrée de 16 grandes compositions de H. Guinier, dont 1 portrait-frontispice gravées au burin et à l'eau-forte par C. Coppier et tirées hors texte ; les titres et les lettrines sont tirés en rouge dans des ornements dessinés par E.-A. Séguy et gravés sur bois par H. Paillard.

445. **Lami** (Stanislas). Dictionnaire des sculpteurs de l'Ecole Française sous le règne de Louis XIV. *Paris, H. Champion,* 1906 ; gr. in-8, broché, couv. imp

446. **Lami** (Stanislas). Dictionnaire des sculpteurs de l'Ecole française au dix-huitième siècle. — Préface de Henry Roujon. *Paris, Champion,* 1910-1911 ; 2 vol. gr. in-8, brochés, couv. imp.

447. **Langlois** (Ch.-V.). Manuel de bibliographie historique. *Paris, Hachette,* 1901-1904 ; 2 vol. in-8, demi-rel. chag. grenat, tête jasp., non rog., couv. cons.

Excellent manuel, non réimprimé.

448. **Langlois** (Ch.-V.) et H. **Stein**. Les Archives de l'Histoire de France. *Paris, A. Picard,* 1891 ; fort vol. in-8, demi-rel. peau de truie, fil. à froid au dos, tête dor., non rog., couv. cons. (*Petitot*).

Intéressant ouvrage terminé par une ample table des noms de lieux et de personnes cités.

449. [**Laporte** (l'abbé de) et **Clément**]. Anecdotes dramatiques, contenant toutes les pièces de théâtre, tragédies, comédies, pastorales, drames, opéra, opéra-comiques, parades, proverbes, qui ont été joués à Paris ou en province, sur des théâtres publics, ou dans des sociétés particulières, depuis l'origine des spectacles en France jusqu'à l'année 1775, rangés par ordre alphabétique ; tous les Ouvrages dramatiques qui n'ont été représentés sur aucun théâtre, mais qui sont imprimés, ou conservés en manuscrits dans quelques bibliothèques ; les noms de tous les auteurs, poëtes ou musiciens, qui ont travaillé pour tous nos théâtres, de tous les acteurs ou actrices célèbres qui ont joué à tous nos spectacles, avec un jugement de leurs ouvrages, un abrégé de leur vie, et des anecdotes sur leurs personnes. *Paris, veuve Duchesne,* 1775 ; 3 vol. pet. in-8, demi-rel. bas. fauve, tr. jasp. (*Rel. de l'époque*).

Important dictionnaire de comptes-rendus analytiques de pièces et de biographies de gens de théâtres, agrémentés d'anecdotes curieuses.

450. [**La Porte** (l'abbé Joseph de)]. La France littéraire ou les beaux arts, contenant les noms et les ouvrages des gens de lettres, des sçavans et des artistes célèbres qui vivent actuellement en France, augmentée du Catalogue des Académies établies tant à Paris que dans les différentes villes du royaume. *Paris, Duchesne,* 1756-1757 ; 2 vol. in-32, le premier en veau ancien, le second en demi-rel. moderne.

Les deux premières années de cet intéressant annuaire bio-bibliographique. — Ex-libris Ch. Cousin au premier volume.

451. **Larchey** (Lorédan). Les Joueurs de mots, compilation faite par Lorédan Larchey, pour servir à l'histoire de l'esprit français. *Paris*, 1867 ; in-18, broché, couv. imp.

Edition originale.
On y joint, du même auteur : *Le Boa de Baudelaire* et *L'Impeccable Banville*, 2 études parues en 1901 dans le *Bulletin du Bibliophile*, exemplaires d'épreuves avec corrections autographes.

452. **Las Cases** (de). Mémorial de Saint-Hélène, par le Comte de Las Cases ; suivi de Napoléon dans l'exil par MM. O'Meara et Antomarchi, et de l'historique de la translation des restes mortels de l'Empereur Napoléon aux Invalides. *Paris, Ernest Bourdin*, 1842 ; 2 vol. gr. in-8, demi-rel. veau olive, dos orné or et à froid, tr. marb. (*Rel. de l'époque*).

Premier tirage. — Edition illustrée par Charlet, de 500 vignettes dans le texte, de 29 grands sujets à part, gravés sur bois et tirés sur papier de Chine et de 2 cartes, l'une de l'Ile Sainte-Hélène, l'autre pour la campagne d'Italie. (Mouillures et rousseurs).

453. **Lasteyrie** (Robert de). Etudes sur la sculpture française au moyen âge. *Paris, Leroux*, 1902 ; in-4, cart. bradel demi-vélin vert, tête rouge, non rog., couv. cons.

Illustré de 22 héliogravures hors texte, et de 34 figures dans le texte ou à pleine page.

454. **Le Comte** (Florent). Cabinet des singularitez d'architecture peinture, sculpture et graveure, ou Introduction à la connoissance des plus beaux arts, figurés sous les tableaux, les statues et les estampes. Par Florent Le Comte, sculpteur et peintre à Paris. *A Paris, chez Estienne Picart*, 1699-1700 ; 3 vol. pet. in-8, veau jasp., dos orné, tr. rouges. (*Rel. de l'époque*).

Première édition, ornée de 3 frontispices gravés par Bernard Picart.

455. — *Le même ouvrage*. Seconde édition. *A Brusselles, chez Lambert Marchant*, 1702 ; 3 vol. in-12, veau jasp., dos orné, tr. rouges. (*Rel. de l'époque*).

Edition ornée de 3 frontispices gravés, et de 3 planches avec 87 monogrammes d'artistes.

456. **LECONTE DE LISLE. Poèmes antiques**. *Paris, Société des Amis des Livres*, 1908 ; gr. in-8, texte encadré, en ff., couv. ill., dans un étui.

Edition tirée à 110 exemplaires num. seulement, sur papier vélin de Rives, pour les membres de la Société. — Elle est illustrée de 30 compositions de Maurice Ray, gravées à l'eau-forte par Louis Muller, dont 1 frontispice et 15 sujets hors texte. — Lettre autographe signée de Maurice Ray ajoutée.

457. **LECONTE DE LISLE. Poèmes barbares.** (Vingt poèmes). Vingt-cinq eaux-fortes originales de Léon Carré. *Paris, imprimé pour Jean Borderel,* 1911 ; pet. in-4, broché, couv. imp., étui.

Luxueuse édition tirée à 10 exemplaires seulement, sur papier vergé de cuve, et non mise dans le commerce. Elle est illustrée de 24 remarquables eaux-fortes originales de Léon Carré, dont 1 frontispice, les autres formant vignettes à mi-page, en 2 états : dans le texte et en tirage à part.

458. **Le Long** (le P. Jacques). Bibliothèque historique de la France, contenant le Catalogue de tous les ouvrages, tant imprimez que manuscrits, qui traitent de l'histoire de ce roïaume, ou qui y ont rapport, avec des notes critiques et historiques. *Paris, Gabriel Martin,* 1719 ; in-fol. de 10 ff. lim., 1100 pp. et 1 f. pour le privilège, veau fauve, dos orné, tr. rouges. (*Rel. de l'époque*).

Première édition de cette célèbre bibliographie annotée des ouvrages sur l'Histoire de France. — Ex-libris de Paul-Frédéric Charles de Valory, abbé commendataire de Sauvé.

459. **Lelong** (le P. Jacques). Bibliothèque historique de la France, contenant le Catalogue des ouvrages, imprimés et manuscrits, qui traitent de l'Histoire de ce Royaume, ou qui y ont rapport ; avec des notes critiques et historiques. Nouvelle édition, revue et considérablement augmentée par M. Fevret de Fontette, conseiller au Parlement de Dijon. *Paris, Hérissant ; Didot jeune ; etc.,* 1768-1778 ; 5 vol. in-fol., veau éc., dos orné, tr. rouges. (*Rel. de l'époque*).

Edition définitive de ce grand ouvrage, « *un des travaux les plus essentiels qu'ait produits la science bibliographique.* (Brunet, III, 958) ». La première et précédente édition n'avait qu'un seul volume.

Le premier volume, d'une reliure légèrement différente de celle des quatre autres, est aux armes de *LOUIS XV*.

460. **Lemaitre** (Jules). Sérénus. Histoire d'un martyr. — Compositions de Aug.-Fr. Gorguet, gravées sur bois par Paillard. *Paris, Société des Amis des Livres,* 1905 ; gr. in-8, broché, couv. ill., étui.

Edition tirée à 115 exemplaires num. pour les membres de la Société illustrée de 30 compositions de A.-F. Gorguet, gravées sur bois par Paillard. — Texte tiré sur fond teinté, avec titres-courants en rouge.

461. **Lemaitre** (Jules). Les Vieux Livres. *Paris, Gougy,* 1906 ; plaq. pet. in-8, pap. vélin de cuve, brochée, couv. imp.

Édition originale, ornée d'un portrait de l'auteur, en héliogravure, et non mise dans le commerce.

462. **Lenglet du Fresnoy** (Nicolas). Méthode pour étudier l'Histoire, avec un Catalogue des principaux historiens, et des remarques sur la bonté de leurs ouvrages, et sur le choix des meilleures éditions. Nouvelle édition, augmentée et ornée de cartes géographiques. *Paris, Pierre Gandouin,* 1729 ; 4 vol. — Suppélment de la Méthode pour étudier l'Histoire. *Paris, Rollin fils,* 1741 ; 2 vol. — Ens. 6 vol. in-4, veau marb., dos orné, bord. dor. encadrant les plats, tr. rouges. (*Rel. de l'époque*).

Bonne édition (Brunet, III, 976) de ce « trésor d'érudition », dont l'auteur, célèbre par son indépendance intellectuelle et son opposition aux censeurs royaux fut enfermé cinq fois à la Bastille, une fois à la citadelle de Strasbourg, et une autre fois à Vincennes. Le *catalogue des principaux historiens* est une bibliographie raisonnée des meilleurs ouvrages d'histoire. — Bel exemplaire.

463. **Le Petit** (Claude). Les Œuvres libertines de Claude Le Petit, Parisien, brûlé le 1er septembre 1662 ; précédées d'une notice biographique par Frédéric Lachèvre. (*Paris*), 1918 ; gr. in-8, broché, couv. imp.

Tiré à 200 exemplaires num. sur papier vergé d'Arches ; on y joint le tirage à part, à 100 exemplaires seulement sur papier vergé, de la *Notice biographique* de Fr. Lachèvre, portant un envoi d'auteur à M. Paul Lacombe.

464. **Le Petit** (Jules). Bibliographie des principales éditions originales du XVe au XVIIIe siècle. *Paris, Quantin,* 1888 ; gr. in-8, pap. vergé, broché, couv. imp.

Ouvrage recherché, illustré d'environ 300 fac-similés de titres des livres décrits.

465. **Lepreux** (Georges). Gallia Typographica ou Répertoire biographique et chronologique de tous les imprimeurs de France, depuis les origines de l'imprimerie jusqu'à la Révolution. [Revue des Bibliothèques. Supplément I, II, III, V, VII, VIII,

XII]. *Paris, Champion*, 1909-1914 ; 7 vol. in-8, brochés, couv. imp.

I. *Flandre*. — *Artois*. — *Picardie*. — II et III. *Livre d'or des imprimeurs du Roi*. — V. *Champagne et Barrois*. — VII et VIII. *Normandie*. — XII. *Bretagne*.

466. [**Le Prince** (Nicolas-Thomas)]. Essai historique sur la Bibliothèque du Roi, et sur chacun des dépôts qui la composent, avec la description des bâtimens et des objets les plus curieux à voir dans ces différens dépôts. *Paris, Belin*, 1782 ; pet. in-12, veau marb., dos orné, tr. rouges. (*Rel. de l'époque*).

Première édition de cet intéressant essai sur la Bibliothèque du Roi, suivi d'une liste des bibliothèques publiques et particulières de Paris, avec des indications sur chacune de ces bibliothèques. — L'auteur était employé à la Bibliothèque du Roi.

467. **Le Roux de Lincy**. Researches concerning Jean Grolier, his life and his library. With a partial catalogue of his books by A.-J.-V. Le Roux de Lincy ; edited by baron Roger Portalis ; translated and revised by Carolyn Shipman. *New-York, the Grolier Club*, 1907 ; in-4, pap. vergé, demi-rel. chag. bleu avec coins, non rog.

Illustré de 14 planches en couleurs, tirées sur papier du Japon. — Intéressante lettre du baron Roger Portalis, relative à l'ouvrage, ajoutée.

468. **Le Roy de Sainte-Croix**. La Marseillaise et Rouget de Lisle. (Conférences données à Lons-le-Saunier les 8 et 14 novembre 1880). *Strasbourg et Paris*, 1880 ; 2 plaq. gr. in-8, brochées, couv. imp.

On y joint : Le Chant de la Marseillaise, son véritable auteur ; avec fac-similé original du manuscrit, par Arthur Loth. *Paris, Palmé*, 1886 ; gr. in-8, broché, couv. imp.

469. **Leturcq** (J.-F.). Notice sur Jacques Guay, graveur sur pierres fines du roi Louis XV. Documents inédits émanant de Guay et notes sur les œuvres de gravure en taille-douce et en pierres fines de la Marquise de Pompadour. *Paris, J. Baur*, 1873 ; gr. in-8, fig., pap. vergé, cart. bradel demi-perc. rouge, non rog., couv. cons.

Ouvrage publié par la *Société de l'Histoire de l'Art français*.

470. [**Le Ver** (le marquis Louis-Augustin)]. Les Glaces enlevées ou La Rapaxiade, poème héroï-comique en cinq chants. *Paris, Tastu*, 1827 ; in-8 de 78 pp., demi-rel. mar. rouge avec coins, non rog. (*Rel. de l'époque*).

Ouvrage très rare, orné de vignettes sur bois gravées dans le texte Exemplaire sur papier de Chine.
Note ms. jointe à l'exemplaire : « *Ce poème comique, imprimé aux frais de l'auteur, n'a été tiré qu'à* 50 *exemplaires, telle était du moins la stricte volonté de la personne qui avait consenti à tout payer. M. Leber, libraire, fut chargé de faire imprimer ce poème. Bientôt on vit paraître dans les ventes quelques exemplaires sur papier de Chine, faits à l'insu de l'auteur par M. Tastu. — Celui-ci en est un. Je tiens ces détails de M. Leber lui-même* ».

471. **Librairie** (la), l'Edition musicale, la Presse, la Reliure, l'Affiche à l'Exposition Universelle de 1900. *Paris, Cercle de la Librairie*, 1900 ; fort vol. gr. in-8, nomb. pl. et fig. en noir et en coul., broché, couv. ill. — Exposition de la librairie française. *Saint-Louis*, 1904 ; gr. in-8, fig., rel. de l'édit. — Le Cercle de la Librairie de Paris à l'Exposition du Livre. *Paris*, 1890 ; gr. in-8, cart. bradel demi-perc. bleue, non rog, — Exposition internationale du Livre et des Arts graphiques de Leipzig. 1914. *Ibid.*, 1914 ; in-8 carré, fig., broché, couv. imp. — Ens. 4 vol.

472. **Ligniville** (Jean de). Les Meuttes et Véneries de Jean de Ligniville, chevalier, comte de Bey. — Introduction et notes par Ernest Jullien et Henri Gallice. *Paris, D. Morgand*, 1892 ; 2 vol. pet. in-4 carré, fac-sim., brochés, couv. imp.

Tiré à 111 exemplaires num. — Un des 100 sur papier de Hollande.

473. **Littré** (E.). Dictionnaire de la langue française. *Paris, Hachette et Cie*, 1873-1883 ; 5 vol. in-4 à 3 col. (y compris le Supplément), demi-rel. mar. vert, fil. à froid, tr. peigne.

474. **Livre moderne** (Le). Revue du Monde littéraire et des Bibliophiles contemporains, publiée par Octave Uzanne. *Paris*, 1890-1891 ; 24 fasc. gr. in-8, pap. vergé, brochés, couv. ill., dans 2 emboîtages.

Collection complète de cette intéressante revue contenant des articles d'Octave Uzanne, E. Haraucourt, M. Tourneux, F. Drujon, etc. ; elle est illustrée de nombreux portraits et figures, dessinés et gravés par Bracquemond, Courboin, Chéret, Giraldon, Robida, Willette, etc., dans le texte et hors texte. — Bien complet des titres, tables et couvertures généraux.

On y joint : Table générale du *Livre moderne* (1890-1891), dressée par M. Michel Mourlevat. *Ibid.*, 1892 ; gr. in-8, broché, couv. imp.

475. **Livre d'Or de Sainte-Beuve** (le), publié à l'occasion du centenaire de sa naissance (1804-1904). *Paris, Journal des Débats*, 1904 ; pet. in-4 carré, broché. couv. ill.

Intéressant ouvrage bibliographique et critique, terminé par une bibliographie très complète des œuvres de Sainte-Beuve. — Texte par Ferdinand Brunetière, Gaston Boissier, Paul Bourget, Jules Claretie, Jules Lemaître, Philibert Audebrand, Ch. Malo, André Chaumeix, Maurice Tourneux, etc. — Illustré d'environ 12 reproductions de portraits, autographes, etc.

Un des 600 exemplaires num. sur papier vergé d'Arches.

476. **Livres d'Heures** des XVe et XVIe siècles. Travaux bibliographiques par Edouard Frère, L. Dimier, H. Jadart, A. Firmin-Didot, H. Omont, etc., publiés de 1861 à 1911 ; 12 brochures in-8.

477. **Livre et l'Image** (Le). Revue documentaire illustrée mensuelle. Directeur littéraire : J. Grand-Carteret. *Paris, E. Rondeau*, 1893-1894 ; 16 fasc. in-8, brochés, couv. imp.

Collection complète de tout ce qui a paru de cette intéressante revue bibliophilique, illustrée de nombreuses reproductions.

478. [**Lombard** (Vincent)]. Mémoires d'un sot, contenant des niaiseries historiques, révolutionnaires et diplomatiques, recueillies sans ordre et sans goût. *Paris, N. Maze*, 1820 ; in-8 de 372 pp., cart. pap. vert, non rog. (*Cart. de l'époque*).

Intéressants souvenirs sur la Révolution. — L'auteur avait été envoyé, en 1798, par le Directoire, en Hollande comme ambassadeur extraordinaire.

479. **Longus**. Daphnis et Chloé. — Traduction de P.-L. Courier. *Paris, Conquet*, 1898 ; in-16. broché, couv. imp., dans un emboîtage.

Edition illustrée de 13 jolies eaux-fortes originales de Paul Avril, dont 4 compositions hors texte.

Exemplaire de présent, imprimé sur papier vélin du Marais.

480. **Lorenz** (Otto). Catalogue général de la Librairie française (1840-1915), par Otto Lorenz et D. Jordell. *Paris*, 1867-1916 ; 26 vol. gr. in-8 à 2 col., demi-rel. chag. brun, enc. de fil. à froid, tête dor., non rog.

Collection complète de cette importante bibliographie. (Le dernier vol. est broché, couv. imp.)

481. **Loret** (J.). La Muze historique ou recueil des lettres en vers, contenant les nouvelles du temps, écrites à S. A. Mademoizelle de Longueville, depuis duchesse de Nemours (1650-1665). Nouvelle édition, revue et augmentée par Ch.-L. Livet, texte revu par MM. J. Ravenel et Ed. de la Pelouze. *Paris, P. Jannet (et P. Daffis)*, 1857-1878 ; 4 vol. gr. in-8, pap. vergé, cart. bradel demi-perc. brune, non rog., couv. cons. — Index alphabétique des noms. *Paris, Champion*, 1891 ; broch. in-8. — Les Continuateurs de Loret. Lettres en vers de La Gravette de Mayolas, Robinet, Boursault, Perdou de Subligny, Laurent et autres (1665-1689), recueillies et publiées par le Baron James de Rothschild. (Tomes I à III). *Paris, Morgand*, 1881-1899 ; 3 vol. gr. in-8, pap. vergé, brochés, couv. imp. — Ens. 7 vol

482. **Louis XIII**. Lettres de la main de Louis XIII, éditées par Eugène Griselle. *Paris, pour la Société des Bibliophiles françois*, 1914 ; 2 vol. in-8, pap. vergé, brochés, couv. imp.

Tiré à 186 exemplaires seulement.
Exemplaire de M. Paul Lacombe.

483. **Louys** (Pierre). Aphrodite, mœurs antiques. *Paris, Mercure de France*, 1896 ; pet. in-8, broché, couv. imp.

Première édition dans ce format.
Bel exemplaire portant un envoi autographe de l'auteur et auquel on a ajouté une lettre autographe signée de Pierre Louys.

484. **Loviot** (Louis). Auteurs et livres anciens (XVIe et XVIIe siècles). *Paris, Fontemoing*, 1917 ; gr. in-8, broché, couv. imp.

Tirage à part, à 75 exemplaires num. sur papier vélin d'Arches, de ces études bibliographiques parues dans la *Revue des Livres anciens* ornées de planches et fac-similés. — Envoi d'auteur.

485. **Luynes** (duc de). Mémoires du duc de Luynes sur la cour de Louis XV (1735-1758), publiés par L. Dussieux et Eud. Soulié. *Paris, Firmin Didot frères*, 1860-1865 ; 17 vol. in-8, brochés, couv. imp.

486. **Madden** (J.-P.-A.). Lettres d'un bibliographe. *Versailles, Aubert ; Paris, Leroux*, 1868-1886 ; 6 vol. in-8 et 1 atlas in-4, cart. bradel demi-perc. grise, non rog., couv. cons. (*Durvand*).

Collection complète de cet important ouvrage bibliographique, orné de planches et de fac-similés, et terminé par une Table alphabétique et analytique. — L'atlas in-4 qui accompagne le tome 5e est broché, couv. imp. (Manque l'atlas de la 6e série).

487. **Maignien** (Edmond). Catalogue des incunables de la bibliothèque municipale de Grenoble. *Mâcon*, 1899 ; gr. in-8 de 498 pp., demi-rel. mar. rouge, fil. à froid, tête dor., non rog., couv. cons. (*Petitot*).

488. **Maindron** (Ernest). Les Affiches illustrées. Ouvrage orné de vingt chromolithographies par Jules Chéret et de nombreuses reproductions en noir et en couleur d'après les documents originaux. *Paris, Launette*, 1886 ; in-4, pap. vélin, demi-rel. mar. La Vallière jans., tête dor., non rog., couv. cons. — Les Affiches illustrées (1886-1895). Ouvrage orné de soixante-quatre lithographies en couleur et de cent deux reproductions en noir et en couleur. *Ibid., Boudet*, 1896 ; in-4, pap. vélin, demi-rel. mar. orange, enc. de fil. à froid au dos, tête dor., non rog., couv. cons. (*Petitot*). — Ens. 2 vol.

489. **Maïstre** (Henri). Bibliographie des travaux de M. Maurice Tourneux. *Paris, aux dépens de M. René Paquet*, 1910 ; pet. in-4, portr., broché, couv. imp.

Tiré à 126 exemplaires num. et non mis dans le commerce. — Un des 20 sur papier de Hollande, portant un envoi autographe signé de Maurice Tourneux. — Lettre de l'auteur ajoutée.

490. **Maittaire** (Michel). Annales typographici ab artis inventæ origine ad annum MD. *Hagæ-comitum, apud Isaacum Vaillant* ; *Amstelodami, apud Petrum Humbert* ; *Londini, apud Darres et Du Bosc*, 1719-1741 ; 5 tomes en 7 vol. — Annalium typographicorum V. Cl. Michaelis Maittaire. Supplementum. Adornavit Michael Denis. *Viennæ, typ. Josephi de Kurzbek*, 1789 ; 1 tome en 2 vol. — Ens. 9 vol. in-4, veau marb., dos orné, tr. rouges. (*Rel. de l'époque*).

Exemplaire complet, avec son Supplément, de cet ouvrage considérable sur la bibliographie et l'histoire de l'imprimerie, « *que les Annales typographici de Panzer, qui s'arrêtent en 1536, ne peuvent remplacer* (Brunet, III, 1328) ». — Il est orné de 2 frontispices illustrés, de 6 portraits gravés par J. Houbraken et D. Coster. — Les 2 vol. du tome V sont occupés tout entiers par le vaste Index

491. **Maittaire** (Michel). Stephanorum historia, vitas ipsorum ac libros complectens. *Londini, Christoph. Bateman*, 1709 ; 2 tom.

en 1 vol. — Historia typographorum aliquot Parisiensum vitas et libros complectens. *Ibid*, 1717 ; 2 tom. en 1 vol. — Ens. 2 vol. in-8, mar. bleu à long grain, dos orné, large bord dor. encadr. les plats, dent. int., tr. dor. (*Rel. du XVIII*e *siècle*).

Première édition de ces deux savants ouvrages « *qui ne se trouvent pas facilement* (Brunet, III, 1328) ». Le premier est bien complet de l'Appendice de 4 ff., qui doit se trouver à la fin de la seconde partie, et qui manque dans la plupart des exemplaires. — Bel exemplaire, dans une jolie reliure anglaise de la fin du XVIIIe siècle.

492. **Manuale secundum usum** insignis ecclesie Trecensis. *Imprimé à Troyes, chez Jean le Coq*, 1573 ; in-4 goth. de VIII-112 ff., cart. ancien.

Belle édition, très rare, de ce Rituel à l'usage du diocèse de Troyes. Le titre, en rouge et noir, est encadré d'une large bordure historiée, gravée sur bois, dans le sytle de Jean Cousin. — Exemplaire en parfait état de conservation.

493. **Marais** (Paul) et A. **Dufresne de Saint-Léon**. Catalogue des incunables de la Bibliothèque Mazarine. *Paris, Welter*, 1893 ; gr. in-8 de 807 pp., demi-rel. mar. rouge, fil. à froid, tête dor., non rog., couv. cons.

Exemplaire avec le supplément de cet ouvrage important renfermant la collation de près de 1500 incunables.

494. [**Marchand** (Prosper)]. Histoire de l'origine et des premiers progrès de l'Imprimerie. *La Haye, Veuve Le Vier*, 1740 ; 1 vol. de XII-152 pp. — Supplément à l'Histoire de l'Imprimerie de Prosper Marchand ou additions et corrections pour cet ouvrage [par Mercier, abbé de Saint-Léger. *Paris, imp. de Ph.-D. Pierres*, 1773 ; 1 vol. de 221 pp. — Ens. 2 ouv. en 1 vol. in-4, veau fauve, dos orné, fil. sur les plats, tr. rouges.

Ouvrage célèbre « *qui a été longtemps la meilleure histoire de l'imprimerie que l'on eût* (Brunet, III, 1398) ». — On a relié avec le premier vol. un fragment de 60 pages d'un ouvrage intitulé : *Jugemens des principaux imprimeurs qui se sont signalés par leur savoir, par leur fidélité, par leur exactitude et par leur désintéressement, qui sont les quatre principales qualités nécessaires pour les bonnes impressions des livres*, avec, à la fin, une liste des marques ou enseignes des principaux imprimeurs et libraires.

495. **Mariage** (Le) des quatre filz hemon et des filles dampsimô. [*Paris, A. Pinard*, 1835] ; in-18 carré de 8 ff., demi-rel. chag. tête de nègre, tr. dor.

De la *Collection d'opuscules en vers et en prose, réimprimés en copie figurée*, publiée par Giraud de Savine et Aug. Veinant.
Tiré à 42 exemplaires seulement. — Un des 32 sur papier de Hollande.

496. **Marie** (Aristide). Gérard de Nerval, le poète et l'homme, d'après des manuscrits et documents inédits ; suivi d'une bibliographie et de notes. Orné d'un portrait en héliogravure et vingt-quatre planches hors texte. *Paris, Hachette*, 1914 ; gr. in-8, broché, couv. imp.

497. **Marmontel**. Mémoires de Marmontel, publiés avec préface, notes et tables par Maurice Tourneux. *Paris, Librairie des Bibliophiles*, 1891 ; 3 vol. in-16, demi-rel. veau rouge, dos sans nerfs orné à froid, tête rouge, non rog., couv. cons.

De la *Bibliothèque des Mémoires*.

498. **Marmontel**. Moral tales. *London*, 1821 ; in-24, mar. gris à long grain, dos orné, comp. de fil. dor. sur les plats, fil. int. dor., tr. dor. (*Héring*).

Edition illustrée d'un frontispice et d'un titre gravés par Uwins d'après W. Finden. — Jolie reliure de Héring, d'une conservation parfaite.

499. **Martin** (Gabriel). Catalogus librorum bibliothecæ illustrissimi viri Caroli Henrici comitis de Hoym, olim regis Poloniæ Augusti II apud Regem Christianissimum legati extraordinarii digestus et descriptus a Gabriele Martin, bibliopola Parisiensi. Cum Indice auctorum alphabetico. *Parisiis, apud Gabrielem et Claudium Martin*, 1738 ; in-8, demi-rel. veau fauve, dos orné, tr. rouges. (*Rel. anc.*).

Catalogue, avec prix marqués, de la célèbre bibliothèque du comte de Hoym, un des plus remarquables catalogues dressés par Gabriel Martin « *qui sut porter leur rédaction à un degré de perfection difficile à surpasser* (Brunet, III, 1497) ». — Mouillures aux premiers ff.

500. **Martin** (Henry). Légende de Saint Denis. Reproduction des miniatures du manuscrit original, présenté en 1317 au roi Philippe le Long. — Introduction et notices des planches par Henry Martin. *Paris, H. Champion*, 1908 ; gr. in-8, pap. vergé, en ff., dans un étui.

Publié par les soins de la *Société de l'Histoire de Paris et de l'Ile de France*.
Illustré de 81 phototypies imprimées sur papier vélin.

501. **Martin** (Henry). Les Miniaturistes français. *Paris, H. Leclerc*, 1906 ; gr. in-8, pl. hors texte, broché, couv. imp.

Envoi et 2 lettres autographes signés de l'auteur.

502. **Marx** (Roger). Auguste Rodin, céramiste. — Héliotypies de Léon Marotte. *Paris, Société de propagation des Livres d'art,* 1907 ; pet. in-4 carré, broché, couv. imp.

Ouvrage tiré à 600 exemplaires num., illustré de 18 grandes planches hors texte, la plupart à 2 sujets, et de figures dans le texte, en héliotypie, imprimées en diverses teintes.

503. **MARX** (Roger). **La Loïe Fuller.** — Estampes modelées de Pierre Roche. *S. l. n. d.* (*Paris*, 1904) ; pet. in-4, en ff., couv. ill., dans un carton.

Ouvrage exécuté dans une forme des plus originales. Le texte, consacré à la célèbre ballerine, est illsutré de 17 compositions originales de Pierre Roche, modelées et gravées en creux et imprimées en relief par estampage, dans des feuilles de bristol fort, sur fond teinté gris bleu ou gris violet avec touches colorées de tous dégradés. Ces gravures, qui rappellent les camées anciens, représentent la danse serpentine créée par la Loïe Fuller.

Tiré à 130 exemplaires num. pour les membres de la Société des *Cent Bibliophiles* et non mis dans le commerce.

504. [**Masson** (Frédéric)]. L'Impératrice, notes et documents. *Paris, Librairie Générale*, 1877 ; in-8 de 40 ff., broché, couv. imp.

Edition originale. — Lettre de l'auteur ajoutée.

505. **Masson** (Frédéric). Petites Histoires. — Barbey d'Aurevilly. — La Réunion. — La Légion d'honneur. — Napoléon, le Roi Louis et M. de Bonald. — Comment l'Empereur revînt de l'Ile d'Elbe. — Le Lieutenant-colonel Mollot. — Victor d'Arlincourt. — La Naissance et l'éducation de Napoléon III. *Paris, Ollendorff*, 1910 ; in-12, broché, couv. imp.

Edition originale.

Un des quelques exemplaires tirés sur papier de Hollande. — Envoi et lettre autographe signés de l'auteur. (Petites déchirures à la couv.).

506. **Maton de La Varenne.** Les Crimes de Marat et des autres égorgeurs, ou ma résurrection. Où l'on trouve non seulement la preuve que Marat et divers autres scélérats, membres des autorités publiques, ont provoqué tous les massacres des prisonniers, mais encore des matériaux précieux pour l'histoire de la Révolution Française. *Paris, André*, 1795 ; in-24 de 139 pp., cart. papier rouge. (*Cart. de l'époque*).

Première édition de cette relation historique de nombreux petits faits révolutionnaires dont l'auteur, arrêté au 10 août, et détenu à la Force pendant les massacres de Septembre, a été témoin oculaire. Il y rappelle aussi cette curieuse démonstration par Marat lui-même, dans son *Projet de Constitution* publié en 1790, de la nécessité de la monarchie en France : « *Dans un grand Etat, la multiplicité des affaires exige l'expédition la plus prompte, le soin de sa propre défense exige aussi la plus grande célérité dans l'exécution des ordres, la forme du gouvernement doit donc être monarchique. C'est la seule qui convienne à la France. Elle l'a reçue du concours fortuit des événements ; mais l'étendue du royaume sa position, et la multiplicité de ses rapports la nécessitent* ».

On y joint : Petite biographie des Conventionnels, avec leurs votes dans le procès de Louis XVI par un Jacobin averti. *Paris*, 1826 ; in-24, demi-rel. bas. verte.

507. **Mauclair** (Camille). Les Camelots de la Pensée. — Bois en couleurs de Maurice Delcourt. *Paris, Les Cent Bibliophiles*, 1902 ; gr. in-8, broché, couv. ill., étui.

Joli livre, tiré à 130 exemplaires num., pour les membres de la Société. — Il est décoré de 18 bois originaux comprenant 1 couverture, 6 sujets tirés à part et 11 sujets dans le texte, dessinés et gravés par Maurice Delcourt et imprimés en couleurs à la presse à bras.

508. **MAUPASSANT** (Guy de). **Cinq contes parisiens.** — Illustrations de Louis Legrand. *Paris, pour les Cent Bibliophiles*, 1905 ; gr. in-8, broché, couv. ill., étui.

Tiré à 130 exemplaires num., sur Japon à la forme, pour les membres de la Société et non mis dans le commerce, ce volume est illustré de près de 80 eaux-fortes originales de Louis Legrand, dont 1 frontispice et 5 grands sujets imprimés en *couleurs*, hors texte, les autres tirées en taille-douce, en teintes monochromes, dans le texte.

Exemplaire de sociétaire au nom de M. Paul Lacombe.

509. **MAUPASSANT** (Guy de). **Notre Cœur.** — Un portrait et vingt-deux compositions de Henri Royer, gravés à l'eau-forte et au burin par Antoine Dézarrois. (*Paris*), *imprimé aux frais de la Société des Amis des Livres*, 1913 ; gr. in-8, broché, couv. imp., étui.

Luxueuse édition, tirée à 100 exemplaires num. sur beau papier vélin de cuve pour les membres de la Société ; elle est illustrée de 23 compositions gravées au burin, d'un dessin délicat, dont 1 portrait-frontispice et 22 grands sujets tirés hors texte.

510. **MAUPASSANT** (Guy de). **Le Vagabond.** — Lithographies en couleurs par Steinlen. *Paris, imprimé aux frais de la Société des Amis des Livres*, 1902 ; gr. in-8, broché, couv. ill., étui.

Tiré à 115 exemplaires num. sur papier vélin de cuve, pour les membres de la Société, et illustré de 50 lithographies originales de Steinlen, en couleurs, à mi-page.

511. **Meilhac** (Henri). Contes parisiens du second Empire (1866). — Eaux-fortes de Pierre Vidal. *Paris, imprimé pour les Amis des Livres*, 1904 ; gr. in-8, broché, couv. imp., étui.

Première édition de ces contes qui avaient tout d'abord paru dans la *Vie parisienne*, mais n'avaient pas été réimprimés : ils ont pour titre : *L'amour, qu'é qu'c'est qu'ça ?* — *Boulotte.* — *Fanny Lear.* — *Déception.* — *Sauvetage.* — *Le Choriste qui ne chantait jamais.* — *Le petit ange.* — *Les deux nuits.*

Tiré à 125 exemplaires num. sur papier de Hollande pour les membres de la Société, et illustré de 17 eaux-fortes originales de Pierre Vidal, dont 1 frontispice, 8 grands en-têtes et 8 culs-de-lampe.

512. **Mellerio** (André). Odilon Redon. *Paris*, 1913 ; pet. in-4, broché, couv. imp.

Publié par la *Société pour l'étude de la Gravure française.* Illustré de 44 héliotypies hors texte la plupart à plusieurs sujets. Tiré à 550 exemplaires seulement. — Un des 75 sur papier du Japon.

513. **Mémoires** de l'Académie des Sciences, Inscriptions, Belles-Lettres, Beaux-Arts, etc., ci-devant établie à Troyes en Champagne. Troisième édition, corrigée et complettée. *S. l.*, 1768 ; in-12, cart. bradel pap., tr. rouges.

Une des meilleures éditions de ce facétieux recueil de dissertations sur des sujets peu graves, dont quelques-uns du genre scatologique, composé par P.-J. Grosley, son ami André Lefèvre et David. — Portrait gravé de P.-J. Grosley, ajouté.

514. **Menus illustrés**. Collection d'environ cent menus, dont soixante-quatre de la Société des Amis des Livres, les autres exécutés pour les Cent Bibliophiles, la plupart gr. in-8, réunis dans 2 étuis en forme de livre.

Ces menus sont illustrés de bois originaux, eaux-fortes, lithographies, etc., en noir ou en couleurs, par A. Lepère, P.-E. Colin, Ch. Jouas, Jeanniot, Louis Morin, Léon Lebègue, E. Chimot, Steinlen, Pierre Vidal, etc. — Plusieurs compositions se trouvent en double épreuve, avant et avec la lettre ; quelques-unes sont tirées sur papier du Japon.

515. **Mérimée** (Prosper). L'Enlèvement de la Redoute. — Compositions de Maurice Orange, gravées en couleurs par Decisy. *Paris, Rouquette*, 1902 ; in-8, broché, couv. imp.

Édition de luxe de cette jolie nouvelle, tirée à 125 exemplaires seulement sur papier vélin de cuve des papeteries d'Arches. Le texte, entièrement gravé au burin par Leclère, est illustré de 18 aquarelles de Maurice Orange, gravées en couleurs par Decisy, au moyen de planches repérées, et accompagné d'une double suite, en noir, des illustrations tirées à part sans texte : à l'état d'eau-forte pure et à l'état d'épreuve terminée.

Exemplaire hors tirage, offert à M. Paul Lacombe.

516. **Meunié** (Félix). Bibliographie de quelques almanachs illustrés des XVIIIe et XIXe siècles. *Paris, H. Leclerc*, 1906 ; gr. in-8, broché, couv. imp. — *Envoi d'auteur.*

On y joint 2 brochures manuscrites du même auteur, la première renfermant des additions et des rectifications à l'ouvrage de John Grand-Carteret : *Les Almanachs français. Bibliographie-Iconographie.* 25 pages gr. in-8, accompagnée de 2 lettres autographes signées de M. Félix Meunié, adressées à M. Paul Lacombe ; la seconde formant un supplément à l'ouvrage même de M. Meunier.

517. **Meunié** (Félix). Les Mayeux (1830-1850). Essai iconographique et bibliographique. *Paris, H. Leclerc*, 1915 ; gr. in-8, fig. hors texte, broché, couv. imp. — Envoi d'auteur.

On y joint : La Caricature de 1830-35, publiée par Ch. Philipon. Notes bibliographiques par Jules Brivois. *Paris, Revue Biblio-Iconographique*, 1899 ; plaq. gr. in-8, brochée, couv. imp. (Tirée à 30 exemplaires seulement). — Envoi d'auteur.

518. **Millaud** (Albert). La Comédie du Jour sous la République Athénienne. — Illustrations par Caran d'Ache. *Paris, Plon*, 1887 ; in-4, nombr. fig. dans le texte, cart. bradel demi-cuir de Russie, tête dor., non rog., couv. cons.

Premier tirage.

519. **Miscellanées bibliographiques**, publiées par Edouard Rouveyre et Octave Uzanne, avec la collaboration de MM. Louis de Backer, Prosper Blanchemain, G. Brunet, Champfleury, L. Derôme, etc. *Paris, Rouveyre*, 1878-1880 ; 3 vol. in-8, pap. vergé, cart. bradel demi-perc. grise, tête jasp., non rog., couv. cons. (*Petitot*).

Tout ce qui a paru de cette publication.

520. **Mois artistique** (Le), revue critique du vrai et du beau dans les arts, publié sous la direction de M. Eugène Loudun. *Paris, Giraud*, Octobre 1866-Janvier 1867 ; 4 fasc. in-12, brochés, couv. imp.

Tout ce qui a paru de cette revue à laquelle ont collaboré D. Balleyguier, A. Desprez, Jules Cousin, sous le pseudonyme de Jacques Dubreuil, etc.

521. **Molière**. Œuvres. Nouvelle édition revue sur les plus anciennes impressions, et augmentées des variantes, de notices, d'un lexique des mots et locutions remarquables, d'un portrait, de fac-simile, etc., par MM. Eug. Despois et P. Mesnard. *Paris, Hachette et Cie*, 1873-1893 ; 13 vol. in-8, pap. vergé, brochés, couv. imp. et 1 album en ff., couv. imp.

De la collection des *Grands Ecrivains de la France*.

522. **Molière**. Les Œuvres de Molière, avec notes et variantes par Alphonse Pauly. *Paris, Lemerre, s. d.* ; 8 vol. in-18, brochés, couv. imp.

De la *Petite Bibliothèque Littéraire.*
Exemplaire sur papier vergé, auquel on a ajouté la suite des 35 eaux-fortes, dont 1 portrait et 1 titre-frontispice, gravées par Gaucherel, Le Rat, Mongin, Boilvin, Courtry, Groux, Martinez, Milius, Massard et Rajon, d'après Boucher, épreuves avec la lettre sur papier vergé.

523. **Monceaux** (Henri). Les Le Rouge de Chablis, calligraphes et miniaturistes, graveurs et imprimeurs. Etude sur les débuts de l'illustration du livre au XVe siècle, avec deux cents fac-similés dans le texte ou hors texte. *Paris, Claudin,* 1896 ; 2 vol. gr. in-8, cart. bradel demi-perc. rouge avec coins, non rog., couv. cons.

524. **Monod** (G.). Bibliographie de l'histoire de France. Catalogue méthodique et chronologique des sources et des ouvrages relatifs à l'histoire de France depuis les origines jusqu'en 1789. *Paris, Hachette,* 1888 ; in-8, demi-rel. chag. bleu, fil. à froid, tête dor., non rog., couv. cons.

525. **Monselet** (Charles). La Lorgnettte litraire. Deuxième édition. *Paris, Poulet-Malassis et De Broise,* 1859. — Complément... *Ibid., Pincebourde,* 1870. — 2 part. en 1 vol. in-16 carré, demi-rel. chag. vert. — Les Originaux du dernier siècle. *Ibid., Michel Lévy frères,* 1864 ; in-12, cart. (*Envoi d'auteur*). — Mes Souvenirs littéraires. *Ibid., Librairie Illustrée,* (1888) ; in-12, cart. (*Edition originale*). — Curiosités littéraires et bibliographiques. *Ibid., Librairie des Bibliophiles,* 1890 ; in-12 carré, pap. vergé, demi-rel. chag. — Rétif de la Bretonne, sa vie et ses amours. *Ibid., Aubry,* 1858 ; in-16, pap. vergé, portr. gravé, demi-rel. chag. — Ens. 5 vol.

526. **Monselet** (Charles). Les Tréteaux. Avec un frontispice dessiné et gravé par Bracquemond. *Paris, Poulet-Malassis et De Broise,* 1859 ; in-12. — Théâtre du Figaro. Avec un rideau dessiné par Ch. Voillemot. *Ibid., Sartorius,* 1861 ; in-12. — La Revue sans titre, revue de l'année 1876, en deux actes et trois tableaux. *Ibid., Bachelin-Deflorenne,* 1877 ; in-16, pap. vergé.

— Une troupe de comédiens. *Ibid.*, *Tresse*, 1879 ; in-12. — Ens. 4 vol., cart. bradel demi-perc., non rog., couv. cons.

Editions originales.

527. [**Montaiglon** (A. de)]. Bibliographie des travaux de M. A. de Montaiglon. — Beaux-Arts. Archéologie. Histoire littéraire. Curiosités. Poésies. *Paris*, 1891 ; gr. in-8, portr. gravé, demi-rel. mar. bleu, dos orné, tête dor., non rog., couv. cons.

Tiré à 200 exemplaires num. sur papier de Hollande, dont 16 seulement mis dans le commerce. — Exemplaire imprimé au nom de M. Paul Lacombe avec plusieurs lettres et pièces ajoutées, et auquel on a joint le *Supplément* par Fernand Bournon et Gaston Duval. *Ibid. H. Leclerc*, 1900 ; gr. in-8 de 18 pages, portr., broché, couv. imp. — Tirage à part à 120 ex. sur papier de Hollande de cette étude parue dans le *Bulletin du Bibliophile*.

528. [**Montaigne**]. Inventaire de la collection des ouvrages et documents réunis par J.-F. Payen et J.-B. Bastide sur Michel de Montagne, rédigé et précédé d'une notice par Gabriel Richou, suivi de lettres inédites de Françoise de Lachassagne. *Paris*, *Techener*, 1878 ; in-8, pap. vergé, broché, couv. imp.

529. **Montalembert** (Cte de). Les Moines d'Occident, depuis saint Benoît jusqu'à saint Bernard. *Paris*, *Lecoffre*, 1868-1877 ; 7 vol. in-8, demi-rel. veau fauve, tête dor., non rog.

530. **Monteil** (Amans-Alexis). Traité de matériaux manuscrits de divers genres d'histoire. *Paris*, *imp. de F. Duverger*, 1835 ; 2 vol. in-8 de VI-364 pp. et 394 pp., demi-rel. perc. verte, non rog.

Première édition de cet intéressant ouvrage, composé par le célèbre historien à l'occasion de la vente de ses manuscrits : il y analyse longuement chacun des manuscrits mis en vente.

531. **Montorgueil** (Georges). La Vie des Boulevards. — Madeleine-Bastille. Texte par Georges Montorgueil, deux cents dessins en couleurs par Pierre Vidal. *Paris*, *Quantin*, 1896 ; gr. in-8, broché, couv. ill., étui.

Bel ouvrage orné de 200 dessins de Pierre Vidal, reproduits en noir aquarellés aux patrons et insérés dans le texte.
Un des 100 exemplaires num. sur papier du Japon, imprimés pour la librairie Conquet, renfermant le tirage à part, en double épreuve, en noir et en couleurs, de la couverture.

532. **MONTORGUEIL** (Georges). **Paris au hasard**. — Illustrations composées et gravées sur bois par Auguste Lepère.

Paris, imprimé pour Henri Beraldi, 1895 ; in-8, broché, couv. ill., étui

Beau livre, illustré de 225 bois originaux d'Auguste Lepère, imprimés en noir dans le texte.

Tirage unique à 138 exemplaires num. sur papier vélin de cuve du Marais.

533. **Montorgueil** (Georges). La Parisienne peinte par elle-même. — Vingt-et-une pointes-sèches tirées hors texte et quarante-et-une compositions par Henry Somm. *Paris, L. Conquet*, 1897 ; gr. in-8, broché, couv. imp., étui.

Tirage unique à 150 exemplaires num. sur papier vélin de Hollande.

534. **Moreri** (Louis). Le Grand Dictionnaire historique, ou le mélange curieux de l'histoire sacrée et profane, qui contient en abrégé l'histoire fabuleuse des dieux et des héros de l'antiquité païenne, les vies et les actions remarquables des patriarches, des empereurs, des rois, des princes illustres, des grands capitaines, des papes, des saints martyrs et confesseurs, des Pères de l'Église, des évêques, des cardinaux et autres prélats célèbres, des hérésiarques et des schismatiques, des auteurs anciens et modernes, des philosophes, des inventeurs des arts, et de ceux qui se sont rendus recommandables en toute sorte de professions, par leur science, par leurs ouvrages, et par quelque action éclatante. Nouvelle édition, dans laquelle on a refondu les suppléments de M. l'abbé Goujet ; le tout revu, corrigé et augmenté par M. Drouet. *A Paris, chez les libraires associés*, 1759 ; 10 vol. in-fol., veau éc., tr. rouges. (*Rel. de l'époque*).

La dernière et la meilleure édition de ce célèbre *Dictionnaire historique*, qui contient, sur les personnages du 16e au 18e siècle, une foule de renseignements qu'on chercherait vainement dans les dictionnaires biographiques publiés depuis.

535. **Morin** (Louis). Les Cousettes. — Physiologie des couturières de Paris. *Paris, L. Conquet*, 1895 ; gr. in-8, broché, couv. imp., étui.

Illustré de 21 pointes-sèches originales de Henry Somm, dont 4 frontispices, 10 en-têtes et 10 culs-de-lampe.

Tiré à 100 exemplaires num. seulement, tous sur Japon à la forme.

536. **Morin** (Louis). Les Dimanches parisiens. Notes d'un déca-

dent. — Quarante-et-une eaux-fortes originales de A. Lepère. *Paris, L. Conquet*, 1898 ; gr. in-8, broché, couv. imp., étui.

Édition originale. — Beau livre illustré de 41 eaux-fortes originales d'Auguste Lepère, comprenant 1 frontispice, 20 en-têtes et 20 culs-de-lampe.
Tirage unique à 250 exemplaires num. sur papier vélin du Marais.

537. **Morin** (Louis). Montmartre s'en va.... Trente-et-une eaux-fortes originales par l'auteur. *Paris, imprimé pour Jean Borderel*, 1908 ; pet. in-4, broché, couv. imp., étui.

Étude originale, divisée en 10 chapitres, sur les jardins et les vieilles rues de Montmartre, l'art, la vie, les plaisirs, la bohème, le travail, la religion, etc. à Montmartre. Elle est illustrée de 31 eaux-fortes originales de Louis Morin, en couleurs, dont 1 frontispice et 10 grands sujets hors texte, 10 en-têtes et 10 culs-de-lampe.
Tiré à 50 exemplaires num. seulement, sur papier vélin d'Arches à la cuve, avec les illustrations en 3 états, dont l'eau-forte pure, en noir, et l'épreuve terminée avec remarque, également en noir.
Exemplaire imprimé au nom de M. Paul Lacombe.

538. **Mourey** (Gabriel). Fêtes foraines de Paris. Gravures d'Edgar Chahine. *Paris*, 1906 ; pet. in-4 carré, en ff., couv. imp., dans un emboîtage.

Beau livre publié par la Société des *Cent Bibliophiles*. Il est illustré de 110 eaux-fortes originales de Chahine, tirées en noir, en bistre ou en sanguine, dont 1 frontispice et de nombreux sujets à mi-page.
Tiré à 130 exemplaires num., tous sur papier vélin d'Arches.

539. **Munier** (le P.). Vers l'éternelle Beauté. Seconde édition. *Paris, Beauchesne*, 1914 ; pet. in-4, nomb. phototyp. hors texte, broché, couv. imp.

540. **Musée**, ou magasin comique de Philipon, contenant près de huit cents dessins par MM. Cham de N***, Daumier, Eustache, Forest, Gavarni, Grandville, Eugène Lami, Lorentz, Trimolet, Verdier et autres. — Textes par MM. Bourget, P. Borel, Cham, L. Huart, Lorentz, Marco de St-Hilaire et Ch. Philipon. *Paris, Aubert et Cie*, (1842-1843) ; 2 vol. in-4, cart. bradel demi-perc. gris perle avec coins, non rog.

Premier tirage. — Ouvrage abondamment illustré de gravures sur bois par les meilleurs artistes de l'époque. C'est, dit Brivois, un véritable musée de gravures sur bois.
On a joint la 1re livraison, en 1er tirage, parue de format in-fol., elle comprend 4 pages imprimées sur 3 col. (les marges ont été coupées).

541. **MUSSET** (Alfred de). **Mademoiselle Mimi Pinson**, profil de grisette. — Eaux-fortes en couleurs par François Courboin.

Paris, les Cent Bibliophiles, 1899 ; pet. in-8, cart. bradel mar. héliotrope, enc. de fil. sur les plats et à l'int., tr. dor. sur fausses marges, couv. cons. (*Petitot*).

Edition tirée à 115 exemplaires num. pour les membres de la Société et non mise dans le commerce. Elle est illustrée de 18 eaux-fortes originales de François Courboin, comprenant 9 en-têtes et 9 culs-de-lampe, imprimés en 2 couleurs.

Exemplaire imprimé au nom de M. Paul Lacombe, contenant le tirage à part, en noir, des illustrations, et auquel on a ajouté : 1° une suite complète des eaux-fortes en 1er état, imprimé en bleu et tirée à 4 exemplaires seulement, avec dédicace de l'artiste, au crayon ; 2° 3 *croquis originaux de FRANCOIS COURBOIN*, se rapportant aux 3 premiers en-têtes ; 3° 2 lettres autographes signées de l'artiste, relatives à l'illustration du livre.

542. **Musset** (Alfred de). Œuvres de Alfred de Musset. *Paris, Charpentier*, 1867 ; 10 vol. in-18, perc. bleue, fers spéciaux, non rog. (*Cart. de l'éditeur*).

Charmante édition des *Œuvres complètes d'Alfred de Musset*. Elle est ornée de 1 portrait et 28 photographies par Collin, d'après les dessins de Bida, collés sur bristol mince avec encadrements et légende imprimés en noir.

543. **Musset** (Alfred de). L'homme. Le poète, par Adolphe Perreau. *Paris, Poulet-Malassis*, 1862 ; pet. in-12, pap. vergé, cart. bradel pap. bleu, non rog.

Edition originale. — Envoi d'auteur.

On y joint : Eux et Elles, histoire d'un scandale, par M. de Lescure. *Ibid., id.*, 1860 ; pet. in-12, cart. bradel demi-mar. vert à long grain, non rog., couv. cons. (*Edition originale*).

544. **Nauroy** (Ch.). Bibliographie des impressions microscopiques, 1 vol. — Bibliographie des plaquettes romantiques, 1 vol. — *Paris, Charavay frères*, 1881-1882 ; 2 vol. in-18, pap. vélin teinté, brochés, couv. imp. — Livres minuscules. La plus grande bibliothèque des plus petits livres du monde (collection de M. Georges Salomon) par G. Tissandier. *Paris*, 1894 ; plaq. in-12 carré, pap. de Holl., brochée.

545. **Nerval** (Gérard de). Histoire de la Reine du Matin et de Soliman, prince des Génies. *Londres, Eragny Press* (pour les *Cent Bibliophiles*), 1909 ; in-8, veau gris souple, décor dor. à répétition couvrant les plats, non rog.

Luxueuse édition exécutée pour les *Cent Bibliophiles*, à 130 exemplaires num. sur papier vergé d'Arches et non mise dans le commerce. Elle est décorée de 34 compositions originales de Lucien Pissaro, formant vignettes, lettrines ou bordures, gravées sur bois par Lucien et Esther Pissaro et comprenant 22 sujets tirés en camaïeu et 12 sujets imprimés en couleurs.

546. **Nerval** (Gérard de). Petits châteaux de Bohême, promenades et souvenirs. — Préface d'Anatole France. — Notice et texte revu par Maurice Tourneux *Paris, Emile-Paul*, 1912 ; pet. in-4, broché, couv. imp.

Edition tirée à 400 exemplaires num., illustrée de 73 portraits de littérateurs et artistes romantiques, ou de vues de Paris et des environs. Ces illustrations, d'après des documents de l'époque, sont gravées sur bois par A. Prunaire.
Exemplaire hors tirage, imprimé sur papier vélin de cuve.

547. **Nisard** (Charles). Histoire des livres populaires, ou de la littérature du colportage, depuis l'origine de l'imprimerie jusqu'à l'établissement de la commission d'examen des livres du colportage, 30 novembre 1852. — Deuxième édition, revue, corrigée avec soin et considérablement augmentée. *Paris, Dentu*, 1864 ; 2 vol. in-12, fig., brochés, couv. ill.

Première édition in-12.

548. [**Nisard** (Charles)]. La Muse pariétaire et la Muse foraine, ou les Chansons des rues depuis quinze ans, par C. N. *Paris, Jules Gay*, 1863. — Appendice... *Ibid., id.*, 1864. — 2 part. en 1 vol. in-8, demi-rel. cuir de Russie, dos orné à froid, tête dor., non rog.

De la *Collection Gay*.

549. **Nocq** (Henry). Les Duvivier. — Jean Duvivier (1687-1761). Benjamin Duvivier (1730-1819). Essai d'un catalogue de leurs œuvres, précédé d'une notice biographique et bibliographique. Illustré de figures dans le texte et de 17 planches hors texte en héliotypie de Léon Marotte. *Paris, Société de propagation des Livres d'art*, 1911 ; gr. in-8, broché, couv. imp.

550. **Nodier** (Charles). Du langage factice appelé macaronique, 1 br. — De quelques livres satyriques et de leur clef, 2 br. — Bibliographie des fous. De quelques livres excentriques, 2 br. — Des artifices que certains auteurs ont employés pour déguiser leurs noms, 1 br. — De la maçonnerie et des bibliothèques spéciales, 2 br. — Comment les patois furent détruits en France, 1 br. — De quelques langues artificielles qui se sont introduites

dans la langue vulgaire, 1 br. — Des auteurs du XVIe siècle qu'il convient de réimprimer, 1 br. — Des Annales de l'imprimerie des Aldes, 1 br. — Notice sur le manuscrit de la Chronique des Normands et sur l'édition que M. Champollion en a faite pour la Société de l'Histoire de France, 1 br. — Dictionnaire de l'Académie françoise. Sixième édition, 2 br. — De la liberté de la presse avant Louis XIV ; à propos d'un petit livre intitulé : *Au Tigre de la France*, 1 br. — Echantillons curieux de statistique, 1 br. — *Paris, Techener*, 1834-1835 ; ens. 17 brochures in-8.

La plupart de ces brochures sont des tirages à part d'études parues dans le *Bulletin du Bibliophile*.

551. **Nodier** (Charles). La Légende de Sœur Béatrix. — Illustrations en couleurs de Henri Caruchet. *Paris, Rouquette*, 1903 ; gr. in-8, broché, couv. imp., étui.

Jolie édition, tirée à 150 exemplaires seulement. — Exemplaire de présent, hors tirage, sur papier du Japon, offert par l'éditeur à M. Paul Lacombe, et contenant un tirage à part, en noir, sans texte, de toutes les illustrations.

552. **Nodier** (Charles). Contes. — Trilby. Le Songe d'or. Baptiste de Montauban. La fée aux Miettes. La Combe de l'homme mort. Inès de Las Sierras. Smarra. La Neuvaine de la Chandeleur. La Légende de la Sœur Béatrix. *Paris, Hetzel*, 1846 ; gr. in-8, perc. violette, fers spéciaux, tr. dor. (*Cart. de l'éditeur, un peu défraichi*).

Premier tirage. — Edition illustrée de 8 eaux-fortes originales de Tony Johannot tirées sur Chine monté, avant la lettre, avec signature à la pointe. (Rousseurs).

553. **Nouveau Testament** (Le), selon la Vulgate, traduit en français, avec des notes, par l'abbé J.-B. Glaire. *Paris, Firmin Didot frères, s. d.* ; fort vol. in-4, mar. rouge, doubl. et gardes de moire verte, dent. int., doubles gardes, tr. dor. (*Smeers*).

Excellente édition, imprimée sur papier vélin, illustrée d'un grand nombre de reproductions, comprenant un encadrement à chaque page, des figures, dans le texte ou à pleine page et de nombreuses lettres ornées.

Jolie reliure de Smeers, portant, sur le plat supérieur les lettres R F entrelacées, en métal doré et ciselé, et une dédicace frappée en or sur la première garde.

554. **Octave** (L') de la Société des Bibliophiles contemporains. *Athènes, chez Alexandros Houlos, imprimeur de Périclès*, 100,

cul de sac du Luc (près l'Acropole), 1000.800.80.14 (1894) ; plaq. in-4 de 10 pp., texte dactylogr., brochée.

« Tiré à 160 exemplaires numérotés à la presse sur papier à chandelle, d'Arras ».
Mordante satire dirigée contre Octave Uzanne, alors président de la Société des Bibliophiles contemporains.

555. **Œttinger** (E.-M.). Bibliographie biographique universelle. Dictionnaire des Ouvrages relatifs à l'histoire de la vie publique et privée des personnages célèbres de tous les temps et de toutes les nations, depuis le commencement du monde jusqu'à nos jours. Enrichi du Répertoire des Bio-Bibliographies générales, nationales et spéciales. *Paris, A. Lacroix et Cie ; P. Daffis*, 1866 ; 2 tom. en 1 fort vol. gr. in-8 à 2 col., demi-rel. chag. rouge, enc. de fil. à froid au dos, tr. jasp.

556. **Office** de la Vierge, sans renvoy, à l'usage des chevaliers de l'Ordre de Malte. *Paris, de l'imp. de la Vve d'Houry*, 1741 ; in-16, mar. vert, filet à froid sur les plats avec petite fleur de lis à froid, aux angles, doubl. et gardes de satin jaune d'or, tr. dor. (*Rel. de l'époque*).

Renferme l'Office de l'Avent.
Exemplaire réglé. (La rel. porte, au dos, l'indication de 1re *partie*).

557. **Oppenheim** (Ancel). Connaissances nécessaires à un amateur d'objets d'art et de curiosités. *Paris, Ed. Rouveyre*, 1879 ; pet. in-8, pap. vergé, cart. bradel perc. vert foncé, tête jasp., non rog., couv. cons. (*Petitot*).

558. **Ozanam** (A.-F.). Œuvres complètes ; avec une préface par M. Ampère. Quatrième édition. *Paris, Lecoffre*, 1872-1873 ; 11 vol. in-12, portr., demi-rel. chag. vert, tr. jasp.

559. **Pailleron** (Edouard). Le Monde où l'on s'ennuie, comédie en trois actes. *Paris, Calmann Lévy*, 1881 ; in-8, cart. bradel demi-perc. fant., non rog., couv. cons.

Edition originale. — Bel exemplaire.

560. **Pallu de Lessert** (C.). Le Duc de Chartres (1840-1910). *Paris, pour la Société des Bibliophiles françois, chez Ed. Rahir*, 1914 ; pet. in-4, portr. en héliogr., broché, couv. imp.

Tiré à 130 exemplaires seulement. — Un des 38 sur papier de Hollande tirés pour les membres de la Société.

561. **Panzer** (Georges-Wolfgang). Annales typographici ab artis inventæ origine ad annum 1536, post Maittairii, Denisii, aliorumque doctissimorum virorum curas in ordinem redacti emendati et aucti. *Norimbergæ, impensis Joannis Eberhardi Zeh*, 1793-1803 ; 11 vol. in-4, veau fauve, dos orné, tr. vertes. (*Rel. de l'époque*).

Cet ouvrage, qui complète celui de Maittaire, est « *le plus complet que nous ayons pour le premier siècle de la typographie*. (Brunet, IV, 350). »

562. **Paris** (Paulin). Les manuscrits françois de la Bibliothèque du Roi, leur histoire et celle des textes allemands, anglois, hollandois, italiens, espagnols, de la même collection. *Paris, Techener*, 1836-1848 ; 7 vol. in-8, demi-rel. veau fauve, dos sans nerfs orné, non rog. (*Galette*).

563. **PARIS QUI CRIE**. — Petits Métiers. — Notices par Albert Arnal, Henry Spencer Ashbee, Jules Claretie, Abel Giraudeau, Henry Houssaye, Henri Meilhac, Victor Mercier, Eugène Paillet, Jean Paillet, Roger Portalis, Eugène Rodrigues. — Préface par Henri Beraldi. — Dessins de Pierre Vidal. *Paris, Imprimé pour les Amis des Livres, par Georges Chamerot*, 1890 ; in-8 carré, broché, couv. ill., étui.

Publié par les soins de M. Eugène Paillet, pour les membres de la *Société des Amis des Livres* et non mis dans le commerce, imprimé à 120 exemplaires seulement, sur papier vélin et illustré de 1 frontispice et de 30 compositions par Pierre Vidal, reproduits en noir et aquarellés aux patrons, hors texte. Couverture en papier noir avec reproduction du frontispice.

564. **Panckoucke** (Charles-Louis-Fleury). L'Ile de Staffa et sa grotte basaltique, *Paris, imp. de C. L. F. Panckouche*, 1831 ; gr. in-fol., demi-rel. bas. de l'époque.

Description de la célèbre île des Hébrides et de sa grotte de Fingall, ornée de 12 belles et grandes figures gravées à l'aquatinte par Salathé. (Qq. rousseurs).

565. **Papier**. L'art du papier et le papier d'art, par **Henri Onfroy**. *Paris, Ferroud*, 1906 ; in-8, pap. d'Arches, cart. — Histoire des papeteries à la cuve d'Arches et d'Archettes (1492-1911), par le même. *Evreux, imp. Hérissey*, 1912 ; gr. in-8, pap. vergé, fig., cart. — Histoire d'une feuille de papier, par J. Pizzetta. *Paris*, 1868 ; in-12, cart. — Le papier ou l'art de fabriquer le papier (par Imberdis). Traduction par A. Blanchet. *Ibid., Béranger*, 1899 ; pet. in-8, pap. vélin, br. (Envoi et 2 lettres autogr. du

traducteur). — Album de specimens des Papeteries du Marais et de Sainte-Marie, cart. — Musée Rétrospectif. Fabrication du papier. Exposition Universelle de 1900, à Paris. Rapport de la Commission. — Introduction par A. Blanchet). *Ibid., s. d.* ; in-4, cart. (Lettre autogr. de M. Blanchet ajoutée). — Ens. 6 vol.

566. [**Parfaict** (les frères François et Claude) et **Godin d'Abguerbe**]. Dictionnaire des théâtres de Paris, contenant toutes les pièces qui ont été représentées jusqu'à présent sur les différens Théâtres François, et sur celui de l'Académie Royale de Musique ; les extraits de celles qui ont été jouées par les Comédiens Italiens, depuis leur rétablissement en 1716, ainsi que des opéra comiques et principaux spectacles des foires Saint-Germain et Saint-Laurent ; des faits anecdotes sur les auteurs qui ont travaillé pour ces théâtres, et sur les principaux acteurs, actrices, danseurs, danseuses, compositeurs de ballets, dessinateurs, peintres de ces spectacles, etc. *Paris, Lambert*, 1756 ; 7 vol. in-12, veau marb., dos orné, dent. dor. encadr. les plats, dent. int., tr. dor. (*Rel de l'époque*).

Vaste répertoire théâtral. L'article *Voltaire* est de Voltaire lui-même. — Bel exemplaire bien complet du tome VII. (Le Cat. Soleinne, tome III, n° 286, prétend erronément que l'édition de 1756 n'a que 6 volumes).

567. [**Paroy** (Jean-Philippe-Guy Le Gentil, marquis de)]. Opinions religieuses, royalistes et politiques de M. Antoine Quatremère de Quincy, imprimées dans deux rapports faits au Département de Paris, publiées par M. le M*** de P***. *Paris, Herham*, 1816 ; in-8 de 14 pp., veau marb., fil. sur les plats avec aux angles quatre figures symboliques : une fleur de lys, le bonnet phrygien, le petit chapeau napoléonien et une croix latine. (*Rel. moderne*).

Première édition de ce curieux pamphlet du peintre et graveur Le Gentil de Paroy contre le célèbre archéologue Quatremère, qui venait de faire échouer la candidature de Paroy à l'Institut. Il est orné d'une gravure représentant un tournesol entouré de *quatre mers* : la mer royaliste, la mer religieuse, la mer révolutionnaire et la mer d'intrigue. Rare. — Bel exemplaire.

568. **Pellechet** (Mlle Marie). Catalogue général des incunables des bibliothèques de France. *Paris, A. Picard et fils*, 1897-1909 ; 3 vol. gr. in-8, demi-rel. chag. vert foncé, fil. à froid, tête dor., non rog., couv. cons.

On y joint : Notice sur la vie et les ouvrages de Marie Pellechet, par A.-M.-P. Ingold. *Ibid., id.*, 1902 ; gr. in-8, portr., broché, couv. imp.

569. **Pellechet** (Mlle Marie). Catalogue des incunables de la bibliothèque publique de Dijon, 1886 ; 1 vol. — Catalogue des incunables de la Bibliothèque Sainte-Geneviève, rédigé par Daunou, 1892 ; 1 vol. — Catalogue des incunables et des livres imprimés de MD. à MDXX. de la bibliothèque publique de Versailles, 1889 ; 1 vol. — Catalogue des incunables des bibliothèques publiques de Lyon, 1893 ; 1 vol. — Ens. 4 vol. gr. in-8, les 3 premiers brochés, couv. imp., le dernier en demi-rel. chag.

570. **Pellechet** (Mlle Marie). Notes sur les livres liturgiques des diocèses d'Autun, Châlon et Mâcon, avec un choix de leçons, d'hymnes et de proses composées en l'honneur de quelques saints spécialement honorés dans ces diocèses. *Paris, Champion*, 1883 ; gr. in-8, broché, couv. imp. (dos factice). — Catalogue des livres de la bibliothèque d'un chanoine d'Autun : Claude Guilliaud (1493-1551). *Paris, Picard*, 1890 ; gr. in-8, cart. de l'éditeur. — Ens. 2 vol.

571. **Pelletan** (Edouard). Le Livre, suivi du catalogue illustré des éditions Edouard Pelletan, 1 plaq. — Lettre [et Deuxième Lettre] aux bibliophiles, 2 plaq. *Paris, Pelletan*, 1896 ; 3 plaq. gr. in-8 et in-16, fig., brochées, couv. imp. — Envoi d'auteur.

On y joint : Les éditions d'art de M. Ed. Pelletan par Georges Vicaire. *S. l. n. d.* ; in-8 de 7 pp., broché, couv. imp. (Extrait du *Bulletin du Bibliophile*). — Catalogue général annoté des éditions d'art Edouard Pelletan. *Paris*, 1908 ; in-16 carré, broché, couv. imp. — Ens. 5 brochures.

572. **Pibrac**. Les Quatrains de Pibrac, suivis de ses autres poésies ; avec une notice par Jules Claretie. *Paris, Lemerre*, 1874 ; in-18, pap. vergé, demi-rel. mar. rouge jans. avec coins, tête dor., non rog.

De la *Bibliothèque d'un Curieux.*

573. **Picot** (Emile). Bibliographie cornélienne, ou description raisonnée de toutes les éditions des œuvres de Pierre Corneille, des imitations ou traductions qui en ont été faites, et des ouvrages relatifs à Corneille et à ses écrits. *Paris, A. Fontaine*, 1876 ; fort vol. in-8, portr. gr., broché, couv. imp.

Un des 50 exemplaires num. sur papier Whatman auquel on a joint les *Additions* à la Bibliographie cornélienne par P. Le Verdier et E.

Pelay. *Rouen et Paris*, 1908 ; même format, pap. vergé, front., broché, couv. imp. — Envoi et 8 lettres autographes de Le Verdier, ajoutées.

574. [**Picot** (Emile)]. Catalogue des livres composant la bibliothèque de feu M. le baron James de Rothschild. *Paris, D. Morgand*, 1884-1920 ; 5 vol. gr. in-8, portr., les 4 premiers en demi-rel. mar. vert, enc. de fil. à froid au dos, tête dor., non rog., couv. cons. (*Petitot*), le dernier broché, couv. imp.

Très importante bibliographie, ornée de nombreuses reproductions de titres, vignettes, portraits, etc., dans le texte, et de grandes planches hors texte, en couleurs ou en héliogravure, reproduisant des miniatures et des reliures anciennes.
Un des 400 exemplaires num. sur grand papier vergé.

575. — *Le même ouvrage*, pap. ordinaire, 5 vol., les 4 premiers en demi-rel. chag. grenat, enc. de fil. à froid, tête jasp., non rog., couv. cons., le dernier broché.

576. **Picot** (Emile). Les Français italianisants au XVIe siècle. *Paris, Champion*, 1906-1907 ; 2 vol. in-8, brochés, couv. imp.

577. [**Picot** (Emile)]. Mélanges offerts à M. Emile Picot, par ses amis et ses élèves. *Paris, Ed. Rahir*, 1913 ; 2 forts vol. gr. in-8, portr. en héliogr., brochés, couv. imp.

Tiré à 500 exemplaires num. — Un des 20 sur grand papier de Hollande, contenant le portrait en double épreuve : avant et avec la lettre.

578. **Picot** (Emile). La Sottie en France (extr. de la *Romania*), 1878 ; envoi d'auteur à Ch. Nisard. — Les Italiens en France au XVIe siècle, 1902-1918. (2 ex.). — De l'orgueil et presumption de l'empereur Jovinien, 1912. (Tiré à 100 ex.). — Notice sur Jacques le Lieur, échevin de Rouen, 1913. — Farce nouvelle de Arquemination à quatre personnages, 1914. (Tiré à 100 ex.). — Le Savetier Calbain, édition annotée et illustrée, *s. d.* — Etc. — Ens. 34 brochures in-8 et gr. in-8.

579. **Pidanzat de Mairobert**. Anecdotes sur M^e la comtesse Dubarri (*sic*). Nouvelle édition, revue et corrigée, ornée du portrait de l'héroïne. *A Londres, chez John Adamsohn*, 1776 ; in-12, portr., mar. rouge, dent. int., tr. dor. (*Duru*).

Curieux recueil d'anecdotes sur la dernière maîtresse de Louis XV, attribué aussi à Théveneau de Morande. Il est orné d'un portrait gravé, non signé.
Bel exemplaire.

580. [**Pigoreau** (Alexandre-Nicolas)]. Petite Bibliographie biographico-romancière, ou Dictionnaire des romanciers, tant anciens que modernes, tant nationaux qu'étrangers, avec un mot sur chacun d'eux. *Paris, Pigoreau*, 1821 ; IV-354 pp. et un Suppl. de 31 pp. — Dictionnaire des romains anciens et modernes, ou méthode pour lire les romans, d'après leur classement par ordre de matières (par A. Marc). *Ibid., Marc*, 1819 ; 318 pp. et un Suppl. de 62 pp. — Suppléments [dix-neuf] à la Petite Bibliographie biographico-romancière. *Ibid., Pigoreau*, 1821-1829. — Ens. 2 ouv. et 19 Suppl. en 2 forts vol. in-8, cart. pap. rouge, armoiries du comte de Mandre sur les plats, non rog. (*Cart. de l'époque*).

Importante bibliographie raisonnée des romans, augmentée des suppléments parus de 1821 à 1829. — Bon exemplaire.
On a relié avec le premier volume une curieuse lettre autographe de l'auteur à son capitaine de la garde nationale. Pigoreau, alors établi libraire place Saint-Germain-l'Auxerrois, fait remarquer que ses charges de famille (il avait neuf enfants) ne lui permettent pas de faire les frais d'un « *habit militaire* », et il demande qu'on veuille bien « *permuter son grade de caporal contre celui de simple fusilier* ».

581. **Pingrenon** (Renée). Les livres ornés et illustrés en couleurs depuis le XVe siècle en France et en Angleterre. *Paris, Daragon*, 1903 . 1 vol. — Les livres de M. le Vte de Savigny de Moncorps. *Ibid., H. Leclerc*, 1904 ; 1 vol. — Ens. 2 vol. in-12, brochés, couv. imp.

Lettre autographe de M. le Vte de Savigny de Moncorps ajoutée.

582. **Poésies sur la constitution Unigenitus**, recueillies par le Chevalier de G***, officier du régiment de Champagne. *A Villefranche, chez Philalète Belhumeur*, 1724 ; 2 tomes de XXIV-317 et 38) pp. en 1 vol. in-8, demi-rel. veau fauve, non rog.

Recueil rare, non cité par Quérard ni par Barbier. Il est orné de 2 curieux frontispices gravés, d'une figure en manière de jeu de l'oie représentant le *Jeu de la Constitution*, et de 3 planches de musique. C'est une collection de poèmes badins et satiriques contre les jésuites et le pape, composés par des auteurs jansénistes en défense d'un ouvrage du P. Quesnel condamné par la Constitution Unigenitus. Elle contient, entre autres, une *Epître de Clément Marot aux Dames réformées de la Cour de France*, une *Ode pindarique sur la destruction du monastère de Port-Royal*, une *Parodie de la seconde scène du second acte de la tragédie du Cid*.

583. **Poidebard** (W.), J. **Baudrier** et L. **Galle**. Armorial des bibliophiles de Lyonnais, Forez, Beaujolais et Dombes. *Lyon, au siège de la Société*, 1907 ; fort vol. in-4, broché, couv. imp.

Ouvrage publié par les soins de la *Société des Bibliophiles lyonnais*.

Il est illustré d'un très grand nombre de reproductions de blasons, ex-libris et reliures, dont 42 planches tirées hors texte.
Tiré à 320 exemplaires seulement, sur papier teinté.

584. **Portalis** (Baron Roger). Bernard de Requeleyne, baron de Longepierre (1659-1721). Avant-propos par Stéphen Liégeard. *Paris, H. Leclerc,* 1905 ; gr. in-8, pap. vergé de Rives, portr., broché, couv. imp.

Envoi d'auteur à M. Paul Lacombe.

585. **Pouy** (F.). Recherches [et Nouvelles recherches] sur les almanachs et calendriers artistiques, à estampes, à vignettes, à caricatures, etc., principalement du XVIe au XIXe siècle, avec notices bibliographiques sur les almanachs divers, notamment à l'époque de la Révolution. *Amiens,* 1874-1879 ; 2 vol. in-8, brochés, couv. imp.

On a joint : Recherches bibliographiques et historiques sur les almanachs de la Champagne et de la Brie... par Auguste Denis. *Châlons-sur-Marne,* 1880 ; plaq. in-8, brochée, couv. imp.

586. **Préfecture du département de la Seine**. Catalogue de la Bibliothèque administrative (Section étrangère), dressé par A. Canot, traducteur général de la Préfecture de la Seine. *Paris, Imprimerie Nationale,* 1892 ; 1 vol. (dos fendu). — Catalogue... Section française. *Ibid., id.,* 1898 ; 1 vol. — Ens. 2 forts vol. gr. in-8, brochés, couv. imp.

587. **Prou** (Maurice). Manuel de paléographie latine et française. Troisième édition, entièrement refondue, accompagnée d'un album de vingt-quatre planches. *Paris, A. Picard et fils,* 1910 ; in-8, broché, couv. imp., l'atlas en ff., dans un carton.

588. [**Psaume** (Etienne)]. Dictionnaire bibliographique, ou nouveau manuel du libraire et de l'amateur de livres, précédé d'un Essai élémentaire sur la bibliographie par M. P***. (Tome premier). *Paris, Ponthieu,* 1824 ; 1 vol. — Annuaire de la librairie par Guillaume Fleischer. Première (et seule) année. *Ibid., Levrault,* 1802 ; 1 vol. — Répertoire de librairie, contenant : 1° toutes les lois rendues sur la librairie et l'imprimerie depuis le règlement de 1723 inclusivement jusqu'à ce jour ; 2° un extrait des plus beaux ouvrages de divers catalogues, suivi d'une table alphabétique. Par Ravier, libraire. *Ibid., Cra-*

part, Caille et Ravier, 1807 ; 1 vol. — Ens. 3 vol. in-8, le premier demi-rel. vélin blanc, les deux autres cart. bradel pap. fant.

Réunion de trois recueils bibliographiques rares.

589. **Quatremère de Quincy** (Antoine-Chrysostome). Architecture. *Paris, Panckoucke ; Agasse*, 1788-1825 ; 3 forts vol. in-4, demi-rel. veau bleu, dos sans nerfs orné, tr. marb. (*Rel. romantique*).

Dictionnaire d'architecture très estimé, faisant partie de l'*Encyclopédie méthodique*.
On y joint 3 ouvrages sur l'auteur : Notice historique sur la vie et les travaux de M. Quatremère de Quincy, par M. Guigniaut (à laquelle on a joint une lettre de Quatremère de 2 pages relative au statuaire Georges Jacquot). *Paris, Firmin Didot*, 1864. - - Même ouvrage. *Ibid.*, 1866 ; avec un portrait gravé par Bonneville. — Antoine-Chrysostome Quatremère de Quincy, deuxième secrétaire perpétuel de l'Académie des Beaux-Arts, par Henry Jouin. *Paris, L'Artiste*, 1892. — Ens. 3 vol. in-4, cart. bradel, demi-mar. vert, non rog.

590. **Quatremère de Quincy**. Canova et ses ouvrages, ou mémoires historiques sur la vie et les travaux de ce célèbre artiste. Seconde édition. *Paris, Le Clère et Cie*, 1836 ; in-8 de XII-420 pp., demi-rel. chag. noir avec coins, tr. peigne. (*Rel. de l'époque*).

Intéressante biographie critique du grand sculpteur italien, ornée d'un portrait gravé par Richomme et d'un fac-similé d'autographe. — Bel exemplaire auquel on a ajouté un portrait de Canova, *dessin original aux deux crayons*, non signé.

591. **Quatremère de Quincy**. Considérations sur les arts du dessin en France, suivies d'un plan d'académie ou d'école publique, et d'un système d'encouragement. *Paris, Desenne*, 1791. — Considérations morales sur la destination des ouvrages de l'art, ou de l'influence de leur emploi sur le génie et le goût de ceux qui les produisent ou qui les jugent, et sur le sentiment de ceux qui en jouissent et en reçoivent les impressions. *Paris, impr. Crapelet*, 1815. — Lettres écrites de Londres à Rome, et adressées à M. Canova, sur les marbres d'Elgin ou les sculptures du temple de Minerve à Athènes. *Rome*, 1818 ; 3 ouv. en 3 vol. in-8, le premier rel. veau marb., dos orné, tr. jasp., les deux autres brochés.

Réunion d'ouvrages estimés du célèbre archéologue. — Le premier provient de la bibliothèque d'Alexandre Lenoir, directeur du *Musée des monuments français*, établi au couvent des Petits-Augustins, et porte sur le titre son ex-libris manuscrit. — Les deux brochures sont dans leur couverture originale,

592. **Quatremère de Quincy** (Antoine-Chrysostome). Recueil de notices historiques lues dans les séances publiques de l'Académie royale des Beaux-arts à l'Institut. *Paris, Le Clère et Cie*, 1834-1837 ; 2 tom. en 1 vol. — Bibliothèque de M. Quatremère de Quincy, de l'Académie des Inscriptions et Belles-Lettres, secrétaire honoraire de l'Académie des Beaux-Arts. *Ibid.*, 1850 ; 1 vol. — Ens. 2 vol. in-8, le premier en demi-rel. chag. brun, le second cart. bradel pap. fant.

Intéressant recueil de notices biographiques sur des membres de l'Académie des Beaux-Arts : l'architecte Rondelet, les compositeurs Méhul et Boieldieu, le sculpteur Houdon, les peintres Prud'hon, Girodet, Gros, Carle Vernet, François Gérard, etc.

593. **Quentin-Bauchart** (Ernest). Mes Livres (1864-1881). *Paris, Ad. Labitte*, 1881 ; pet. in-8, pap. vergé du Marais, broché, couv. imp.

Intéressant catalogue d'un remarquable choix de livres précieux, la plupart recouverts de superbes reliures de diverses époques qui composaient la bibliothèque de M. Ernest Quentin-Bauchart.

594. **Quérard** (Joseph-Marie). La France littéraire, ou Dictionnaire bibliographique des savants, historiens et gens de lettres de la France, ainsi que des littérateurs étrangers qui ont écrit en français, plus particulièrement pendant les XVIIIe et XIXe siècles. *Paris, Firmin Didot père et fils*, 1827-1839 ; 10 vol. — (Supplément). *Ibid., L'éditeur, rue Mazarine*, 1854-1864 ; 2 vol. — Ens. 12 vol. demi-rel. veau fauve, tr. jasp. (*Rel. de l'époque*).

Bel exemplaire, bien complet de ses 2 vol. de supplément, de cet immense répertoire bibliographique qui s'étend de 1700 à 1826, et dont le supplément va jusqu'à 1853.

595. **Quèrard** (Joseph-Marie). La France littéraire ou Dictionnaire bibliographique... Ouvrages polyonymes et anonymes (1700-1845) ; publiés sous les auspices d'un bibliophile étranger. *Paris*, 1846 ; in-8 de 240 pp., cart. bradel demi-perc. verte, non rog.

Tout ce qui a paru de cette bibliographie, intéressante pour la description des almanachs, mais qui s'arrête malheureusement à l'*Almanach musical*.

Le titre est remplacé par la copie d'une couverture de livraison (Légères rousseurs).

596. **Quérard** (Joseph-Marie). La Littérature française contemporaine (1827-1849). Dictionnaire bibliographique renfermant :

1° par ordre alphabétique de noms d'auteurs l'indication chronologique des ouvrages français et étrangers publiés en France et celle des ouvrages français publiés à l'étranger ; 2° une table des livres anonymes et polyonimes ; 3° une table générale méthodique. Le tout accompagné de biographies et de notes historiques et littéraires. *Paris, Daguin* ; *Delaroque*, 1842-1857 ; 6 vol. in-8, veau fauve, dos orné, tr. rouges.

Bel exemplaire de cette précieuse continuation de la *France littéraire*. — Le premier vol. est de Quérard, les autres sont de Charles Louandre, Alfred Maury et Félix Bourquelot.

597. **Quérard** (Joseph-Marie). Le Quérard, archives d'histoire littéraire, de biographie et de bibliographie françaises ; complément périodique de la France littéraire. *Paris, au bureau du journal*, 1855-1856 ; 2 vol. in-8 de 587 et 644 pp., demi-rel. chag. vert, dos orné, tr. jasp.

Collection complète de ce précieux périodique. Deux intéressantes lettres autographes de Quérard ajoutées. — Ex-libris du comte de Mandre.

598. **Racine**. Œuvres de Jean Racine. Imprimé par ordre du Roi pour l'éducation de Monseigneur le Dauphin. *Paris, Imp. de Didot l'aîné*, 1784 ; 5 vol. in-18, mar. rouge, dos orné, fil. et petit encadrement dor. sur les plats, enc. int. dor., tr. dor. (*Bozérian jeune*).

De la *Collection des auteurs classiques françois et latins*.
Tiré à 450 exemplaires sur papier vélin d'Annonay.
Joli exemplaire recouvert d'une agréable reliure de Bozérian jeune, d'une excellente conservation.

599. **Racine**. Œuvres de J. Racine. Edition revue sur les plus anciennes impressions et les autographes, et augmentée de morceaux inédits, des variantes, de notices, de notes, d'un lexique, des mots et locutions remarquables. *Paris, L. Hachette*, 1865-1873 ; 9 vol. in-8 dont 1 vol. de musique, pap. vergé, brochés, couv. imp., et 1 album gr. in-8, en ff., couv. imp.

De la collection des *Grands Ecrivains de la France*.

600. **Racine** (Louis). La Religion et la Grâce, poemes, par Louis Racine. *Paris, De Bure*, 1826 ; in-18, pap. vélin, cart. bradel demi-mar. rouge à long grain avec coins, dos sans nerfs orné en long, non rog. (*Rel. de l'époque*).

Edition imprimée par Didot, ornée d'un portrait gravé par Pourvoyeur, d'après Aved.

601. **Rahir** (Edouard). La Bibliothèque de l'Amateur. Guide sommaire à travers les Livres anciens les plus estimés et les principaux ouvrages modernes. *Paris, Librairie Morgand. — Ed. Rahir, succr*, 1907 ; gr. in-8, broché, couv. imp.

Avec 51 illustrations : figures, reliures, caractères et armoiries. — Envoi d'auteur.

602. **Recueil de pièces historiques**, imprimées dans les provinces françaises au XVIe siècle ; publiées en fac-similé et accompagnées de notes par M. Emile Picot. *A Paris, pour la Société des Bibliophiles françois, chez Ed. Rahir*, 1913 ; pet. in-8 carré, broché, couv. imp.

Tiré à 93 exemplaires seulement. — Un des 36 tirés sur papier de Hollande, pour les membres de la Société.

603. **Recueil** de pièces relatives au monument de Lucerne, consacré à la mémoire des officiers et soldats suisses, morts pour la cause du roi Louis XVI, le 10 août, 2 et 3 septembre 1792 ; suivi de la lettre d'un voyageur français présent à l'inauguration dudit monument, le 10 août 1821. *Paris, imp. de P. Didot l'aîné*, 1821 ; in-4, cart. bradel pap. maroq. rouge, dos et plats ornés, tr. dor. (*Cart. de l'époque*).

Orné d'un portrait lithographié du Marquis de Lally-Tolendal, hors texte, et d'une grande lithographie, représentant le monument, pliée. (Réparation à cette dernière pl. ; un morceau de la 1re garde du cart. manque).

604. **Régamey** (Félix). Verlaine dessinateur. *Paris, Floury*, 1896 ; plaq. gr. in-8, pap. vélin, fig., brochée, couv. imp.

605. **Régnier** (Auguste) et **Champin**. Habitations des personnages les plus célèbres de France depuis 1790 jusqu'à nos jours, dessinées d'après nature par Auguste Régnier et lithographiées par Champin. *S. l. n. d.* (*Paris*, 1832) ; in-4 obl., demi-rel. bas. rouge avec coins, dos orné, tr. marb. (*Rel. de l'époque, un peu frottée*).

Album très rare, renfermant 99 lithographies de Champin d'après les dessins de Régnier, tirées sur Chine monté ; il est précédé d'un titre gravé et d'une introduction par Charles Nodier, et suivie d'une table des vues, qui manque souvent.

Sur le feuillet de garde la mention suivante : *Exemplaire de David d'Angers*. (Petites rousseurs).

606. **REGNIER** (Henri de). **Trois Contes à soi-même**. — Mi-

niatures de Maurice Ray, gravées à l'eau-forte par A. Bertrand. *Paris, pour les Cent Bibliophiles*, 1907 ; gr. in-8 carré, en ff., couv. imp., dans un emboîtage.

Très belle édition de luxe, illustrée de 40 compositions de Maurice Ray, gravées à l'eau-forte par A. Bertrand et imprimées en couleurs par planches repérées, dont 3 sujets à pleine page.
Tiré à 130 exemplaires num. sur papier vélin filigrané. — Exemplaire de sociétaire, imprimé au nom de M. Paul Lacombe.

607. **REGNIER** (Henri de). **Venise**. — L'Encrier rouge. — Esquisses et sonnets. — Au café Quadri. Trente-cinq eaux-fortes dessinées et gravées par Henri Paillard. *Paris, Société des Amis des Livres*, 1912 ; pet. in-4, en ff., couv. imp., dans un emboîtage.

Belle édition tirée à 100 exemplaires num. pour les membres de la Société, illustrée de 35 eaux-fortes originales de Henri Paillard dans le texte, et d'ornements gravés sur bois.

608. **Reliure** romantique transformée en boîte, mar. rouge à long grain, dos orné de compartiments aux petits fers, large bord. dor. et ornements à froid encadrant les plats, doublé de tabis bleu, dent. int., tr. dor.

Au chiffre couronné de *LOUIS D'ORLEANS, DUC DE NEMOURS*, deuxième fils du roi Louis-Philippe Ier.

609. **Renouard** (Philippe). Bibliographie des éditions de Simon de Colines (1520-1546) ; avec une notice biographique et trente-sept reproductions en fac-similé. *Paris, Em. Paul, Huard et Guillemin*, 1894 ; gr. in-8, broché, couv. imp.

610. **Répertoire** d'Art et d'Archéologie, dépouillement des périodiques français et étrangers, avec la collaboration de Marcel Aubert, Boutillier du Retail, E. Dacier, Ettinger, abbé Liebaert, Mazerolle, Schneegans, Seymour de Ricci, etc. *Paris, Bibliothèque d'Art et d'Archéologie*, 1910-1914 ; 21 fasc. en 5 vol. pet. in-4, cart. bradel demi-toile verte, tête jasp., non rog., couv. cons. (*Petitot*).

Publications pour faciliter les études d'art en France.
Collection complète.

611. **Répertoire** des travaux historiques, contenant l'analyse des publications faites en France et à l'étranger, sur l'histoire, les

monuments et la langue de la France. Première [et 2e et 3e] année. *Paris, Imprimerie Nationale*, 1882-1886 ; ens. 3 années et leurs suppl. en 6 vol. gr. in-8, demi-rel. vélin vert, non rog.

612. **Répertoire méthodique** de l'histoire moderne et contemporaine de la France pour l'année 1898 (et 1899 à 1903), rédigé sous la direction de G. Brière et P. Caron et publié par la Revue d'histoire moderne et contemporaine. *Paris*, 1899-1905 ; 6 années en 5 vol. gr. in-8 à 2 col., demi-rel. chag. La Vallière, enc. de fil. à froid sur le dos, tête jasp., non rog., couv. cons. (*Petitot*).

2 lettres autographes signées de Gaston Brière ajoutées.

613. **Reproductions d'incunables.** Le Chevalier délibéré, by Olivier de La Marche. The illustrations of the edition of Schiedam reproduced... *London*, 1898 ; 1 vol. — A Census of Caxtons, by Seymour de Ricci. *Ibid.*, 1909 ; 1 vol. — Le Livre et Mistere du glorieux seigneur et martir saint Adrien, publié... d'après un ms. de Chantilly, par Emile Picot. *Mâcon*, 1895 ; 1 vol. — Ens. 3 vol. pet. in-4 carré, les 2 premiers brochés, le dernier cart., non rog.

Les deux premiers ouvrages font partie des *Illustrated Monographs issued by the Bibliographical Society* ; le dernier a été imprimé aux frais du duc d'Aumale pour le *Roxburghe Club*.

614. **République** (la) en vaudevilles, précédée d'une Notice des principaux événemens de la Révolution, pour servir de calendrier à l'année 1793 (par Fr. Marchant). *A Paris, chez les marchands de nouveautés*, 1793 ; 1 vol. — Le chansonnier de la Montagne, ou recueil de chansons, vaudevilles, pots-pourris et hymnes patriotiques, par différents auteurs. *Paris, Favre*, l'an 3 ; 1 vol. — Ens. 2 vol. in-24, le premier en veau plein, fil. et attributs républicains sur les plats, tr. dor. ; le second en demi-rel. veau fauve.

Réunion de deux chansonniers révolutionnaires, ornés de 3 figures gravées. — Le premier, qui a appartenu au poète et historien Alcide de Beauchesne, porte sur le feuillet de garde une poésie autographe de cet écrivain sur la *République en vaudevilles*.

615. **RESTIF DE LA BRETONNE. Idées singulières.** *Londres et La Haye*, 1770-1789 ; 5 vol. in-8, demi-rel. mar. citron avec coins, dos orné, tête dor., non rog. (*David*).

Collection complète de ces ouvrages curieux qui renferment, avec d'originales idées, des détails empruntés à une foule d'auteurs de tous les temps et de tous les pays ; elle comprend : I. Le Pornographe ou idées d'un honnête homme sur un projet de règlement pour les prostituées, propre à prévenir les malheurs qu'occasionne le publicisme des femmes. *Londres et La Haie*, 1776 ; 2 part. en 1 vol. (Seconde édition, plus complète que la précédente ; elle renferme un travail singulier sur les prostituées *actives* de France, dû à Pidansat de Mairobert, et est suivie du *Lit de justice et d'amour, ou Code de Cythère* (P. Lacroix, *Bibliogr. des ouvr. de Restif de la Bretonne*, pp. 102-104). — II. La Mimographe, ou idées d'une honnête femme pour la réformation du théâtre national. *Amsterdam et La Haie*, 1770 ; 2 part. en 1 vol. (Ouvrage rédigé, pour une bonne part, avec la collaboration de Nougaret (*Op. cit.*, pp. 104-107). — III. Les Gynographes, ou idées de deux honnêtes femmes sur un projet de règlement ... pour mettre les femmes à leur place, et opérer le bonheur des deux sexes. *La Haie et Paris*, 1777 ; 2 part. en 1 vol. (Ouvrage rempli de conceptions originales et renfermant de nombreuses notes sur le mariage empruntées à des relations de voyages et à des ouvrages d'ethnographie (*Op. cit.*, pp. 143-145). — IV. L'Andrographe, ou idées d'un honnête homme, sur un projet de règlement, proposé.... pour opérer une réforme générale de mœurs... *La Haie et Paris*, 1782 ; 2 part. en 1 vol. (Restif de la Bretonne s'y présente comme un précurseur de Fourier et de Pierre Leroux (*Op. cit.*, pp. 207-212). — V. Le Thesmographe, ou idées d'un honnête homme, sur un projet de règlement... pour opérer une réforme générale des Loix. *La Haie et Paris*, 1789 ; 2 part. en 1 vol. (Cet ouvrage renferme deux pièces dramatiques et le récit des démêlés de l'auteur avec son gendre Augé (*Op. cit.*, pp. 320-322).

Réunion rare surtout lorsqu'elle est composée d'exemplaires *non rognés* : M. de Soleinne n'avait pu se procurer ainsi la *Mimographe* Les pp. 476 à 492 du *Pornographe* se trouvent à la fin de l'*Andrographe* avec lequel elles ont paru ; la figure du *Thesmographe* manque, comme toujours).

616. **Restif de la Bretonne**. Monsieur Nicolas ou le cœur humain dévoilé, réimprimé sur l'édition unique et rarissime publiée par lui-même en 1796. *Paris, Liseux*, 1883 ; 14 vol. pet. in-8, brochés, couv. imp.

617. **Retz** (Card. de). Œuvres du Cardinal de Retz. Nouvelle édition revue sur les plus anciennes impressions et les autographes et augmentée de morceaux inédits, des variantes, de notices, de notes, d'un lexique des mots et locutions remarquables, d'un portrait, de fac-simile, etc. Par MM. Alphonse Feillet, J Gourdault et R. Chantelauze. *Paris, Librairie Hachette et Cie*, 1870-1896 ; 10 vol. in-8, pap. vergé, brochés, couv. imp.

De la collection des *Grands Ecrivains de la France*.

618. **Revue des Livres Anciens**, documents d'histoire littéraires de bibliographie et de bibliophilie. Direction : Pierre Louys. Rédaction : Louis Loviot. *Paris, Fontemoing*, 1914-1917 ; 2 vol. gr. in-8, cart. bradel demi-toile grise, tête jasp., non rog., couv. cons.

Tomes I et II de cette intéressante revue bibliographique, ornée de 63 reproductions de titres, figures, autographes. etc.

619. **Revue de poche** (La) littéraire et anecdotique. *Paris*, de l'origine, 10 décembre 1866, au 1er septembre 1867 ; 3 tom. en 18 fasc. pet. in-8, pap. vergé, brochés, couv. imp.

Collection complète, avec titres, de cette amusante publication (Le titre du tome III est remplacé par un titre du tome II).
On y joint : La Nouvelle Revue de poche. *Paris*, de l'origine, 2 juillet 1868, au 17 septembre 1868 ; 12 fasc. in-16, pap. vergé, brochés, couv. imp. — Collection complète, avec titre.

620. **Revue de la Révolution**, publiée sous la direction de Ch. d'Héricault et Gustave Bord, revue mensuelle. *Paris*, de l'origine, 5 janvier 1883, à fin 1886 ; 4 années en 48 fasc. gr. in-8, brochés, couv. imp.

621. **Revue universelle des Arts**, publiée par M. Paul Lacroix (Bibliophile Jacob). *Paris et Bruxelles*, 1855-1866 ; 23 vol. — Table générale de la *Revue universelle des Arts*, par Gaston Brière, Henri Stein, Maurice Tourneux. *Chartres, imp. Garnier*, 1908 ; 1 plaq. — Ens. 24 vol. gr. in-8, cart. bradel demi-chag. grenat à long grain, enc. de fil. au dos, tête jasp., non rog., couv. cons.

Collection complète de cette intéressante revue à laquelle ont collaboré Bellier de la Chavignerie, A. Bonnardot, Jules Cousin, Champfleury, Georges Duplessis, Léon de Laborde, A. de Montaiglon, Charles de Brou, H. Hymans, A. Wauters, etc.

622. **Rich** (Antony). Dictionnaire des antiquités romaines et grecques, accompagné de deux mille gravures d'après l'antique. Traduit de l'anglais sous la direction de M. Chéruel. *Paris, Firmin Didot*, 1861, fort vol. pet. in-8, demi-rel. veau fauve, dos orné, tr. peigne.

623. **Richelieu.** Testament politique d'Armand du Plessis, cardinal duc de Richelieu, pair et grand amiral de France, premier ministre du Conseil d'Etat sous le règne de Louis XIII oy de France et de Navarre, commandeur des ordres de Sa Majesté, évêque de Luçon, con-fondateur et bien-faiteur de la Maison et Société de Sorbonne. *A Amsterdam, chez Henry Desbordes*, 1688 ; 2 part. de 10 ff. n. ch., 2 ff. blancs, 197 et 140 pp. en 1 vol. in-12, veau brun, dos orné, tr. jasp. (*Rel. de l'époque*).

Edition des mémoires apocryphes du grand ministre, qui n'est pas mentionnée par Quérard. La date de 1688, que porte également la deuxième partie, est antérieure de huit années à la date donnée par Quérard (1696) dans ses *Supercheries dévoilées* (III, 421) pour l'édition originale de cette deuxième partie. — (Rel. usagée, dos fendu).

624. **RICHEPIN** (Jean). **Paysages et coins de rues.** — Illustrations en couleurs dessinées et gravées sur bois par Auguste Lepère. — Préface de Georges Vicaire. *Paris, Librairie de la Collection des Dix*, 1900 ; gr. in-8, demi-rel. mar. La Vallière, enc. de fil. à froid au dos, tête dor., non rog., couv. cons. (*Petitot*).

Joli livre, très original, illustré d'environ 65 vignettes sur bois dans le texte, dont plusieurs à pleine page. Ces vignettes, dessinées et gravées par Auguste Lepère, sont tirées en couleurs et comportent chacune de 2 à 6 tons.

Tiré à 250 exemplaires num. — Un des 200 sur papier vélin de cuve, auquel on a joint le prospectus-spécimen de l'ouvrage.

625. **Ris-Paquot.** Dictionnaire des marques et monogrammes des faïences, poteries, grès, terre de pipe, terre-cuite, porcelaines, etc., anciennes et modernes. Contenant, en outre, les noms des principaux peintres, décorateurs, modeleurs, tourneurs, etc... et environ six cents marques de potiers romains, plus de six mille marques, monogrammes et noms par Ris-Paquot. — Quatrième édition. *Paris, Simon*, 1879 ; pet. in-8, demi-rel. chag. rouge avec coins, tr. jasp.

626. **Robert** (Ulysse). Indicateur des armoiries des villes, bourgs, villages, monastères, communautés, corporations, etc., contenues dans l'*Armorial général* de d'Hozier, par Ulysse Robert. *Paris, Alph. Picard*, 1879 ; in-8, pap. vergé, broché, couv. imp.

627. **Robert** (Ulysse). Inventaire sommaire des manuscrits des bibliothèques de France dont les catalogues n'ont pas été imprimés. *Paris, H. Champion*, 1896 ; gr. in-8, demi-rel. veau marb., dos orné, tête rouge, non rog., couv. cons.

628. **Robida** (A.). Le XIXe siècle. Texte et dessins par A. Robida. *Paris, Decaux*, 1888 ; pet. in-4, demi-rel. mar. La Vallière, monogramme sur le dos, tête dor., non rog., couv. cons.

Premier tirage. — Ouvrage illustré d'un grand nombre de dessins de Robida, dont une cinquantaine à pleine page tirés hors texte, en noir et en couleurs.

Exemplaire de Francisque Sarcey, avec son ex-libris, portant un envoi, et auquel on a ajouté une lettre autographe et *un grand dessin original de ROBIDA*, à la plume, représentant une scène de la bohème artiste.

629. **Robida** (A.). La Nef de Lutèce, pour tous pérégrins et gentils-

hommes, voyageans ès ruës du moult viel quartier du Vieux Paris, inclyte, royalle et joyeuse cité. *Se vend au Vieulx Paris à l'enseigne des Trois Ecritoires en la rue des Vielles Ecoles emprès sainct Julien des Ménestrels,* [1900] ; pet. in-fol., toile grise, fers spéciaux. (*Cart. de l'éditeur*).

Curieuse publication imprimée en caractères gothiques et ornées de nombreuses vignettes imprimées en rouge et noir, d'après les dessins de Robida.
On y a joint les 14 numéros de la *Gazette du Vieux Paris*, du même, imprimés en caractères gothiques, en couleur et en noir, sur papiers de teintes diverses.

630. **Rollinat** (Maurice). Ce que dit la Vie. — Ce que dit la Mort. *S. l. n. d.* ; plaq. in-8, portraits, brochée, couv. imp.

Plaquette rare, publiée par les soins du Dr Emile Goubert, tirée à 103 exemplaires seulement sur papier vélin et non mise dans le commerce.

631. **Roman de Renart le Contrefait** (Le), publié par Gaston Raynaud et Henri Lemaître. *Paris, H. Champion,* 1914 ; 2 vol. gr. in-8, fac-sim., brochés, couv. imp.

632. **Roman de la Rose** (The). The early editions of the Roman de la Rose, by F.-W. Bourdillon. *London,* 1906 ; in-4, pap. vergé, broché, couv. imp.

Recherches bibliographiques sur les diverses éditions du *Roman de la Rose*, ornées de 78 figures sur bois et de frises et lettres ornées. — Envoi et 2 lettres autographes signés de F.-W. Bourdillon.

633. **Rondot** (Natalis). Les Graveurs sur bois et les imprimeurs à Lyon, au XVe siècle. *Lyon et Paris, Claudin,* 1896 ; gr. in-8, pap. vergé, broché, couv. imp.

634. **Rostand** (Edmond). L'Aiglon, drame en six actes, en vers. *Paris, Fasquelle,* 1900 ; pet. in-8, broché, couv. imp.

Edition originale. — Bel exemplaire.

635. **Rostand** (Edmond). Cyrano de Bergerac, comédie héroïque en cinq actes. *Paris, Charpentier,* 1898 ; pet. in-8, broché, couv. imp.

Edition originale.

636. **Rôti-Cochon.** [Introduction par Georges Vicaire]. *A Paris,*

pour la Société des Bibliophiles françois, suivant la copie imprimée à Dijon, chez Claude Michard, chez Morgand, 1890 ; pet. in-8, broché, couv. imp.

Exemplaire num. sur papier de Hollande, portant, sur le feuillet de garde, un envoi autographe signé de Georges Vicaire à Gabriel Vicaire, et au-dessous, une seconde dédicace du même à Paul Lacombe.

637. **ROUSSEAU** (Jean-Jacques). Suite complète de un portrait par Saint-Aubin d'après La Tour et de trente-sept figures de Moreau et Le Barbier pour les *Œuvres complètes*, 1774-1783 ; 12 vol. in-4. — **Voltaire**. Suite complète de dix figures de Moreau pour *La Henriade*, avec le portrait de Henri IV par Porbus et un portrait de Voltaire ajouté gravé par Langlois d'après La Tour. En 1 album in-4, demi-rel. mar. rouge avec coins, dos orné, tête dor. (*Rel. mod.*).

3 des figures pour la *Nouvelle Héloïse* sont *avant les numéros* ; les 7 dernières figures (œuvres posthumes) sont plus courtes.
On a ajouté une figure de Monsiau pour la *Nouvelle Héloïse*. — Ens. 51 fig.

638. **Ruche Catholique** (La), bulletin de l'érudition mutuelle. *Paris*, de l'origine, 1er avril 1880, au 1er juin 1885 ; 5 vol. gr. in-8, cart. bradel pap., non rog., couv. cons.

Les 4 premières années contiennent les titres et tables et toutes les couvertures de livraisons.

639. **Ruelle** (Ch.-Emile). Bibliographie générale des Gaules. Répertoire systématique et alphabétique des ouvrages, mémoires et notices concernant l'histoire, la topographie, la religion, les antiquités et le langage de la Gaule jusqu'à la fin du Ve siècle. *Paris, chez l'auteur*, 1880 ; fort vol. gr. in-8 à 2 col., cart. bradel demi-vélin vert avec coins, tête jasp., non rog., couv. de la 1re livr. cons.

640. **Saint-Pierre** (Bernardin de). Paul et Virginie (suivi de la Chaumière indienne). *Paris, Curmer, 49, rue Richelieu*, 1838 ; gr. in-8, demi-rel. chag. vert, dos orné, plats toile, tr. dor. (*Rel. de l'époque*).

Premier tirage. — Edition illustrée d'environ 450 vignettes sur bois, dans le texte, de 29 grands sujets également sur bois, tirés hors texte, sur Chine monté, d'une carte et de 7 portraits gravés sur acier et tirés hors texte, sur Chine monté ; ces illustrations sont dessinées par Tony Johannot, Français, Marville, Isabey, Meissonier, etc. (Les papiers de soie manquent).

641. **Saint-Simon**. Mémoires du duc de Saint-Simon, publiés par MM. Chéruel et Ad. Régnier fils et collationnés de nouveau pour cette édition sur le manuscrit autographe, avec une notice de M. Sainte-Beuve. *Paris, Hachette et Cie*, 1873-1877 ; 20 vol. — Table alphabétique, rédigée par M. Paul Guérin. *Ibid., id.*, 1885 ; 1 vol. — Ens. 21 vol. in-12, demi-rel. veau brun, dos orné avec pièces de titre coul., tr. peigne.

642. **Sainte-Beuve** (C.-A.). Causeries du Lundi. Quatrième édition. *Paris, Garnier frères, s. d.* ; 15 vol. — Table des Causeries du Lundi. *Ibid., id., s. d.* ; 1 vol. — Premiers Lundis. Deuxième édition. *Ibid., Michel Lévy frères*, 1875 ; 3 vol. — Nouveaux Lundis. Troisième édition. *Ibid., id.*, 1870 ; 13 vol. — Table des Premiers et Nouveaux Lundis. *Ibid., Calmann Lévy, s. d.* ; 1 vol. — Portraits littéraires. *Ibid., Garnier frères, s. d.* ; 3 vol. — Portraits de femmes. *Ibid., id.*, 1882 ; 1 vol. — Chroniques parisiennes (1843-1845). *Ibid., Calmann Lévy*, 1876 ; 1 vol. — Les Cahiers de Sainte-Beuve (publiés par J. Troubat). *Ibid., Lemerre*, 1876 ; 1 vol. — Ens. 39 vol. in-12, demi-rel. veau fauve, tr. jasp.

643. **Salluste**. Caii Sallustii Crispi quæ exstant opera. *Lutetiæ Parisiorum, sump. Mich. Steph. David filii*, 1744 ; in-12, veau fauve, dos orné, fil. sur les plats, tr. dor. (*Rel. de l'époque*).

Bonne édition, bien imprimée, ornée d'un joli frontispice de Cochin, gravé par Fessard. (Réparation au titre).

644. **Satyre Ménippée** de la vertu du Catholicon d'Espagne et de la tenue des Estats de Paris, augmentée de notes tirées des éditions de Du Puy et de Le Duchat, par V. Verger, et d'un commentaire historique, littéraire et philologique, par Ch. Nodier. *Paris, Delangle* ; *Dalibon*, 1824 ; 2 vol. in-8, demi-rel. mar. brun à long grain avec coins, dos orné, non rog. (*Bibolet*).

Edition illustrée de 1 frontispice et 8 figures hors texte, par Devéria, gravées par P. Adam, Lefèvre, Alfred et Tony Johannot, etc.
Exemplaire sur grand papier vélin, contenant les gravures sur Chine monté.

645. **Savigny de Moncorps** (Vte de). Almanachs illustrés du XVIIIe siècle. — Avant-propos de Georges Vicaire. *Paris, H. Leclerc*, 1909 ; gr. in-8, fig., broché, couv. imp.

Tiré à 125 exemplaires num. seulement, sur papier vélin du Marais.

646. **Savigny de Moncorps** (Vte de). Coup-d'œil sur les almanachs illustrés du XVIIIe siècle. *Paris, librairie Techener,* 1891 ; plaq. gr. in-8, fig., cart. bradel pap. rose, non rog., couv. cons. (Extrait du *Bulletin du Bibliophile,* tiré à très petit nombre sur pap. de Holl.). — La même brochure, 2e édition augmentée pap. vergé. — Les Almanachs de modes de 1814 à 1830. *Ibid., id.,* 1897 ; plaq. gr. in-8, front., brochée, couv. imp.

On y joint : Le Vte de Savigny de Moncorps, par Georges Vicaire *Ibid., H. Leclerc,* 1916 ; pet. in-4 de 60 pp., pap. de Holl., portr., broché, couv. imp.

647. **Sciama** (André) (A. Semiane). Paris en sonnets, illustré de vingt-neuf compositions par Henriot. *Paris, L. Conquet,* 1897 ; plaq. in-8, cart. bradel mar. vert, enc. de fil. sur les plats, tr. dor. sur fausses marges, couv. cons. (*Petitot*).

Recueil de 24 sonnets orné d'aquarelles de Henriot, reproduites au trait et aquarellées aux patrons sous la direction de l'artiste.
Tiré à 300 exemplaires seulement, sur papier vélin, et non mis dans le commerce.

648. **Sépet** (Marius). Jeanne d'Arc. *Tours, Mame et fils,* 1885 ; gr. in-8, vélin blanc à recouv., titre et fleuron calligraphiés en bleu et or sur le dos, plats enc. d'un fil. bleu et écusson de Jeanne d'Arc sur le plat supérieur, tête dor., non rog., couv. cons. (*Guérin*).

Premier tirage. — Illustré de 30 gravures sur bois de Méaulle d'après Andriolli, Barrias, Rochegrosse, Zier, etc., hors texte.

649. **Sévigné** (Mme de). Lettres de Madame de Sévigné, de sa famille et de ses amis ; recueillies et annotées par M. Monmerqué. *Paris, L. Hachette et Cie,* 1862-1876 ; 14 vol. in-8, pap. vergé, brochés, couv. imp., et 1 album gr. in-8, en ff., couv. imp.

De la collection des *Grands Ecrivains de la France.*

650. [**Sigonio** (Carlo)]. La Consolation de Cicéron, sur la mort de sa fille Tullia. *Paris, Vve Jean Camusat et Pierre Le Petit,* 1644 ; in-12 de 18 ff. lim.-225 pp., veau marb., dos orné, fil. et monogramme dor. sur les plats, tr. dor. (*Rel. de l'époque*).

Traduction française de cette célèbre supercherie littéraire du grand érudit italien attribuant à Cicéron un ouvrage qu'il avait fabriqué lui-même avec quelques débris retrouvés d'un discours du grand orateur. On sait que cette supercherie ayant été découverte et prouvée par Riccoboni et Juste-Lipse, Sigonio en mourut de confusion. — Très rare.

Le monogramme doré sur les plats paraît être celui de Hélie Du Fresnoy, célèbre bibliophile picard du XVIIe siècle.

651. **Silvestre** (L.-C.). Marques typographiques, ou Recueil des monogrammes, chiffres, enseignes, emblèmes, devises, rébus et fleurons des libraires et imprimeurs qui ont exercé en France, depuis l'introduction de l'imprimerie, en 1470, jusqu'à la fin du XVIe siècle ; à ces marques sont jointes celles des libraires et imprimeurs qui, pendant la même période, ont publié, hors de France, des livres en langue française. *Paris, imp. Renou et Maulde*, 1867 ; 2 vol. in-8, pap. vergé, demi-rel. veau olive clair, tête dor., non rog., couv. cons.

Ouvrage recherché, contenant la reproduction de 1310 reproductions de monogrammes et fleurons divers.

652. **Siret** (Adolphe). Dictionnaire historique des peintres de toutes les écoles, depuis l'origine de la peinture jusqu'à nos jours, contenant un abrégé de l'histoire de la peinture chez tous les peuples ; la biographie des peintres ; l'indication de leurs principaux tableaux, etc. Nouvelle édition. *Paris, P. Daffis ; A. Lacroix et Cie*, 1874 ; 1 tome en 2 vol. gr. in-8, nombr. monog., demi-rel. mar. brun avec coins, tête dor., non rog., couv. cons.

Un des 100 exemplaires num. sur papier de Hollande.

653. **Socard** (Alexis) et Al. **Assier**. Livres liturgiques du diocèse de Troyes imprimés au XVe et au XVIe siècle. Ouvrage orné de quatre-vingt-six gravures originales. *Paris, Aubry*, 1863 ; 1 vol. — Livres populaires imprimés à Troyes de 1600 à 1800. — Hagiographie. — Ascétisme. Ouvrage orné de cent vingt gravures tirées avec les bois originaux. *Ibid., id.*, 1864 ; 1 vol. — Ens. 2 vol. gr. in-8, brochés, couv. imp.

Tiré à 200 exemplaires num. sur papier de Hollande.

654. **Société nationale des Antiquaires de France** (Mémoires de la). *Paris, Klincksieck*, 1902-1918 ; 15 vol. in-8, brochés. — Bulletin... 1902-1912 ; 44 fasc. in-8, brochés. — Mettensia (part. III à VI), 1902-1912 ; 11 fasc. in-8, brochés.

Collection complète de la 7e série et des 5 premiers volumes de la 8e série.

On y joint : Table alphabétique des publications de l'Académie

Celtique et de la Société des Antiquaires de France (1807-1889), par Maurice Prou. *Ibid.*, *id.*, 1894 ; in-8, cart. bradel demi-perc. grise, tête jasp., non rog., couv. cons. (*Petitot*). — Centenaire (1804-1904). Recueil de mémoires publiés par les membres de la Société. *Ibid.*, *id.*, *s. d.*, in-4, fig., demi-rel. veau rac. brun, dos orné à froid, tête dor., non rog., couv. cons. (*Petitot*).

655. **Société de l'Histoire de l'Art français**. Nouvelles Archives de l'Art français. Recueil de documents inédits. Première (et 2e et 3e) série 1872-1906, 34 vol. — Archives... Nouvelle période 1907-1919, 10 vol. — Bulletin... 1907-1919, 10 vol. — *Paris, Baur* ; *Charavay* ; *Schemit* ; *Champion*, 1872-1919 ; 54 vol. in-8, pap. vergé, dont 50 en demi-rel. chag. bleu, enc. de fil. à froid au dos, tête jasp., non rog., couv. cons., 1 vol. cart. pap. gris et 3 brochés, couv. imp.

On y joint divers ouvrages publiés par la Société : *Procès-verbaux de l'Académie Royale de peinture et de sculpture* (1648-1793), 10 vol. et 1 vol. de table. — *Procès-verbaux de l'Académie Royale d'architecture* (1671-1758), 6 vol. — *Table générale des documents contenus dans les Archives de l'Art français et leurs annexes* (1851-1896), par Maurice Tourneux, 1 vol., etc. ; 22 vol. in-8, brochés, couv. imp. — Ens. 76 vol.

656. — Mélanges offerts à M. Henry Lemonnier, par la Société de l'histoire de l'Art français... (Archives... Nouvelle période, tome VII). *Paris, Champion*, 1913 ; in-8, fig., broché, couv. imp. — Exemplaire de souscripteur, sur papier de Hollande, imprimé au nom de M. Paul Lacombe.

657. — Mélanges offerts à M. Jules Guiffrey... (Archives... Nouvelle période, tome VIII). *Paris, Champion*, 1916 ; in-8, fig., broché, couv. imp. — Exemplaire de souscripteur, sur papier de Hollande, imprimé au nom de M. Paul Lacombe.

658. **Société d'Histoire contemporaine** (Publications de la). *Paris, A. Picard et fils*, 1892-1920 ; 60 vol. in-8, dont 53 brochés, 5 en demi-rel. et 2 cart.

Collection complète moins le 3e ouvrage publié (Lettres de Marie-Antoinette, 2 vol.) de cette série d'ouvrages, de mémoires et de correspondances se rapportant à la seconde moitié du XVIIIe siècle et à la première moitié du XIXe ; ces ouvrages sont publiés ou annotés par MM. de La Rocheterie, de Beaucourt, G. de Beauséjour, R. de Crèvecœur, L. Pingaud, l'abbé Loth, P. Lacombe, etc.

659. **Société de l'Histoire de France** (Publications de la). *Paris*, 1905-1920 ; 55 vol. in-8, pap. vergé, brochés, couv. imp.

Comprend, entre autres ouvrages : Mémoires de Souvigny, 3 vol. — Mém. de Martin et Guill. Du Bellay, 4 vol. — Mémoriaux du Conseil

de 1661, 3 vol. — Mém. du cardinal de Richelieu (T. I à IV), 4 vol. — Rapports et notices sur les Mém. de Richelieu, 2 tom. en 5 fasc. — Mém. du maréchal de Turenne, 2 vol. — Mém. de Brienne, 3 vol. — Etc.
On y joint l'Annuaire-Bulletin de la Société, de 1905 à 1912 inclus, 8 années en 32 fasc., avec la table de 1885 à 1910.

660. **Société** Française de Reproductions de manuscrits à peintures. *Paris*, de l'origine, 1911, à 1920 ; 8 fasc. in-4 de texte, brochés, couv. imp., et 8 fasc. de planches dans des enveloppes, le tout réuni dans un étui-boîte.

Publication réservée aux membres de la Société ; elle renferme 192 grandes phototypies d'après des enluminures de manuscrits de diverses provenances.

661. **Soleil** (Félix). Les Heures gothiques et la Littérature pieuse aux XVe et XVIe siècles. — Frontispice à l'eau-forte par Aveline. — Vingt-quatre reproductions fac-similés. — Six dessins originaux d'Antoine Duplais-Destouches. *Rouen, E. Augé*, 1882 ; in-8, cart. bradel demi-mar. grenat avec coins, tête dor., non rog., couv. cons. (*Guétant*).

Tiré à 300 exemplaires numérotés.
Frontispice et nombreuses reproductions de pages des plus beaux livres d'heures.

662. **Sources de l'Histoire de France** (Les). Ire partie : Des origines aux guerres d'Italie (1494), par Auguste Molinier, 6 vol. — IIe partie : XVIe siècle (1494-1610), par Henri Hauser, 4 vol. — IIIe partie : Le XVIIe siècle (1610-1715), par E. Bourgeois, 2 vol. — *Paris, A. Picard*, 1901-1915 ; ens. 12 vol. in-8, cart bradel demi-toile grise, tête jasp., non rog., couv. cons.

663. **Souvenir** des dames et des messieurs, au Dépositaire fidèle et discret, utile aux gens d'affaires, négocians, voyageurs, militaires, et à tous les états. *Paris, chez Jubert, doreur*, (1787) ; in-24 oblong, mar. rouge, dent. dor. encadrant les plats, fermoir métal à ressort. (*Rel. de l'époque*).

Charmant carnet du XVIIIe siècle, composé « *d'un papier en peau d'âne sur lequel on peut, à l'aide d'un stylet de minéral sans fin, écrire, aussi distinctement qu'avec la plume, ses pertes et gains, ses visites à rendre, les agenda de la semaine, les rendez-vous, pensées, bons mots, traits de conversation, adresses, etc.* ». (Le stylet manque).

664. **Spoelberch de Lovenjoul**. George Sand. Etude bibliogra-

phique sur ses œuvres. *Paris, H. Leclerc*, 1914 ; pet. in-4, broché, couv. imp.

Tirage à part, à 120 exemplaires num., de cette étude parue dans le *Bulletin du Bibliophile*. — Un des 100 sur papier vélin d'Arches.

665. **Stein** (Henri). Bibliographie générale des cartulaires français ou relatifs à l'histoire de France. *Paris, A. Picard*, 1907 ; in-8, demi-rel. chag. bleu, enc. de fil. à froid au dos, tr. jasp., non rog., couv. cons.

666. **Stein** (Henri). Manuel de bibliographie générale. *Paris, A. Picard et fils*, 1897 ; fort vol. in-8, demi-rel. chag. grenat, enc. de fil. à froid, tête dor., non rog., couv. cons. (*Petitot*).

667. **Stein** (Henri). Olivier de la Marche, historien, poète et diplomate bourguignon. *Bruxelles et Paris, A. Picard*, 1888 ; pet. in-4, cart. bradel demi-perc. brune, tête jasp., non rog., couv. cons.

Edition originale. — Envoi d'auteur.

668. **Stieler** (Adolf). Hand Atlas über alle Theile der Erde und über das Weltgebaüde. 90 karten. *Gotha, J. Perthes*, (1875) ; in-fol., demi-rel. cuir de Russie avec coins, dos orné, plats toile, tr. jasp. (*Rel. de l'éditeur*).

669. **SULLY-PRUDHOMME. Stances et Poèmes** (1865-1866). *Paris, Imprimé pour les Amis des Livres*, 1914-1918 ; gr. in-8, broché, couv. imp.

Edition de grand luxe, tirée à 100 exemplaires num. seulement, sur beau papier vélin de cuve, pour les membres de la Société.
Elle est illustrée de 20 compositions originales du peintre André Martin-Gauthereau (qui constituent la dernière œuvre de cet artiste) gravées à l'eau-forte par Julien Demazy ; elles comprennent 1 portrait 2 fleurons, 5 en-têtes, 11 sujets hors texte et 1 cul-de-lampe, en 2 états : eau-forte pure et épreuve terminée.
Exemplaire imprimé au nom de M. Paul Lacombe.

670. **Taillevent.** Le Viandier de Guillaume Tirel, dit Taillevent, enfant de cuisine de la reine Jehanne d'Evreux... (1326-1395) ; publié sur le manuscrit de la Bibliothèque Nationale, avec les variantes des Mss. de la Bibliothèque Mazarine et des Archives de la Manche, précédé d'une introduction et accompagné de notes, par le Baron Jérôme Pichon et Georges Vicaire. *Paris*,

Techener, 1892 ; 1 tom. en 2 vol. gr. in-8 carré, brochés, couv. imp.

Tiré à 350 exemplaires num. — Un des 50 sur papier de Hollande, portant un envoi autographe signé de Georges Vicaire.

671. **Taine** (H.). Notes sur Paris. Vie et opinions de M. Frédéric-Thomas Graindorge, docteur en philosophie de l'Université d'Iéna, principal associé commanditaire de la Maison Graindorge and C° (huiles et porc salé, à Cincinnati, Etats-Unis d'Amérique), recueillies et publiées par H. Taine, son exécuteur testamentaire. *Paris, Hachette*, 1867 ; in-8, demi-rel. chag. vert foncé, tête dor., non rog., couv. cons.

Edition originale.

672. **Tallemant des Réaux**. Les Historiettes de Tallemant des Réaux. — Troisième édition, entièrement revue sur le manuscrit original, disposée dans un nouvel ordre et précédée d'une notice historique et littéraire inédite sur l'auteur, par MM. de Monmerqué et Paulin Paris, *Paris, Techener*, 1862 ; 6 vol. in-12, demi-rel. veau fauve avec coins, dos orné, tête dor., non rog.

673. **Talleyrand** (Charles-Maurice, prince de). Mémoires du Prince de Talleyrand, publiés avec une préface et des notes, par le Duc de Broglie, de l'Académie Française. *Paris, Calmann Lévy*, 1891-1892 , 5 vol. in-8, brochés, couv. imp.

Edition originale, ornée de portraits et de fac-similés d'autographes.

674. **Tausin** (Henri). Les Devises des villes de France, leur origine, leur historique : avec les descriptions des armoiries et quelques reproductions. *Paris, Campbell*, 1914 ; pet. in-8, broché, couv. imp.

675. **Térence**. Pub. Terentii comœdiæ sex. Ex. Dan. Heinsii recensione. *Amsterodami, apud Guilielmum Blaeuw*, 1630 ; in-24 de 216 pp. et 4 ff., veau marb., dos orné, fil. sur les plats avec fleurons aux angles, tr. dor. (*Rel. anc.*).

Charmante édition, ornée d'un titre-frontispice gravé. (Haut. 102 mill. ½).

676. **Terrebasse** (H. de). Correspondance de MM. de Disimieu,

gentilshommes dauphinois (1568-1713). Documents et lettres des rois Charles IX, Henri III, Henri IV, Louis XIII, Louis XIV... publiés par H. de Terrebasse. *Lyon et Paris*, 1913 ; in-4, pap. vergé, broché, couv. imp.

677. **Terrebasse** (H. de). Histoire et généalogie de la famille de Maugiron en Viennois (1257-1767). *Lyon, L. Brun*, 1905 ; in-4, fig., broché, couv. imp.

Tiré à 225 exemplaires seulement, sur papier vergé d'Arches.

678. **Terrebasse** (H. de). La vie et les œuvres de Jérôme de Monteux, médecin des rois Henri II et François II, 1 vol. — Poésies dauphinoises du XVIIe siècle, 1 vol. — Antoine de Pluvinel, dauphinois, 1 vol., portr. — Julien Baudrier, bibliographe (1860-1915), 1 vol., portr. (2 *ex.*). — *Lyon*, 1889-1917 ; ens. 5 vol. pet. in-8, brochés, couv. imp.

679. **THEOCRITE. Œuvres de Théocrite.** — Traduction nouvelle de Paul Desjardins. — Eaux-fortes par Armand Berton. *Paris, Société des « Cent Bibliophiles »*, 1910 ; in-4, broché, couv. imp., étui.

Beau livre, illustré de 92 eaux-fortes originales d'Armand Berton, dont 1 frontispice, 30 sujets hors texte et un grand cul-de-lampe final. Tiré à 130 exemplaires num., tous sur papier vergé d'Arches, et non mis dans le commerce.

680. **Thiers** (A.). Histoire de la Révolution française. — Quatrième édition. *Paris, Lecointe*, 1834 ; 10 vol. in-8, fig. et portr. sur acier, demi-rel. chag. vert, dos orné, plats toile, tr. jasp. (*Rel. de l'époque*).

681. **Titeux** (Eugène). Saint-Cyr et l'Ecole Spéciale militaire en France. — Fontainebleau, Saint-Germain, depuis leur fondation jusqu'en 1897. Préface par le général du Barail. — Ouvrage illustré de cent sept reproductions en couleurs, deux cent soixante-quatre gravures en noir et vingt-six plans, d'après les aquarelles et dessins de l'auteur. *Paris, Société de propagation des Livres d'art*, 1914-1915 ; gr. in-4, broché, couv. imp.

Important ouvrage, tiré à 600 exemplaires num. seulement.

682. **Titon du Tillet** (Evrard). Le Parnasse françois, dédié au

Roi, par M. Titon du Tillet, commissaire provincial des guerres, ci-devant capitaine de dragons et maître d'hôtel de feue madame la Dauphine, mère du Roi. *Paris, Coignard fils*, 1732 ; pet. in-fol. de 4 ff. lim., 832-XCII pp. et 5 ff. n. ch., veau éc., dos orné, tr. rouges. (*Rel. de l'époque, usagée*).

Premier tirage. — Orné d'un frontispice gravé par Tardieu, de 12 planches de médaillons et de 15 beaux portraits, gravés par Petit et Desrochers. — L'ouvrage décrit le vaste monument que l'auteur avait rêvé de faire élever sur une place publique à la gloire de Louis XIV et des grands écrivains de son règne. Louis Garnier, élève de Girardon, en exécuta de 1708 à 1718 un modèle en bronze qui se trouve aujourd'hui à la Bibliothèque nationale.

683. **Tourneux** (Maurice). Marie-Antoinette devant l'histoire, essai bibliographique. *Paris, Techener*, 1895 ; pet. in-4 carré, broché, couv. imp.

Etude bibliographique tirée à petit nombre.
Un des 20 exemplaires tirés sur papier de Hollande, portant un envoi d'auteur.

684. — *Le même ouvrage*. Seconde édition, revue, très augmentée et ornée de gravures. *Ibid., id.*, 1901 ; pet. in-4 carré, texte encadré de fil. bleus, demi-rel. mar. bleu, fil. à froid, tête dor., non rog., couv. cons.

Un des 25 exemplaires tirés sur papier Whatman, portant, sur le faux-titre, un envoi de l'auteur à Paul Lacombe.

685. — *Le même ouvrage*, pap. vélin teinté, cart. bradel demi-perc. bleue, non rog., couv. cons.

686. **Tourneux** (Maurice). Prosper Mérimée, sa bibliographie ; ornée d'un portrait gravé à l'eau-forte par Frédéric Régamey. *Paris, Baur*, 1876 ; plaq. in-8, cart. bradel demi-mar. grenat à long grain, non rog., couv. cons.

Edition originale tirée à 106 exemplaires seulement. — Un des 6 sur papier de Chine, portant un envoi d'auteur à Ph. Burty. Deux curieux portraits-charges de Mérimée par lui-même, ajoutés.

687. **Tourneux** (Maurice). Prosper Mérimée, ses portraits, ses dessins, sa bibliothèque, étude par Maurice Tourneux. *Paris, Charavay frères*, 1879 ; in-12 carré, portr. et fig., demi-rel. mar. bleu, enc. de fil. à froid, tête dor., non rog., couv. cons. (*Petitot*).

Edition originale tirée à petit nombre sur papier de Hollande. — Envoi et lettre autographes signés de l'auteur.

688. **Tourneux** (Maurice). Tables des documents et fac-similés de

la collection d'autographes réunis par M. B. Fillon, dressées par Maurice Tourneux. *Paris, Charavay frères*, 1891 ; plaq. in-4 à 3 col., cart. bradel demi-mar. vert à long grain, non rog., couv. cons.

Tiré à 50 exemplaires num. sur papier vergé. — Envoi d'auteur.

689. **Tourneux** (Maurice). Théophile Gautier, sa bibliographie, ornée d'une eau-forte de M. H. Valentin, d'après le portrait de Théophile Gautier peint par lui-même en tenue des représentations de Hernani (1830). *Paris, Baur*, 1876 ; plaq. in-8, cart. bradel demi-mar. vert à long grain, non rog., couv. cons.

Édition originale tirée à 110 exemplaires seulement. — Un des 10 sur papier de Chine, portant un envoi d'auteur à Ph. Burty.

690. **Tourneux** (Maurice). Les travaux historiques de la Révolution et leurs transformations. — Les Sources bibliographiques de l'histoire de la Révolution. — Un factum inconnu de Diderot (pap. vergé). — Les manuscrits de Diderot conservés en Russie. Catalogue (pap. vergé). — La bibliothèque et les papiers de Grimm, pendant et après la Révolution. — La bibliothèque des Goncourt, étude suivie d'un essai bibliographique. — Gustave Brunet. — J.-B. Perronneau (fig.). — Etienne Charavay, sa vie et ses œuvres (portr.). Etc. — Ens. 15 brochures in-8 et gr. in-8, la plupart avec envoi d'auteur.

691. **Toussaint** (François-Vincent). Anecdotes curieuses de la cour de France sous le règne de Louis XV. — Texte original publié pour la première fois, avec une notice et des annotations, par Paul Fould. *Paris, Plon, Nourrit et Cie*, 1905 ; 2 vol. in-4, brochés, couv. imp., étui.

Belle édition, faite sur une copie du manuscrit original, du piquant ouvrage plusieurs fois réimprimé au XVIIIe siècle sous le titre de *Mémoires secrets pour servir à l'histoire de Perse*. L'auteur, F.-V. Toussaint, philosophe et écrivain de talent, fut membre de l'Académie de Berlin. L'ouvrage est accompagné d'une trentaine de photogravures sur cuivre, imprimées en taille-douce, reproduisant les portraits des principaux personnages cités.

Tiré à 250 exemplaires num. sur papier vélin de cuve, dont 200 mis dans le commerce.

Un des 50 exemplaires réservés, auquel on a joint le manuscrit de l'article consacré à l'ouvrage par M. Paul Lacombe dans le *Bulletin de la Société de l'Histoire de Paris*, 6 pp. in-8.

692. **Toussaint** (François-Vincent). Les Mœurs. *S. l.*, 1748 ;

3 parties en 1 vol. pet. in-4, demi-rel. chag. bleu, dos plat orné en long, tr. dor. (*Rel. romantique*).

Edition originale de cet ouvrage qui fut condamné au feu par le Parlement en 1748 ; elle est illustrée d'un frontispice, 1 fleuron sur chaque titre et 1 vignette au commencement de chaque partie.

Exemplaire sur papier vergé, de format in-4, contenant 8 longues et importantes annotations qui semblent être de la main de F. de La Mennais, dont l'ex-libris se trouve manuscrit en tête du feuillet de dédicace ; il est malheureusement incomplet des 3 titres et du frontispice ; les 2 ou 3 premiers et derniers feuillets sont abîmés, mais le texte est complet ; quelques petites taches à plusieurs autres feuillets.

693. **Tripier le Franc** (J.). Histoire de la vie et de la mort du baron Gros, le grand peintre, rédigée sur de nouveaux documents et d'après des souvenirs inédits. *Paris, Jules Martin ; J. Baur*, 1880 ; fort vol. gr. in-8, fig., broché, couv. imp.

694. **Types de Paris** (Les). Texte par Edmond de Goncourt, Alphonse Daudet, Emile Zola, Antonin Proust, Robert de Bonnières, Henry Gréville, Guy de Maupassant, Paul Bourget, J.-K. Huysmans, Gustave Geffroy, Stéphane Mallarmé, L. Mullem, J. Ajalbert, L. de Fourcaud, Félicien Champsaur, Octave Mirbeau, Henry Céard, J.-H. Rosny, Roger Marx, Paul Bonnetain, Jean Richepin. — Dessins de Jean-François Raffaëlli. *Paris, Plon, Nourrit et Cie*, (1889) ; pet. in-4, en ff., couv. imp., dans un carton et renfermé dans un étui.

Premier tirage. — Très nombreuses compositions de Raffaëlli, comprenant 10 héliogravures hors texte, des dessins sur bois et des facsimilés d'aquarelles dans le texte.

Un des 40 exemplaires num. sur papier du Japon auquel on a ajouté *un dessin original de Jean-François RAFFAELLI*, à l'encre, avec rehauts de crayons de couleur, ayant servi à l'illustration du livre.

695. **Uzanne** (Octave). La Française du siècle. — Modes, mœurs, usages. *Paris, A. Quantin*, 1886 ; gr. in-8, ill. d'Alb. Lynch en noir et en coul., dans le texte et hors texte, broché, couv. ill. dans un emboîtage. — Envoi d'auteur.

696. **Vallée** (Léon). Bibliographie des Bibliographies, 1 vol. — Supplément..., 1 vol. *Paris, Terquem*, 1883-1887 ; 2 tom. en 1 fort vol. gr. in-8, demi-rel. chag. bleu, fil. à froid au dos, tête dor., non rog., couv. cons. (*Knecht*).

Lettre autographe signée de l'auteur ajoutée.

697. **Vever** (Henri). La Bijouterie française au XIXe siècle (1800-1900). *Paris, Floury*, 1906-1908 ; 3 vol. gr. in-8, nombr. illustr. dans le texte et hors texte, brochés, couv. ill.

Premier tirage. — Envoi d'auteur.

698. **Vicaire** (Gabriel). Emaux bressans. *Paris, H. Leclerc*, 1904 ; in-12 carré, broché, couv. imp.

Jolie réimpression à petit nombre, avec texte encadré de filets de différentes couleurs.
Un des 50 exemplaires num. sur papier du Japon.

699. **Vicaire** (Gabriel). Rosette en Paradis. *S. l. n. d.* (*Châteaudun*, 1892) ; plaq. pet. in-4, cart. bradel demi-mar. rose, tête dor., non rog. (*Petitot*).

Première édition séparée, tirée à 30 exemplaires pour les amis de Gabriel Vicaire.
C'est ici l'épreuve, imprimée au recto seulement, de l'exemplaire unique sur Japon dessiné à Gabriel Vicaire ; elle a été offerte à M. Paul Lacombe par Georges Vicaire l'érudit bibliographe, cousin-germain de l'auteur des *Emaux bressans* avec un portrait en héliogravure portant un envoi de Georges Vicaire à M. Paul Lacombe.
Cet exemplaire est enrichi de 2 grandes et charmantes aquarelles originales de François COURBOIN, exécutées sur papier Whatman.

700. **VICAIRE** (Gabriel). **Rosette en Paradis**. *Paris, gravé et imprimé pour les Amis des Livres*, 1904 ; in-8, broché, couv. ill., étui.

Edition entièrement gravée et imprimée en taille-douce à 115 exemplaires seulement pour les membres de la Société. — Elle est décorée de 15 eaux-fortes originales de Louis Morin, imprimées en couleurs à la poupée.

701. **VICAIRE** (Gabriel) et Henri **BEAUCLAIR**. **Les Déliquescences**, poèmes décadents d'Adoré Floupette, avec sa vie, par Marius Tapora. *Byzance, chez Lion Vanné* (*Paris, Léon Vanier*), 1885 ; in-16, broché, couv. imp.

Première édition avec la curieuse notice biographique qui n'existe pas dans l'édition originale, parue quelques mois plus tôt, de ce recueil de poèmes décadents.
Un des 50 exemplaires num. sur papier de Hollande.

702. **Vicaire** (Gabriel) et Henri **Beauclair**. Les Déliquescences, poèmes décadents d'Adoré Floupette. *Paris, Crès*, 1911 ; plaq. in-16, brochée, couv. imp.

De la collection des *Maîtres du Livre*.
Exemplaire hors tirage, imprimé sur papier vergé d'Arches.

703. **Vicaire** (Georges). Bibliographie gastronomique ; avec une préface de Paul Ginisty. *Paris, Rouquette*, 1890 ; gr. in-8 à 2 col., pap. vélin, fac-sim., demi-rel. chag. bleu, enc. de fil. à froid au dos, tête dor., non rog., couv. cons.

704. **Vicaire** (Georges). La Bibliothèque d'Eugène Paillet. *Paris, Pelletan*, 1899 ; pet. in-8 carré, broché, couv. imp.

Tirage à part, à 100 exemplaires num. sur papier vélin d'Arches, de cette étude parue dans l'*Almanach du Bibliophile* pour l'année 1899.
Exemplaire portant un envoi autographe de l'auteur, et auquel on a joint un exemplaire d'épreuves avec corrections et dédicace signée de Georges Vicaire.
On y joint : La Bibliothèque de feu M. Eugène Paillet. Première [et deuxième] partie. *Ibid., Ed. Rahir*, 1902 ; 2 vol. in-8, pap. vergé d'Arches, brochés, couv. imp. — Eugène Paillet, conseiller à la Cour d'appel de Paris, par Me Léon Cléry. *Nancy, Berger-Levrault*, 1903 ; plaq. gr. in-8, pap. vergé d'Arches, portr. en héliogr., brochée, couv. imp.

705. **Vicaire** (Georges). Eugène Paillet, Président d'honneur de la Société « Les Amis des Livres » (1829-1901). *Paris, H. Leclerc*, 1901 ; plaq. in-8, brochée, couv. imp.

Tirage à part, à 100 exemplaires seulement de cet article biographique paru dans le *Bulletin du Bibliophile*, orné d'un portrait gravé à l'eau-forte par Abot.
Exemplaire auquel on a ajouté le *manuscrit autographe* signé de l'auteur.
On y joint, du même auteur : Prosper Mérimée a-t-il été vaudevilliste ? *Ibid., id.*, 1903 ; 1 br., pap. de Holl. — La collection Dutuit. *Ibid., id.*, 1902 ; br. — Tiphaine de La Roche et la première idée de la photographie . 1760. *Ibid., id.*, 1895 ; 1 br. — Le Récit du grand-père. Souvenir d'Alsace. *Ibid., Berger-Levrault*, 1882 ; 1 br. — Ens. 5 plaq. brochées, couv. imp.

706. **Vicaire** (Georges). Manuel de l'Amateur de Livres du XIXe siècle (1801-1893). — Préface de Maurice Tourneux. *Paris, Rouquette*, 1894-1910 ; 7 vol. gr. in-8, demi-rel. mar. bleu, enc. de fil. à froid au dos, tête dor., non rog., couv. et dos cons. (*Petitot*).

Exemplaire complet, mais sans la table des ouvrages cités.
Un des 50 exemplaires num. sur papier de Hollande. — 3 lettres autographes signées de l'auteur ajoutées.

707. **Vicaire** (Georges). Note sur un livre ayant appartenu à Napoléon Ier. *Paris, H. Leclerc*, 1900 ; in-8 de 16 pp., broché, couv. imp.

Exemplaire portant un envoi d'auteur et auquel on a ajouté le *manuscrit autographe* de Georges Vicaire, contenant quelques corrections, dans les marges, par M. Gabriel Hanotaux (Le dernier feuillet du manuscrit manque).

708. **Vie** (la) de ma dame Saincte Marguerite vierge et martyre avec son oraison. *S. l. n. d.* ; pet. in-8 goth. de 8 ff. de 29 lignes à la page, demi-rel. veau fauve, dos orné.

Edition du commencement du XVIe siècle, ornée d'une lettre historiée, gravée sur bois, représentant la sainte en prière à côté du dragon.

709. **Viel-Castel** (Cte H. de). Mémoires du comte Horace de Viel-Castel sur le règne de Napoléon III (1851-1864), publiés d'après le manuscrit original et ornés d'un portrait de l'auteur. Avec une préface originale par L. Léouzon-le-Duc. *Paris*, 1883-1884 ; 6 tom. en 3 vol. in-8, cart. bradel demi-perc. grise, non rog.

710. **Vignier** (Nicolas). Advis du cardinal Baronius au pape Paul cinquiesme sur l'excommunication des Vénitiens, avec la responce de Nicolas Vignier : en laquelle est monstrée la vraie forme de l'excommunication, tant par l'escriture saincte que par les anciens docteurs de l'Eglise chrestienne, escrite premièrement en latin, puis reveue et mise en françois par l'auteur mesme. *A Saumur, par Thomas Portav*, 1606 ; pet. in-8 de 45 pp., dérelié.

Première édition française de cette virulente polémique du célèbre théologien protestant Vignier contre le cardinal Baronius. « *Quoique vous flattiez et mentiez*, conclut Vignier, *voire fassiez d'un diable un ange, Christ vaincra enfin, et le séducteur Satan sera jeté en l'étang de feu et de soufre avec la beste et le faux prophète, et seront tourmentez jour et nuit ès siècles des siècles* ». — Rare.

711. **Vigny** (Alfred de). Précieux autographes d'Alfred de Vigny, par le Vte de Savigny de Moncorps. *Paris, H. Leclerc*, 1904 ; plaq. pet. in-8. — Alfred de Vigny et les éditions originales de ses poésies, par Eugène Asse. *Ibid.*, *id.*, 1895 ; in-8. — Jules de Rességuier, par le même. *Ibid.*, *id.*, 1898 ; plaq. in-8. — Ens. 3 vol. ou plaq., brochés, couv. imp.

712. **Villon** (François). Le Petit et le Grant Testament de François Villon. Les Cinq Ballades en jargon et des poésies du cercle de Villon, etc. Reproduction fac-simile du manuscrit de Stockholm, avec une introduction de Marcel Schwob. *Paris, Champion*, 1905 ; pet. in-8, demi-rel. vélin blanc, non rog.

Tiré à 100 exemplaires num. sur papier vergé d'Arches.

713. **Villon**. Le Testament Françoys Villon de Paris, orné de

figures du temps. *Paris, La Sirène,* (1918) ; in-16, broché, couv. ill.

De la collection du *Rat de Bibliothèque.*
On y joint : Etude biographique sur François Villon, d'après les documents inédits conservés aux Archives Nationales, par August. Longnon. *Ibid., H. Menu,* 1877 ; pet. in-8, pap. vergé, broché,couv imp. (*Edition originale*).

714. **Viollet-le-Duc.** Catalogue des livres composant la bibliothèque poétique de M. Viollet-le-Duc, avec des notes bibliographiques, biographiques et littéraires sur chacun des ouvrages catalogués. *Paris, Hachette,* 1843 ; 1 vol. — [Supplément] Chansons, fabliaux, contes en vers et en prose... *Ibid., Flot,* 1847 ; 1 vol. — [Supplément]... Nouvelle édition augmentée d'un avant-propos par M. Antony Méray. *Ibid., Claudin,* 1859 ; 1 vol. — Ens. 3 vol. in-8, les 2 premiers brochés, couv. imp., le dernier cart. bradel demi-perc. verte, non rog., couv. cons. (Rousseurs).

715. **Virgile.** Les Géorgiques de Virgile, avec la traduction en vers françois par M. Delille. *Genève, (Cazin),* 1777 ; in-18, mar. rouge, dos sans nerfs orné, fil. dor. sur les plats, dent. int., tr. dor. (*Rel. anc.*).

Orné d'un portrait gravé, non signé.

716. **Vital** (Orderic). Historiae ecclesiasticae libri VII et VIII e codice Vaticano reg. 703 A. *Lutetiae Parisiorum,* 1902 ; gr. in-4, cart. bradel vélin blanc, dos orné, fil. dor. sur les plats, éb.

Recueil contenant la reproduction héliotypique des livres VII et VIII de l'*Histoire ecclésiastique* d'Orderic Vital, comprenant 52 feuillets, recto et verso, numérotés 57 à 108.

717. **Voltaire.** Œuvres complètes de Voltaire. *Paris, Lequien,* 1820-1826 ; 70 vol. in-8, brochés, couv. orig.

Excellente édition, imprimée par P. Didot l'aîné, précédée de la *Vie de Voltaire* par Condorcet et terminée par une table analytique composée par J.-B.-J. Champagnac ; elle est ornée d'un portrait de Voltaire, gravé d'après La Tour.
On a joint : Mémoires sur Voltaire et ses ouvrages, par Longchamp et Wagnière, ses secrétaires ; suivis de divers écrits inédits de la Marquise du Chatelet, du Président Hénault, de Piron, Darnaud Baculard, Thiriot, etc., tous relatifs à Voltaire. *Ibid., Aimé André,* 1826 ; 2 vol. in-8, brochés, couv. orig.

718. **Vrignault** (Pierre). Parisiennes de 1897. *Paris, imprimé pour Henri Beraldi,* 1898 ; plaq. gr. in-8, broché, couv. imp.

Recueil de poésies, tiré à 40 exemplaires num. seulement sur papier vélin et non mis dans le commerce.
Exemplaire de M. Paul Lacombe.

719. **Ward** (W.-H.). French chateaux and gardens in the XVIth century. *Londres, Batsford,* 1909 ; pet. in-fol., demi-rel. vélin blanc, couv. collée sur les plats, tête dor., non rog.

Illustré de 23 planches hors texte, dont 4 formant double page, et de plans et figures dans le texte d'après Jacques Androuet Du Cerceau.

720. **Wise** (Thomas-James). A bibliography of the writings in prose and verse of Samuel Taylor Coleridge. *London, Bibliographical Society,* 1913 ; pet. in-4 carré, pap. vergé, cart. de l'éditeur. — Coleridgeiana, being a supplement to the Bibliography of Coleridge (by the same author). *Ibid., id.,* 1919 ; pet. in-4 carré de 40 p., broché, couv. imp.

721 **Wise**. (Thomas-James) and Stephen **Wheeler**. A bibliography of the writing in prose and verse of Walter Savage Londor. *London, Bibliographical Society,* 1919 ; pet. in-4 carré, pap. vergé, fig., cart. de l'éditeur.

Autographes

722. **Comité de Salut public**. Arrêté autographe, signé par Barère, C.-A. Prieur et Billaud-Varennes. *Paris, neuf thermidor an II,* 1 p. in-4, avec vignette.

Document d'une grande importance historique. C'est l'ordre *au citoyen Favernier, chef de la première légion de Paris, de se rendre avec une force suffisante à l'état-major général pour y faire le service.*
Cet arrêt, qui porte les trois signatures de Barère, Prieur (de la Côte-d'Or) et Billaud-Varennes, fut rédigé dans l'après-midi du neuf thermidor, dès que la Convention eût décrété l'arrestation de Robespierre. On sait qu'au commencement de la séance, Barère, voulant enlever à Hanriot, créature de Robespierre, le commandement général de la force armée de Paris, venait de faire voter par la Convention que « *tous grades supérieurs à celui de chef de légion sont supprimés — que la garde nationale reprendra sa première organisation. — et que, en conséquence chaque chef de légion commandera à son tour* ». — Cet arrêté (de la main de Barère ?), d'une écriture fébrile, avec ses rectifications, ses additions dans les interlignes (*avec une force suffisante* a été ajouté), garde la trace de l'émotion des grands acteurs de cette tragique journée.

723. **Millin** (Aubin-Louis), archéologue français, né à Paris en 1759, conservateur du Cabinet des antiques et médailles de la Bibliothèque Nationale, membre de l'Institut. — 9 lettres autographes signées et datées (de 1800 à 1815), dont 4 avec adresse,

Réunion de lettres autographes du savant archéologue, auxquelles on a joint 3 autres pièces de son écriture. Les correspondants de Millin sont le chansonnier Piis, l'antiquaire Eloi Johanneau, le libraire parisien Dentu, Royer-Collard, etc. — Ens. 12 pièces.

724. **Quatremère** (Marc-Etienne), juge au Tribunal de Commerce, officier municipal de Paris, décapité le 22 janvier 1794. Lettre autographe signée ; 12 mars 1790 ; 2 p. in-4.

Intéressante lettre, présentant « *une nouvelle requête en faveur des filles St-Gervais demeurant rue des Francs-Bourgeois près celle des Trois Pavillons* ». — Marc-Etienne Quatremère, auquel les démagogues n'avaient pas pardonné sa *Pétition à l'Assemblée nationale* contre la translation des restes de Voltaire au Panthéon, fut condamné à mort le 21 janvier 1794, pour « *son incivisme et son dévouement à la cause de la tyrannie et du fanatisme* ». Il est le père du célèbre orientaliste.

On a joint un certain nombre de pièces manuscrites et imprimées relatives à Quatremère : *Pétition de la section des marchés en masse, le 21 ventôse, 3e année républicaine, tendante principalement à rétablir honorablement la mémoire du citoyen Quatremère, marchand de draps, rue Denis, assassiné au tribunal révolutionnaire par les hommes de sang qui dominaient cette section* (Paris, imp. Pellier, 1794 ; in-8 de 6 pp.), — une *lettre autographe* de M. Frédéric Masson en date du 7 mars 1910, — des copies manuscrites de la *Pétition à l'assemblée nationale relative au transport de Voltaire*, de la *Réponse à la Pétition de 160 jansénistes*, de *Voltaire Vengé*, etc. et deux ouvrages, en édition originale, du célèbre archéologue Quatremère de Quincy, cousin de Marc-Etienne Quatremère :

Considérations morales sur la destination des ouvrages de l'art ou de l'influence de leur emploi sur le génie et le goût de ceux qui en jouissent et en reçoivent les impressions. *Paris, imp. Crapelet*, 1815 ; in-8, broché, couv. orig.

Lettres écrites de Londres à Rome et adressées à M. Canova, sur les marbres d'Elgin, ou les sculptures du temple de Minerve à Athènes. *Rome*, 1818 ; in-8 de 100 pp., couv. orig.

725. **Quatremère-Disjonval** (Denis-Bernard), célèbre savant, né en 1754 à Paris, mort en 1830 à Bordeaux, frère aîné de Quatremère de Quincy. Lettres et documents autographes, datés et signés.

Intéressante réunion d'autographes de ce savant, auquel on doit de si curieuses observations sur le rapport des vicissitudes atmosphériques avec le travail des araignées. Ce sont ces observations, faites pendant sa captivité à Utrecht, qui lui firent avertir Pichegru de la gelée qui devait solidifier les canaux et les marais de la Hollande en 1794, et permirent au général de s'emparer de la flotte hollandaise.

Les lettres de Quatremère-Disjonval vont de 1794 à 1822. — Une est relative à l'origine et la construction des bateaux canonniers. — Une autre, datée d'Amsterdam, 6 germinal an III, et adressée au « *citoyen Moreau, commandant en chef l'armée du Nord* » demande l'intervention de celui-ci pour faire restituer à notre savant les manuscrits dont il a été dépouillé au cours de sa détention à Utrecht. — Une lettre, datée du 18 décembre 1822, traite d'un « *superbe fait d'ar-*

mes » relaté dans un rapport de Quatremère-Disjonval, où celui-ci a « *tâché de consigner les prodiges inimaginables du dévouement des hommes et même des chiens, en passant dans le mont Simplon au-dessus du plus horrible gouffre pour se rendre sur le champ de bataille de Marengo* ».

726. **Quatremère de Quincy**, célèbre archéologue français, né à Paris en 1755, mort en 1849. Lettres et documents autographes, datés et signés.

Intéressante réunion de lettres autographes, contemporaines pour la plupart de la Révolution. L'une, en date du 29 août 1791, est adressée au fameux architecte Palloy qui, ayant fait partie des « *vainqueurs de la Bastille* », avait obtenu d'être chargé de la démolition de la forteresse, et avait fait sculpter avec les pierres ces reproductions en abrégé dont on voit un exemplaire à Carnavalet. Après les pierres de la Bastille, l'industrieux Palloy avait imaginé de tirer parti des chaînes, et il avait fait frapper avec le métal des médailles dont il « *honorait les patriotes* ». Quatremère « *accepte avec transport, cet hommage flatteur, dont sa double qualité de zélé partisan de la liberté et d'ami passionné des beaux-arts lui fait sentir tout le prix...* » — Une autre pièce curieuse, de la main de la femme de Quatremère, demande la libération provisoire de son mari, pour une ou deux décades : Quatremère, condamné à mort par coutumace, après l'insurrection royaliste du 13 vendémiaire dont il avait été un des principaux instigateurs, venait de se constituer prisonnier.

On a joint tout un dossier de pièces autographes relatives à la famille Quatremère, notamment sur le littérateur Quatremère de Roissy et l'orientaliste Etienne-Marc Quatremère.

On a joint, en outre, les opuscules suivants de Quatremère de Quincy : *De l'invention et de l'innovation dans les ouvrages des beaux-arts.* — *De l'emploi des sujets d'histoire moderne dans la poésie, et de leur abus dans la peinture.* — *De l'université du beau et de la manière de l'entendre.* — Et une *Notice sur M. Etienne Quatremère* par Barthélemy Saint-Hilaire (Paris, imp. Nationale, 1857 ; in-4, demi-rel. mar. noir avec coins).

727. **Quérard** (Joseph-Marie), célèbre bibliographe français, né à Rennes en 1797, auteur de la *France littéraire* et des *Supercheries littéraires dévoilées.* — 6 lettres autographes signées et datées (de 1825 à 1858) dont 3 avec adresse.

Intéressantes lettres, relatives à ses publications *bibliographiques.* Le 3 avril 1829, il écrit à un auteur dont la notice lui était parvenue trop tard : « *Je ne puis faire pour un ouvrage aussi dispendieux de composition que l'est la* France littéraire *des cartons pour chaque inexactitude qui m'échappe, malgré toute la peine que je me donne pour les éviter, mais j'ai promis dans l'avertissement de mon livre de les rectifier toutes ensemble sous la rubrique de* corrections et additions ».

Le 23 avril 1829, il écrit d'Auxerre au chevalier Amanton, conseiller de préfecture à Dijon, que, quoique venu exprès à Auxerre pour faire le catalogue de la Bibliothèque de la Ville, il y renonce, « *ayant reconnu que cette occupation le retiendrait trop longtemps absent de Paris, et par conséquent apporterait un nouveau retard dans la publication du 3e volume de la* France littéraire ». Il ajoute que les souscriptions sont peu nombreuses « *La France entière semble assez indifférente à cette publication. Je commence à m'apercevoir que le lot du malheureux bibliographe est : peines sans récompenses* ».

728. **Tourneux** (Maurice), célèbre érudit, né à Paris en 1849. Manuscrit autographe signée ; *s. l. n. d.*, 11 pp. in-8.

Manuscrit d'une intéressante étude bibliographique inédite, préparée

en 1895 pour *Le Livre et l'Image*, et consacrée tout entière à Victor Fournel, l'auteur des *Rues du vieux Paris*, qui venait de mourir.
On a joint une carte autographe signée de Maurice Tourneux relative à un article de la *France littéraire* sur le baron Charles Dupin.

729. **Vicaire** (Georges), célèbre érudit français, auteur du *Manuel de l'Amateur de livres du XIXe siècle*. Manuscrit autographe signé ; *s. l. n. d.*, 3 pp. in-4.

Étude intitulée : *A propos du Jardinier françois*, où Georges Vicaire répond à certaine assertion téméraire de Rémy de Gourmont, déclarant dans la *Revue biblio-iconographique* que l'attribution à Nicolas de Bonnefons du *Jardinier françois* devait être erronée, les initiales de l'épître ne correspondant, disait-il, ni au nom du libraire, ni à celui du prétendu auteur. Vicaire démontre que l'attribution est bien exacte, et donne sur l'ouvrage d'intéressantes indications qui ne figurent pas dans sa *Bibliographie gastronomique*.

Ouvrages de M. Paul LACOMBE

730. **Lacombe** (Paul). Livres d'heures imprimés au XVe et au XVIe siècle, conservés dans les bibliothèques publiques de Paris. — Catalogue. *Paris, Imprimerie Nationale*, 1907 ; gr. in-8, broché, couv. imp. (16 exemplaires).

731. — Bibliographie des travaux de M. Léopold Delisle, membre de l'Institut, administrateur général de la Bibliothèque Nationale. *Paris*, 1902 ; gr. in-8 de 511 pp., portr. en héliogr. — Supplément (1902-1910). *Ibid.*, 1911 ; gr. in-8 de 87 pp. — Ens. 2 vol. brochés, couv. imp. (2 exemplaires complets sur papier vergé et 5 exemplaires du 1er vol. seul, également sur papier vergé).

732. — Le même ouvrage, pap. ordinaire, broché, couv. imp. (28 exemplaires avec supplément et 11 ex. du supplément seul).

733. — Journal d'un voyage à Paris au mois d'Août 1802, par Sir John Dean Paul. Traduit et annoté pour la Société d'Histoire Contemporaine. — Quinze gravures et un fac-simile. *Paris, A. Picard*, 1913 ; in-8 de 162 pp., broché, couv. imp. (15 exemplaires).

734. — Origines de l'imprimerie à Besançon. — L'imprimeur de

Arbolayre. (Extrait du *Bibliographe moderne*). *Paris*, 1916 in-8 de 19 pp., pap. vergé, broché, couv. imp. (19 exemplaires).

735. — Anciens almanachs imprimés ou publiés à Rouen, discours prononcé... le 1er juillet 1919. *Rouen*, 1919 ; in-8 de 15 pp., broché, couv. imp. (9 exemplaires).

736. — Maurice Tourneux (12 juillet 1849-13 janvier 1917). *Paris, H. Leclerc*, 1918 ; pet. in-4 de 30 pp., front., broché, couv. imp. (13 exemplaires).

737 à 800. — Sous ces numéros, il sera vendu : 1° environ 700 bons volumes, presque tous modernes : auteurs classiques, romans, théâtre, etc. ; 2° des liasses de notes et documents variés, etc., 3° environ 600 cartons-boîtes dont 75 mesurant 34 cent. sur 25, 55 mesurant 26 sur 17, 450 mesurant 25 sur 15 et 20 mesurant 20 sur 13.

Ventes Lacombe.

1ère partie	————	84 911.
2ème partie :		
1ère vente	————	70 838.
2ème —	————	67 966
3ème —	————	27 780
Total :		251 545

www.ingramcontent.com/pod-product-compliance
Ingram Content Group UK Ltd.
Pitfield, Milton Keynes, MK11 3LW, UK
UKHW031903260826
14628UKWH00002B/950

9 782329 588438